U0054921

燈尾集

徐訏文集

戲劇卷

導言　徬徨覺醒：徐訏的文學道路

陳智德

「個人的苦悶不安，徬徨無依之感，正如在大海狂濤中的小舟。」[1]

——徐訏〈新個性主義文藝與大眾文藝〉

在二十世紀四、五十年代之交，度過戰亂，再處身國共內戰意識形態對立夾縫之間的作家，應自覺到一個時代的轉折在等候著，尤其在當時主流的左翼文壇以外，被視為「自由主義作家」或「小資產階級作家」的一群，包括沈從文、蕭乾、梁實秋、張愛玲、徐訏等等，一整代人在政治旋渦以至個人處境的去與留之間徘徊，最終作出各種自願或不由自主的抉擇。

1 徐訏〈新個性主義文藝與大眾文藝〉，收錄於《現代中國文學過眼錄》，台北：時報文化，一九九一。

一

一九四六年八月，徐訏結束接近兩年間《掃蕩報》駐美特派員的工作，從美國返回中國，直至一九五〇年中離開上海奔赴香港，在這接近四年的歲月中，他雖然沒有寫出像《鬼戀》和《風蕭蕭》這樣轟動一時的作品，卻是他整理和再版個人著作的豐收期，他首先把《風蕭蕭》交給由劉以鬯及其兄長新近創辦起來的懷正文化社出版，據劉以鬯回憶，該書出版後，「相當暢銷，不足一年，（從一九四六年十月一日到一九四七年九月一日），印了三版」[2]，其後再由懷正文化社或夜窗書屋初版或再版了《阿刺伯海的女神》（一九四六年初版）、《烟圈》（一九四六年初版）、《蛇衣集》（一九四八年初版）、《幻覺》（一九四八年初版）、《四十詩綜》（一九四八年初版）、《兄弟》（一九四七年再版）、《母親的肖像》（一九四七年再版）、《生與死》（一九四七年再版）、《春韮集》（一九四七年再版）、《一家》（一九四七年再版）、《海外的鱗爪》（一九四七年再版）、《舊神》（一九四七年再版）、《成人的童話》（一九四七年再版）、《西流集》（一九四七年再版）、潮來的時候（一九四八年再版）、《黃浦江頭的夜月》（一九四八年再版）、《吉布賽的誘惑》（一九四九再版）、《婚事》（一九四九年再版），[3]

[2] 劉以鬯〈憶徐訏〉，收錄於《徐訏紀念文集》，香港：香港浸會學院中國語文學會，一九八一。

[3] 以上各書之初版及再版年份資料是據賈植芳、俞元桂主編《中國現代文學總書目》、北京圖書館編《民國時期總書目，一九一一—一九四九》。

粗略統計從一九四六年至一九四九年這三年間，徐訏在上海出版和再版的著作達三十多種，成果可算豐盛。

《風蕭蕭》早於一九四三年在重慶《掃蕩報》連載時已深受讀者歡迎，一九四六年首次結集成單行本出版，沈寂的回憶提及當時讀者對這書的期待：「這部長篇在內地早已是暢銷一時的名著，可是淪陷區的讀者還是難得一見，也是早已企盼的文學作品」[4]，當劉以鬯及其兄長創辦懷正文化社，就以《風蕭蕭》為首部出版物，十分重視這書，該社創辦時發給同業的信上，即頗為詳細地介紹《風蕭蕭》，作為重點出版物。徐訏有一段時期寄住在懷正文化社的宿舍，與社內職員及其他作家過從甚密，直至一九四八年間，國共內戰愈轉劇烈，幣值急跌，金融陷於崩潰，不單懷正文化社結束業務，其他出版社也無法生存，徐訏這階段整理和再版個人著作的工作，無法避免遭遇現實上的挫折。

然而更內在的打擊是一九四八至四九年間，主流左翼文論對被視為「自由主義作家」或「小資產階級作家」的批判，一九四八年三月，郭沫若在香港出版的《大眾文藝叢刊》第一輯發表〈斥反動文藝〉，把他心目中的「反動作家」分為「紅黃藍白黑」五種逐一批判，點名批評了沈從文、蕭乾和朱光潛。該刊同期另有邵荃麟〈對於當前文藝運動的意見——檢討．批判．和今後的方向〉一文重申對知識份子更嚴厲的要求，包括「思想改造」。雖然徐訏不像沈從文般受到即時的打擊，但也逐漸意識到主流文壇已難以容納他，如沈寂所言：「自後，上海一些左傾的報

[4] 沈寂〈百年人生風雨路——記徐訏〉，收錄於《徐訏先生誕辰100週年紀念文選》，上海：上海社會科學院出版社，二〇〇八。

紙開始對他批評。他無動於衷，直至解放，輿論對他公開指責。稱《風蕭蕭》歌頌特務。他也不辯論，知道自己不可能再在上海逗留，上海也不會再允許他曾從事一輩子的寫作，就捨別妻女，離開上海到香港。」[5]一九四九年五月二十七日，解放軍攻克上海，中共成立新的上海市人民政府，徐訏仍留在上海，差不多一年後，終於不得不結束這階段的工作，在不自願的情況下離開，從此一去不返。

二

一九五〇年的五、六月間，徐訏離開上海來到香港。由於內地政局的變化，其時香港聚集了大批從內地到港的作家，他們最初都以香港為暫居地，但隨著兩岸局勢進一步變化，他們大部份最終定居香港。另一方面，美蘇兩大陣營冷戰局勢下的意識形態對壘，造就五十年代香港文化刊物興盛的局面，內地作家亦得以繼續在香港發表作品。徐訏的寫作以小說和新詩為主，來港後亦寫作了大量雜文和文藝評論，五十年代中期，他以「東方既白」為筆名，在香港《祖國月刊》及台灣《自由中國》等雜誌發表〈從毛澤東的沁園春說起〉、〈新個性主義文藝與大眾文藝〉、〈在陰黯矛盾中演變的大陸文藝〉等評論文章，部份收錄於《在文藝思想與文化政策中》、《回到個人主義與自由主義》及《現代中國文學過眼錄》等書中。

5 沈寂〈百年人生風雨路——記徐訏〉，收錄於《徐訏先生誕辰100週年紀念文選》，上海：上海社會科學院出版社，二〇〇八。

徐訏在這系列文章中，回顧也提出左翼文論的不足，特別對左翼文論的「黨性」提出質疑，也不同意左翼文論要求知識份子作思想改造。這系列文章在某程度上，可說回應了一九四八、四九年間中國大陸左翼文論的泛政治化觀點，更重要的，是徐訏在多篇文章中，以自由主義文藝的觀念為基礎，提出「新個性主義文藝」作為他所期許的文學理念，他說：「新個性主義文藝必須在文藝絕對自由中提倡，要作家看重自己的工作，對自己的人格尊嚴有覺醒而不願為任何力量做奴隸的意識中生長。」[6]徐訏文藝生命的本質是小說家、詩人，理論鋪陳本不是他強項，然而經歷時代的洗禮，他也竭力整理各種思想，最終仍見頗為完整而具體地，提出獨立的文學理念，尤其把這系列文章放諸冷戰時期左右翼意識形態對立、作家的獨立尊嚴飽受侵蝕的時代，更見徐訏提出的「新個性主義文藝」所倡導的獨立、自主和覺醒的可貴，以及其得來不易。

《現代中國文學過眼錄》一書除了選錄五十年代中期發表的文藝評論，包括《在文藝思想與文化政策中》和《回到個人主義與自由主義》二書中的文章，也收錄一輯相信是他七十年代寫成的回顧五四運動以來新文學發展的文章，集中在思想方面提出討論，題為「現代中國文學的課題」，多篇文章的論述重心，正如王宏志所論，是「否定政治對文學的干預」[7]，而當中表面上是「非政治」的文學史論述，「實質上具備了非常重大的政治意義：它們否定了大陸的文學史論述」[8]，徐訏所針對的是五十年代至文革期間中國大陸所出版的文學史當中的泛政治論述，動

---

[6] 徐訏〈新個性主義文藝與大眾文藝〉，收錄於《現代中國文學過眼錄》，台北：時報文化，一九九一。

[7] 王宏志〈心造的幻影——談徐訏的《現代中國文學的課題》〉，收錄於《歷史的偶然：從香港看中國現代文學史》，香港：牛津大學出版社，一九九七。

[8] 同前註。

輒以「反動」、「唯心」、「毒草」、「逆流」等字眼來形容不符合政治要求的作家；所以王宏志最後提出《現代中國文學過眼錄》一書的「非政治論述」，實際上「包括了多麼強烈的政治含義」。這政治含義，其實也就是徐訏對時代主潮的回應，以「新個性主義文藝」所倡導的獨立、自主和覺醒，抗衡時代主潮對作家的矮化和宰制。

《現代中國文學過眼錄》一書顯出徐訏獨立的知識份子品格，然而正由於徐訏對政治和文藝的清醒，使他不願附和於任何潮流和風尚，難免於孤寂苦悶，亦使我們從另一角度了解徐訏文學作品中常常流露的落寞之情，並不僅是一種文人性質的愁思，而更由於他的清醒和拒絕附和。一九五七年，徐訏在香港《祖國月刊》發表〈自由主義與文藝的自由〉一文，除了文藝評論上的觀點，文中亦表達了一點個人感受：「個人的苦悶不安，徬徨無依之感，正如在大海狂濤中的小舟。」[9]放諸五十年代的文化環境而觀，這不單是一種「個人的苦悶」，更是五十年代一輩南來香港者的集體處境，一種時代的苦悶。

三

徐訏到香港後繼續創作，從五十至七十年代末，他在香港的《星島日報》、《星島週報》、《祖國月刊》、《今日世界》、《文藝新潮》、《熱風》、《筆端》、《七藝》、《新生晚

[9] 徐訏〈自由主義與文藝的自由〉，收錄於《個人的覺醒與民主自由》，台北：傳記文學出版社，一九七九。

報》、《明報月刊》等刊物發表大量作品，包括新詩、小說、散文隨筆和評論，並先後結集為單行本，著者如《江湖行》、《盲戀》、《時與光》、《悲慘的世紀》等。香港時期的徐訏也有多部小說改編為電影，包括《風蕭蕭》（屠光啟導演、編劇，香港：邵氏公司，一九五四）、《傳統》（唐煌導演、徐訏編劇，香港：亞洲影業有限公司，一九五五）、《痴心井》（唐煌導演、王植波編劇，香港：邵氏公司，一九五五）、《鬼戀》（屠光啟導演、編劇，香港：麗都影片公司，一九五六）、《盲戀》（易文導演、徐訏編劇，香港：新華影業公司，一九五六）、《後門》（李翰祥導演、王月汀編劇，香港：邵氏公司，一九六〇）、《江湖行》（張曾澤導演、倪匡編劇，香港：邵氏公司，一九七三）、《人約黃昏》（改編自《鬼戀》，陳逸飛導演、王仲儒編劇，香港：思遠影業公司，一九九六）等。

徐訏早期作品富浪漫傳奇色彩，善於刻劃人物心理，如〈鬼戀〉、〈吉布賽的誘惑〉、〈精神病患者的悲歌〉等，五十年代以後的香港時期作品，部份延續上海時期風格，如《江湖行》、《後門》、《盲戀》，貫徹他早年的風格，另一部份作品則表達歷經離散的南來者的鄉愁和文化差異，如小說《過客》、詩集《時間的去處》和《原野的呼聲》等。

從徐訏香港時期的作品不難讀出，徐訏的苦悶除了性格上的孤高，更在於內地文化特質的堅守，拒絕被「香港化」。在《鳥語》、《過客》和《癡心井》等小說的南來者角色眼中，香港不單是一塊異質的土地，也是一片理想的墓場、一切失意的觸媒。一九五〇年的《鳥語》以「失語」道出一個流落香港的上海文化人的「雙重失落」，而在《癡心井》的終末則提出香港作為上海的重像，形似卻已毫無意義。徐訏拒絕被「香港化」的心志更具體見於一九五八年的《過客》，自我關閉的王逸心以選擇性的「失語」保存他的上海性，一種不見容於當世的孤高，既使他與現實格格不入，卻是他保存自我不失的唯一途徑。[10]

徐訏寫於一九五三年的〈原野的理想〉一詩，寫青年時代對理想的追尋，以及五十年代從上海「流落」到香港後的理想幻滅之感：

多年來我各處漂泊，
唯願把血汗化為愛情，
遍灑在貧瘠的大地，
孕育出燦爛的生命。

但如今我流落在污穢的鬧市，
陽光裡飛揚著灰塵，
垃圾混合著純潔的泥土，
花不再鮮豔，草不再青。

海水裡漂浮著死屍，
山谷中蕩漾著酒肉的臭腥，
潺潺的溪流都是怨艾，

10 參陳智德《解體我城：香港文學1950-2005》，香港：花千樹出版有限公司，二〇〇九。

多少的鳥語也不帶歡欣。

茶座上是庸俗的笑語，
市上傳聞著漲落的黃金，
戲院裡都是低級的影片，
街頭擁擠著廉價的愛情。

此地已無原野的理想，
醉城裡我為何獨醒，
三更後萬家的燈火已滅，
何人在留意月兒的光明。

「原野的理想」代表過去在內地的文化價值，在作者如今流落的「污穢的鬧市」中完全落空，面對的不單是現實上的困局，更是觀念上的困局。這首詩不單純是一種個人抒情，更哀悼一代人的理想失落，筆調沉重。〈原野的理想〉一詩寫於一九五三年，其時徐訏從上海到香港三年，由於上海和香港的文化差距，使他無法適應，但正如同時代大量從內地到香港的人一樣，他從暫居而最終定居香港，終生未再踏足家鄉。

四

司馬長風在《中國新文學史》中指徐訏的詩「與新月派極為接近」，並以此而得到司馬長風的正面評價，[11]徐訏早年的詩歌，包括結集為《四十詩綜》的五部詩集，形式大多是四句一節，隔句押韻，一九五八年出版的《時間的去處》，收錄他移居香港後的詩作，形式上變化不大，仍然大多是四句一節，隔句押韻，大概延續新月派的格律化形式，使徐訏能與消逝的歲月多一分聯繫，該形式與他所懷念的故鄉，同樣作為記憶的一部份，而不忍割捨。

在形式以外，《時間的去處》更可觀的，是詩集中〈原野的理想〉、〈記憶裡的過去〉、〈時間的去處〉等詩流露對香港的厭倦、對理想的幻滅、對時局的憤怒，很能代表五十年代一輩南來者的心境，當中的關鍵在於徐訏寫出時空錯置的矛盾。對現實疏離，形同放棄，皆因被投放於錯誤的時空，卻造就出《時間的去處》這樣近乎形而上地談論著厭倦和幻滅的詩集。

六七十年代以後，徐訏的詩歌形式部份仍舊，卻有更多轉用自由詩的形式，不再四句一節，隔句押韻，這是否表示他從懷鄉的情結走出？相比他早年作品，徐訏六七十年代以後的詩作更精細地表現哲思，如《原野的理想》中的〈久坐〉、〈等待〉和〈觀望中的迷失〉、〈變幻中的蛻變〉等詩，嘗試思考超越的課題，亦由此引向詩歌本身所造就的超越。另一種哲思，則思考社會和時局的幻變，《原野的理想》中的〈小島〉、〈擁擠著的群像〉以及一九七九年以「任子楚」

---

[11] 司馬長風《中國新文學史（下卷）》，香港：昭明出版社，一九七八。

為筆名發表的〈無題的問句〉，時而抽離、時而質問，以至向自我的內在挖掘，尋求回應外在世界的方向，尋求時代的真象，因清醒而絕望，卻不放棄掙扎，最終引向的也是詩歌本身所造就的超越。

最後，我想再次引用徐訏在《現代中國文學過眼錄》中的一段：「新個性主義文藝必須在文藝絕對自由中提倡，要作家看重自己的工作，對自己的人格尊嚴有覺醒而不願為任何力量做奴隸的意識中生長。」[12]時代的轉折教徐訏身不由己地流離，歷經苦思、掙扎和持續的創作，最終以倡導獨立自主和覺醒的呼聲，回應也抗衡時代主潮對作家的矮化和宰制，可說從時代的轉折中尋回自主的位置，其所達致的超越，與〈變幻中的蛻變〉、〈小島〉、〈無題的問句〉等詩歌的高度同等。

＊陳智德：筆名陳滅，一九六九年香港出生，台灣東海大學中文系畢業，香港嶺南大學哲學碩士及博士，現任香港教育學院文學及文化學系助理教授，著有《解體我城：香港文學1950-2005》、《地文誌——追憶香港地方與文學》、《抗世詩話》以及詩集《市場，去死吧》、《低保真》等。

---

[12] 徐訏〈新個性主義文藝與大眾文藝〉，收錄於《現代中國文學過眼錄》，台北：時報文化，一九九一。

本書說明

《燈尾集》是作者一九三〇年代的劇作，實驗性濃厚，一九三九年由《宇宙風》出版社初版。此後諸版本內容迭有增減，先後並曾分編成《孤島的狂笑》、《野花》、《契約》、《鬼戲》等劇集。本版《燈尾集》廣蒐諸篇，並移入原列散文集《海外的鱗爪》中的〈軍事的利器〉。

目次

導言　徬徨覺醒：徐訏的文學道路／陳智德　I
青春　001
旗幟　010
野花　018
男女　027
兩重聲音　035
公寓風光　044

亂麻 058
單調 073
子諫盜跖 085
難填的缺憾 098
荒場 103
心底的一星 111
女性史 122
漏水 125
遺產 139
人類史 149
鬼戲 152
忐忑 156
水中的人們 163
契約 178

費宮人 192
無業公會 242
多餘的一夜 250
跳著的東西 260
軍事利器 266
租押頂賣 279
男婚女嫁 299
《孤島的狂笑》後記 337
《燈尾集》後記 341

青春

時代：現代。
地址：北平。
人物：楊亦修——四十歲的經濟學博士，某大學之教授。
韓秉梅——二十歲的少女，楊之學生，其父為楊之友。
王斐君——二十二歲的大學生，風流瀟灑。
布景：楊亦修的家中，一間精雅的書房，幕開時秉梅與亦修共坐圓桌旁，亦修剛教完秉梅的書。

楊：（靠椅背）今天就講到這裡好了。你真聰明，我想在這寒假裡你一定可以將這本法文都唸會了。
韓：（起立理書）楊先生，那我走了！明天見吧。
楊：歇一會吧，韓小姐，我總覺得有許多話要同你說。
韓：（微笑）你的話我都知道的。
楊：像你這樣聰明的人，我想你也一定知道的了。（起立走到沙發上坐下）來！韓小姐！到這兒坐著，我同你細細地談談。

韓：（坐桌旁）就這樣說吧——我想你總也知道我的意思。

楊：韓小姐！你知道我現在的學問，現在的名譽，現在的金錢是從哪裡來的？是誰賜給我的？

韓：那當然是從楊先生的天才來的。

楊：天才，我不承認人是有天才的。在以先，二十年前，我是一個最不用功的孩子，後來……

（拿煙抽）

韓：後來怎麼著？

楊：後來，韓小姐你猜我怎麼知道用功？

韓：一個成就的天才，他起初的生活多是放浪的。

楊：可是我的成就的確是一個人賞賜我的。

韓：那當然了，一個不管多麼大的天才，至少是要由父母生出來的。

楊：可是，我的成就是從一個小孩子臉上給我的。

韓：對了，許多天才都是在天真的小孩子身上發現真理的。

楊：但是我不是這樣，我那時已經二十多歲，我在一個搖籃裡看見了那個小女孩，我竟覺得有為她努力的必要，於是我就停止了我放浪而墮落的生活。

韓：所以我說，天才總是在小孩的身上發現真理的。

楊：不是這樣，我那時是愛上她了！以後，我時常拿著書到她家裡去唸，因為她父親是我的朋友。後來她長大了——六歲，八歲，十歲，差不多就做了我的伴侶，我看不見她就不能唸書。在她十歲那年，我去留學了，一直到現在我做人都是為她做著，韓小姐，你猜那個小孩是誰？

韓：好，楊先生我回去了。

楊：（自沙發立起）再歇一會兒吧！（在圓桌旁坐下）老實說，我所說的小孩就是現在的你，我做人完全為你做的，韓小姐，我現在的確是什麼都有了，但是我還有一件事情完全在你身上。

韓：楊先生，你的話我都聽夠了。我知道你的學問好，是一個少有的天才，而我也從你學了不少。你的名譽，我也知道。是經濟學博士，是教授，是經理；你的財產，我也知道是洋樓，是汽車，是銀行。但是，但是我不能愛你。

楊：為什麼你不能愛我呢？

韓：因為我尊敬你，因為我是以叔叔的標準對你的。

楊：但是我十八年的做人完全是為你一個人，你難道不知道嗎？我不願意你以叔叔待我，我不願意你叫我先生！

韓：那我就當你是先生。而叫，就叫你叔叔好不好？

楊：我要你叫我弟弟！

韓：（笑）這不是笑話麼？我是你的學生，還叫你弟弟！

楊：因為我以先做人，是不算做人，有你，才算我真真做人。

韓：你不是說以前做人是為我做的麼？怎麼又說不算做人呢？

楊：我以先是為你準備做人。

韓：但是，你知道麼？我以先倒真是為你做人呢！（笑）

楊：什麼？

韓：你不說以前很不用功，見了我才努力起來的。但是現在你是什麼都成功了，那麼，我當然可以不為你做人了。

楊：但是，我還有一件重要事情沒有成功呢！

韓：楊叔叔，可是婚事？

楊：……可是我沒有你是會死的！

韓：（笑）你現在死還不好麼？什麼方面都成功了……這才是死的時候哩！

楊：（低頭）……（王上）

王：舅舅。郁先生來找你，他在客廳裡。

韓：（目注視王）……

楊：這是昨天才來的，我的外甥斐君。（韓立）這是我的朋友韓小姐。

韓：（笑）我是你的學生，楊先生！怎麼說是朋友呢？

楊：（強作未聞）斐君！陪韓小姐一會兒，我回頭就來。

王：唔！（到圓桌旁將坐）

韓：（坐沙發上取几上的書翻看）……

王：（到沙發邊坐下）韓小姐！（以手拿韓手上的書）你實在可愛，假如你也覺得我可愛的話，那麼我們不必虛偽……

韓：（起立擲書）你這位先生，（冷笑）我今天才認識你，怎麼會這樣的……

王：（笑）哈？你真不明白，唉，你在什麼學校裡讀書？

韓：我就在中德大學。（怒漸消）

王：請問你學什麼？

韓：（坐到圓桌旁）哲學。

王：哲學？學哲學的人還這樣不明白？（笑）

韓：請問你學什麼？

王：哲學，文學，美術……種種一切，只要不是笨人學的東西我全學。

韓：王先生既然對於哲學有興趣，當然是很有研究的了。不知道你以為做人的目的，究竟是為什麼？

王：做人的目的，當然是為快樂。

韓：那麼，什麼東西是最快樂呢？

王：達到目的就是最快樂。

韓：達到什麼目的最快樂？

王：達到最快樂的目的就是最快樂。

韓：（笑）你的哲學未免太玄了！

王：不見得吧？因為各人有各人的目的。你只是籠統的問我達到什麼目的是最快樂，那我只好答你達到最快樂的目的是最快樂；要是你問我的目的，或者你的目的是什麼，那我當然可以具體地說了。

韓：那麼，你的目的是什麼？

王：我的目的？是洋娃娃，是糖，是銅子兒？是名譽，是學問，是財產，是美人？是煙卷兒，是飯，是酒，是菜……

韓：你又說你的玄話了！

王：不對嗎？我想你也應當有這麼些目的的。小的時候我們要糖，有了糖，又要想洋娃娃。大了我們要飯吃，有了飯要菜，有了菜要酒；後來有了學問要名，有了名要錢，有了錢要美人了。所以人的目的雖然在快樂，但是分不出哪一樣是最需要，只知道暫時的需要，就以為是終身的目的了。所以你要問我目的，應當說明哪年，哪月，哪日，哪一點鐘，哪一分，哪一秒才對。

韓：我是問現在的目的。

王：現在的目的？我的目的是在同你相愛，我母親的目的是想我能娶一個好媳婦，宣統的目的是在做皇帝，吳佩孚的目的想在和尚裡頭找一個大將，再來武力統一中國……總之各人有各人的目的，你問我的時候，你應當說明是問誰？

韓：你以為人生最寶貴是什麼？就以現在的你看來。

王：我的人生最寶貴就在你。

韓：不要說我好不好？

王：但是我也為你可惜！

韓：為什麼？

王：因為人生的目的是快樂，快樂中最難得是愛。所謂愛是被別人愛，並不是愛別人；比方現在我愛你，不是我的快樂，是你，被愛的人快樂，對不對？但是，要被別人愛，就在乎美，所謂美是包括性情、舉動、面貌……等一切來說的。但是要美呢，一定要在青春時代才有，所以人生最要抓住青春，也就是要享受青春。要抓住青春，要享受青春，所以我們青春時代要學美，要盡量來愛；你要知道青春時代的愛，是最甜蜜嗎？（稍停）可是，現在真是為一般人可惜，尤其是為你！

韓：為什麼？

王：你想，像你這樣年歲，這樣身材，這樣的臉，正是戀愛時候；而每天都埋在書裡，豈不是可惜？到老了，就是不算老，像舅舅一般的，什麼都有，什麼都好，可是還沒有太太，除了笨蠢蠢的娘兒們，誰願意嫁給他呢？要是再老一點，雖然有錢買東西，但牙又不能吃，眼又不能看，就是笨蠢蠢的娘們兒，也恐不能愛了！所以像你現在回頭還來得及，而不肯回頭，這豈不是可惜？你看將來，就是把你的「美」都犧牲了，求到了學問，求到了錢，求到了名譽……可是，你用什麼來享受呢？學問無非是幫助美的，像你這樣美，還求學問幹什麼呢？學問好像是氧氣，只能助燃的，而你自己，在我看起來只怕燒得太厲害了！還用什麼氧氣呢？（笑）

韓：你現在做人的目的是什麼？

王：我不是說愛你麼？

韓：你不是說人生的目的，是在改變的嗎！

王：但是沒有達到目的以前，是不會改變的。

韓：那麼你達到目的以後，是要改變的了。比方愛到了一個人，以後你一定會棄掉她的，對不對？

王：不對，我所謂改變不是同你所說一樣。好像你學會了法文字母，你難道不學了嗎？你不是還要讀下去，讀到愈好，還要更好，對不對？比方我在達到了「愛你」的目的，我一定想要和你結婚；結了婚，我一定要白首偕老；如果白頭偕到老，我一定死了，要同你一起葬，死了如還有思想，那麼我一定還要同你永遠愛著。

韓：那麼，我……我接受你的愛情好啦。

王：（突抱韓身互相擁吻）……

韓：（緊抱王身）……

王：（吻畢）唉！（坐沙發上）

韓：為什麼？（坐王旁）

王：唉！我感到我們相見太晚了。

韓：那有什麼關係？

王：我覺得我們以前的青春過去太可惜了。

韓：但幸虧在第一次見面，你就愛我，否則我們的青春更要過得可惜了。

王：為享受青春起見我們還是愛吧。

韓：好！（二人緊抱狂吻）

楊：（上場，抑鬱無言）……

王：（見楊即鬆擁）……

楊：不要緊，斐君，你們剛才說的話我都聽見了。因為我來的時候你們正在大談，我以為你們第一次認識怎麼會說這麼些話，所以我就站住聽了。我覺得你的話真對，我現在打算娶個笨蠢蠢的娘兒們來，否則將來恐怕連笨蠢蠢的娘兒們都不要我了。你們都還在青年，我希望你們早些結婚吧。

王：舅舅，我們明天就結婚了。我們的婚禮就是這樣。青春的光陰總要越經濟越好，對不對？

（從韓的臉看到楊的臉）

楊：（對王微笑著下場）……

王：韓小姐，我們明天要結婚了，我還不知道你的名字呢？

韓：我也不知道你的名字呢？

王：（將手上的戒指脫下，戴到韓的手上）請你在這戒指上來認識我的名字吧。

韓：我名字等明天告訴你吧。

——幕徐下——

一九三〇，六，二九稿。

旗幟

地：遼寧。

時：二十年九月十八夜。

人：王正光、王妻、王伯明（正光子）、劉老爺、聽差、某青年。

景：王正光家的樓上休息室，中產家庭的布置。幕開時，舞台黑暗，窗外稍有燈光射進來，突然炮聲驟起，火光隱約可由窗外看見。初約十分鐘一響，繼則四五分鐘一響。

（王及王妻睡眼矇矓地出來）

王：怎麼回事？

妻：大概又是日本人在演習吧！

王：大概是吧！真的，在我們中國的地方，半夜三更，任他們演操，使全城的都不能睡覺，簡直是日本的世界了。

妻：他們那般日本兵看中國比朝鮮還不如，公然敢在半夜三更裡這樣的鬧！

王：要是中國兵常常演操，我們倒還可以去請願。而現在，只有時時在夢裡來聽這種可怕的聲音。

（炮聲大起，門窗為震）

妻：恐怕不是演習吧？（近窗）

王：哪是怎麼回事？（開窗外望）

（火光映著天空發紅，窗外街頭人聲鼎沸）

（聽差進）

差：老爺！老爺！

王：開燈，老李，外面怎麼回事。

差：聽說，日本兵打進來啦！

妻：什麼？

王：你說什麼？

差：隔壁阿榮來叫我，說是他們老爺派他來的，叫我同老爺說，他們老爺叫老爺快點起來，說他們老爺就過來，同老爺有事商量。

王：（對妻）你去換換衣服，把我的衣服拿來。

（王妻下）

王：老李你怎麼知道是日本人進城了？

差：是阿榮告訴我的。

（王妻上，把衣服放在沙發上，坐沙發左端，王穿衣）

（聽差下）

妻：正光，伯偉與伯明在學校裡怎麼辦呢？

王：（思索）

（炮聲槍聲）

妻：正光，這下子我們怎麼是好？

王：老李！老李！

（聽差上）

差：老爺……

妻：你趕快接大少爺和二少爺去！

差：老爺！你看（指窗外）這樣的炮火底下怎樣能夠出去呢？即使我不要命去啦，那日本鬼子還要我的命哪！老爺，你怎還不知道，他們現在多麼凶狠呢！

王：也真沒有辦法！

差：要是有人說大家集合起來同他們去打一仗，我倒是肯幹的——不過為了少爺，要我去一條命，那未免太厲害了。

王：你打一個電話到銀號去。

差：（打電話）喂！456……喂，你哪裡……什麼，你哪裡呀？你，你……你……什麼？啊！……哎喲，老爺！你的銀號已被日本軍隊占去了！

（放下耳機）

王：（驚）啊？什麼？

差：你的銀號已經被日本兵占去了！

王：有這事嗎？

差：自然是有的。國家亡啦，自己的財產還能保得住嗎？

王：你怎麼不找張先生說話呢？

差：銀號都被日本兵占去啦，經理還能好好地待著嗎？沒準都死了吶！

王：別胡說！

（少停，電話響）

王：喂……哪兒……啊！你是張少庵啊……啊…………現鈔都被運走了？（掛耳機）

妻：銀號的現鈔運走了？

差：老爺！怎麼回事啊？

王：唉！他說，軍隊一來，就什麼都被他們占據，他把庫房的鑰匙交給了他們，他們立刻就把現錢運走了！

（門鈴響）

妻：大概是伯偉與伯明回來了吧？

差：我開門去。（下）

（王與其妻期望著進來的是他們的兒子，但是，劉上）

劉：不得了，老王，日本兵已經打進來了！剛才日本兵打電話給我們邊防公署，說四點鐘以後就要占領瀋陽，司令就派我去設法緩和，誰知道他們立刻就開起炮來了！

妻：我們的兵為什麼不同他們打呢？

劉：我們的兵個個都憤慨得不得了。他們連最後的通牒都不下就開起火來，所以個個都要跟他決一死戰。但是因為我們接到了上面的訓令，叫我們鎮靜，叫我們不要妄動，聽中央來解決，所以我們就只得退了。現在我已經接到了許多的報告，說是北大營燒了，我們的軍隊安安靜靜地退出來，但是他們埋伏著的機關槍卻仍舊向我們掃，所以我們的兵士就死了不少。兵工廠，還有別的，也都被他們強占了。服裝廠，糧食廠，也都被他們燒了。凡是穿軍裝的人他們是都要殺的。現在我們是完了，我想我們還是趕快走吧！我們到了北平，再去請求中央正式抵抗這種強暴的侵略吧！

妻：我們趕快去吧！讓我去整理些財物。

劉：什麼也不必理，他們是不許你帶東西的。

妻：正光，伯偉與伯明怎麼辦呢？

劉：這是沒有辦法的，人死的，失散的，也不只是他們兩個人。我們應當去想善後辦法，我們要準備著同他們宣戰。這兒自從退讓的命令到了以後，他們趁此就把所有的警署都繳械了。我們要到北平去，把這些事去告訴給大家聽，要大家集合起來，準備同他們宣戰才好。

（伯明急進）

明：爸爸！學校已被他們占領，學校裡的同學跟他們抗爭起來，被他們殺死了，哥哥也被他們殺死了！

妻：什麼？

王：什麼？你哥哥被殺死了嗎？

妻：真的嗎？（與門外難民啼哭聲相應）

明：媽媽！哭也沒有用，我決計和他們拼命去！啊！劉老伯，你不是有手槍嗎，給我，請你給我一支，我願意報仇去！我哥哥為反抗強權而死，我要為打倒強權而死，那些日本兵簡直是沒有人性的，他們一進我們的學校，就殺死了我們的校警。

劉：伯明，你靜一靜氣，我問你，你一個人有麼用？我們現在是應當到天津或北平去，報告他們這兒的狀況，請求中央抵抗。我們應當鄭重地來死，我們應當有組織地去同他們爭鬥才對！

明：劉先生，你是一個軍界裡的人，你自己沒有勇氣，要我也隨你到北平去，不管這兒在被屠殺的同胞而跟你去享福嗎？你給我槍！我一定要殺死幾個人來泄我的氣。

劉：伯明，你的勇氣是可佩服的，不過你也要知道中央的意思。我們的兵士是個個都要去打仗的，但我們都是叫他們忍耐著，要臥薪嘗膽，有組織地、有計畫地去奮鬥才好！

（下面一片「中華民國萬歲」的呼聲與槍聲，有某青年揚著國旗上）

某：（手揚國旗）到處都改了日本旗幟！唉！（振臂）中華民國萬歲！（將旗伸窗外）中華民國萬歲！

（街上槍聲，青年握旗倒。街上又有應聲）

王與妻：（握旗，伸手振臂呼）中華民國萬歲！

（槍聲，先後倒，街上應聲更大）

聽差：（繼之）中華民國萬歲！

（槍聲，又倒，街上應聲更大）

（劉取手槍護旗，大聲疾呼，街上應聲更大。槍聲，又倒，應聲更大）

明：（大呼）弱小民族萬歲！全世界被壓迫的民族聯合起來！

（應槍聲倒，旗仍握手中）

（微聲地）被壓迫的……聯合起來！

（下面呼聲更大。旗仍在窗口飄搖）

——幕下。槍聲、機關槍聲還是不斷地響著——

一九三一，九，三〇稿。

野花

時：某年某月某日某時

地：某國某省某處某地

人：某少女同某青年

布景：某少女家裡的某間房子，房內到處都插著某種野花。

女：（像剛從外面回來，忙碌著似乎從外面田野上採來的鮮花，很愉快地把它放到許多花瓶裡去，把枯的換新的。撫弄，看，布置，這些是任何女子都有的動作，當她稍微閒一點的時候。她繼續地哼著高尚的流行的歌曲）哼……哼……哼……

男：（進來，輕輕地到她的背後，溫柔地說）果然！

女：（驚愕地回頭）哼！你又來了！

男：（故作未聞）啊！真是漂亮得多了！

女：（避開男）哼！你不是說要自殺了嗎？

男：（故作未聞，近花瓶旁）啊！真是香得多了！

女：哼！你幹嘛又來了？

男：唉！真是妙得多了！

女：哼！你又來了！

男：啊！（似乎是這時才醒過來）對不起，小姐，我是跟著花進來的。

女：哼！你不是說要自殺麼？

男：春天不是自殺天！

女：哼！

男：唉。何況是人，滿地的野花不都活著麼？

女：……

男：果然是漂亮得多了！

女：我早就對你說不愛你了！

男：你愛這花麼？

女；是的，怎麼樣？

男：我也愛這花。

女：那同我有什麼關係？

男：所以我跟著這花又到這兒來了。

女：你在野地裡等著我麼？

男：不，那花叫我陪它一塊兒走的。

女：到哪兒去？

男：誰知道！誰知道它會要我陪它到這兒來呢？

女：鬼話！
男：不，這不是桂花，是……是……小姐，是你說錯了！
女：野地裡不有一大片花麼？你為什麼要跟這些花來呢？
男：說也奇怪，花一到你手裡就美麗起來，到了你的家更漂亮了！進了你的門，更幽雅了！插進你的花瓶，更妙了！經過你的布置，更香了！現在這是成了家花了！野花哪有家花妙呢！
女：你不是說很悲哀麼？
男：要是不悲哀還來找你麼？
女：你的樣兒是悲哀的樣兒嗎？
男：十四年以前，我被母親罵了以後，你不是說「春天不是悲哀天」嗎？妹妹，你的話，你的話我是永遠都服從的。
女：我可沒有同你說過「春天不是自殺天」。
男：你既然不許我悲哀，你想，不悲哀我還自殺什麼呢？
女：「妹妹」？這都是小孩時候的稱呼！我已經同你說過你不要再這樣稱呼我。
男：不過小孩時候，你是答應我叫你妹妹的。
女：小孩時候啊！唔！十四年以前呀！你是像這花一樣的挺秀，然而現在，你是沒有悲哀，沒有害臊的事情，沒有勇氣，哼！
男：你以為我沒有悲哀嗎！
女：……
男：老實告訴你，小姐，今天，我正想自殺的時候又碰見你了！一見你，我自殺的勇氣完全沒有啦，你知道嗎？

女：你正想自殺的時候？

男：是的，就在那一片野花上面，我要用我的血把它們都染紅。同落日一樣紅，同朝霞一樣紅，同你的嘴唇一樣紅，同我的心一樣紅；年年，月月，天天，只要你一出門，就可以看見這一片紅色。鳥對著它們唱，鳥就變了紅色；蟲在它們旁邊爬，蟲就變成紅色。然而你從那邊來了，我看見你我就呆啦。看你採花，看你拿花；遍野的花都浮起無限的嬌艷，宇宙的一切都改變了顏色，我沒有了自殺的勇氣，有你在旁邊的世界，滿不是我一個人所居留的那樣討厭可憎。

女：是的，你臉上那種沒有悲哀染過的氣色，身上那種漂亮衣服的裝束，難道也是我碰見你而改變的嗎？

男：我是不想自殺的人，今天的自殺念頭是我在野花上面升起來的。

女：不像會自殺的人是絕沒有勇氣自殺的。

男：你以為我沒有勇氣自殺嗎？

女：沒有氣概的人根本就談不到自殺。

男：我是沒有氣概的人麼？

女：是的。

男：你想一個愛你這樣女子的男子，會是沒有氣概的人嗎？

女：我所不愛的男子大都沒有氣概的。

男：假如你要是真不愛我，我相信我是會自殺的。

女：我不是早就同你說不愛你麼？
男：我不知道你以為什麼樣的人是有氣概的人？
女：像十四年以前的你似的。
男：那麼你以前是愛過我的了！
女：我當然承認。
男：你現在是不愛我啦？
女：對了！
男：我能否知道些，關於你以前愛我的過程。
女：我現在不願意同你多談話！
男：假如你今天將我所要問你的都告訴我，我以後一定不來擾你了。
女：真的嗎？
男：（堅決地）一定！
女：那時候我們不都是小孩子嗎？
男：我們都是小孩子，我只知道想同你在一起，還不知道什麼是愛。一直到後來，我沒有忘你過，慢慢我意識到我在那個時候就愛你了！
女：我也是這樣的，不過你是從什麼時候起，就「想同我在一起」呢？
男：自從第一次看見你起的。
女：這是怎麼一回事？（回想地）是在你家嗎？
男：這個我永遠不會忘的。假如兩個不認識的人在戲院裡交好起來是鍾情的話，那麼我們在十來歲的時候就鍾情了。

女：（想不起來）……

男：這個我永遠不會忘記。在那什麼紅樓戲院裡，你母親就坐在我們的旁邊，那時候我的母親還同你母親認識不久，對不對？但是我就愛了你，我把我母親給我的糖果偷偷地獻給你，你都接受了，而且你也把你的給了我，你忘了嗎？

女：是的，我也是一見你就喜歡同你在一起的。

男：所以以後上帝就讓我們家做了鄰居，我們同伴了四年。

女：四年中我沒有同你不好過。

男：啊！不過我們到第五年就分別了，分別以後，你就忘了我們的以前，就忘了我啦！

女：我是時常想到你的。

男：時常想到一個沒有氣概的男子嗎？

女：別了以後，什麼印象都淡了，使我時常想起你，而且使我證明我自己所愛你的是你堅強的個性，豪放的氣概所表現的一件事情。

男：這是怎麼一回事？（回憶地）是在你家麼？

女：這是我永遠不會忘的。假如兩個十幾歲的少年在月夜野地偎依著哭泣是戀愛，那無怪乎我自己證明我自己是在愛你了。

男：（想不起來）……

女：這是我永遠不會忘的。在我們做了鄰居以後，那屋子門前不就是一片野地麼？那時候滿野地，同這兒門前一樣的開遍了野花。是傍晚的落日照著花香，我親記得，我就在那兒採花的時候，你匆匆地跑來，約我在夜裡十一點到門口等你。我怎麼會忘呢，我奇怪而且驚惶地一直等到十一點，從床上到門口，開門就碰見了你，你挾著一個包袱，月光下面可以看見你的眼淚在流，你拉我到野花上面，告訴我你母親有一件事情冤枉了你，你決定一個人出去做工去。經過了一整夜，我冷靜地勸慰你，告訴你，你母親的愛你；你走了以後，你母親一定要悲傷的；這樣你方才不走了。這是一件偉大的事，有氣概人物做的，這種人物才是有自殺的勇氣的。

男：原來是這個嗎？這我怎麼會忘呢？你要知道就為了這個，使我到野花上面不禁想自殺起來了！

女：我想念這個有氣概的男子，分別了十年以後，一直到現在，我還在想他。每年在那野地採同樣的野花來紀念他。幾年來，自從那花開了以後，我沒有一天不去採它的，把枯的換上新鮮的。

男：那是證明了你到現在還是愛我的。

女：我所愛的是一個在十三、四歲時候為一點兒冤枉而就願意脫離母親去自立的人。

男：然而這就是我呀！

女：不，不是你！是的，是過去的你吧！

男：但是我是始終這樣的愛你，沒有改變，沒有改變，沒有改變。

女：改變的是你自己的氣概。

男：不，我沒有改變自己的人格呀！

女：也許是的，不過你是整天說要自殺而又無力自殺的人，要是沒有改變你的氣概，那就是改變了對我的愛，不過，以這種個個男子都會運用的一句「你不愛我，我就要自殺」來騙我罷了！

男：不過你知道死是只有一次的。

女：誰不知道是一次，這是有氣概的人永不會說的。那時你要跑掉自立去的時候，你可曾想到這樣分別你的母親是只有一次的，這就證明出你氣概的改變！

男：但假如我自殺了，你是會後悔的。

女：那時，你為什麼不想到你母親的後悔。

男：假如你真不愛我，我相信我是會自殺的。

女：我早就同你說我不愛你啦！

男：（仍保持他的愉快的語調）那我還說什麼呢！（唱著歌翩然而去）

女：唉！（坐下，伏頭泣）

（有槍聲在門外響）

女：（突起，急出，驚惶的表情是告訴我們那槍聲之由來）啊！芸哥！

（舞台暫空）

女：（台後）老馬，趕快去請王大夫去。

男：（女扶著他上來，幽微囁嚅地）小姐，門前有幾朵野花是被我的血染紅了！（女扶他到沙

發上）

女：我愛你，你不要叫我小姐。你快不要死，我們……（泣）

男：不過你知道死是只有一次的。（幽微而顫慄）

女：這是誰注定的呢？（恐懼而凝神的神氣）

男：假如……有上帝，也許是他吧！（更幽微而顫慄）

女：為什麼要這樣注定呢？（哭）

男：死要是有兩次，你說還能說死是有氣概的舉動嗎？（聲音更幽微而顫慄。慢慢在幽微中消失）

女：醫生怎麼還沒有來？（少停，自語）上帝為什麼要這樣注定呀？

男：妹妹！這是叫……不要逼死她的愛人！（苦笑，似乎還保持著他愉快而幽默的語調）

女：……

男：（呼吸迫促，漸漸至於微弱）

女：（哭）……

男：同太陽，同我的心，同你的嘴唇，同……一樣紅。那幾朵鮮紅的野花，你要……要……唉！

（幽微而拖長）

女：哥哥！哥哥！（吻他，抱他，抱吻他）哥哥！哥哥！

——幕——

一九三一稿。

男女

第一幕

夜。

（石膏像前，女子濃妝艷抹，剖心裂肺對石膏像訴陳）

女：今夜在這月色籠罩之下，你更顯得高貴崇高與不可企及的純潔；我在你的面前，更覺得世界的污濁。許多人都說我性情古怪，這或者很對，但是這古怪就開始在我愛你的那一剎那起。那一剎那，記得是去年的夏天，我倦遊歸來，洗了一個澡以後，一個人到這花園裡來乘涼，我發現了你的高貴與純潔。太陽曬著你，你不理會，風霜打著你，你不理會。在這花園裡，花開謝去，樹葉長起了落掉，月圓了缺，黃鶯消逝了是鷓鴣，鷓鴣隱去了是杜鵑，杜鵑啼死了是烏鴉。甚至這花園的主人，我祖父死了是母親，母親死了是我，一切都在變，在變；只有你，兀立在花木中間，沒有半點喜怒，平平淡淡看著世事的變遷，我想到這點，我就時時刻刻忘不了你。

在我廣泛的交際與繁忙的集會中，我一想你，我立刻覺得空虛，但是我把我的心我的一切獻給你，要在你的身上獲得一點依靠，我在你頭上的窗口，在你腳下的座前，向你低訴，求你一點慰藉與依靠時，你總是默默，永遠默默，不給我一個聲音，不對我笑一聲，也不看我一眼，你驕傲得像一個神。

於是我痛苦了。為消磨這份痛苦，我只好再到酒綠燈紅裡去尋樂，在交際場接受男子們的追求與包圍，但是這是可憐的。世俗上的男子是多麼卑鄙與無恥！我在他們笑容之中看到一個個下流的禽獸的面目，我厭憎他們，一想到你我更加厭憎他們起來。在這些交際中我總是帶了一身疲倦與穢俗回來，但是一見你我就立刻純化了！你實在是高貴，但是為什麼你這樣矜持，這樣驕傲，不給我一句話，一聲笑，再或者只是平淡的一瞥。

這痛苦一年來越來越厚了，多少次以後，我一方面心裡慚愧，一方面更厲害地厭憎這些世俗的男子，另一方面我感到你對我輕視，也許就因為熱衷於這種虛榮的緣故，但是這是冤枉我的。實在，我是在愛你，一天深似一天在愛你，但是你傲慢地輕視我的愛。

為排遣這個愛情的痛苦，我會經旅行交知心的女伴，但是天下無不完的旅途，無不散的筵席，那些女伴都有的定情了，有的結婚了，春春夏夏都過去了。我在一個人回家的心中，只有你還肯兀立在我的身旁，立在我面前，所以我想你是愛我的，但是你驕傲，你不願對我有一點親近。

自然，有許多男子都熱烈地愛我過，有的還在愛我，我也是一樣地驕傲，不給他們一點親熱，但是在友誼範圍之內，我總給他們一點安慰，可是你連這點都不給我。

有人以為像我這樣的人，應當是再快活沒有了，不愁吃，不愁花，又聰明，又美麗，許多人都在恭維我，每天有人請我吃，請我玩，但是我的痛苦隱藏在我的內心。

有一個時候我沉悶了，就是在熱鬧的場合中我也皺著眉不說一句話，我內心使我懷疑自己起來；許多人給我歡娛與勸慰，但是這是不入耳的，可厭憎的話語。

有一個時候我病了，多少醫生都來侍候我，多少人送我花，送我菜，給我笑容與問候；但是都是隔靴搔癢，我只感到嚕嗦與麻煩。

因為我在愛你，只有你可以給我安慰與快樂，給我永生的美與不變的愛。

現在你說，你到底怎麼樣呢？（稍停）在我，我是從來沒有向人說一句愛，從來沒有答應人說一句愛，但是對你這樣的低訴，已經不知有多少次了！（稍停）

但是這是最後一次，最後一次。因為雖然我愛你，我還要顧到我自己。（稍停）

啊，那麼你不愛我，你真的一點不愛我。那麼好，我只好努力來忘去你，我要把你趕出去，我要把你毀壞，我要把你磨成粉，我不讓你去愛一個人，對一個人笑，或者說一句話。

（稍停）

怎麼樣？你假如有什麼條件，我都可以接受，只要是我的，也都是你的，我的一切，身外的一切不必說，就是身內的一切也都可以獻你。（稍停）

愛，那麼怎麼樣？只要你點一下頭，或者笑一笑，在我已經是滿足了，滿足了，在我已經是獲得了永生的救。（稍停）

你不笑，也不點頭，好的，那麼你一定是不愛我了，一點都不愛我的了，那麼我要毀壞你，我要把你趕出去，磨成粉，不讓你兀立在我的花園裡，不讓你兀立在人世間。

（稍停，注視著石像）

啊！你在驕傲，你在藐視我，藐視一個永遠被人重視的我。我一定要毀壞你，毀壞你的永生，毀壞你的傲慢。啊，不，我要你兀立在世間，兀立在我的花園裡，兀立著看人世間的歡樂，兀立著看我在別人的臂上，兀立著看我在這裡舉行婚禮，兀立著在這裡看我們舉行宴會，都是一對一對的來賓，讓你孤獨地兀立著。（稍停）

怎麼樣？這是我最後一句話，我給你最後一分鐘的考慮。假如還是不對我笑一聲，或者點一下頭，我一定這樣做。（看錶）

啊，十秒鐘過去了！啊！還有半分鐘。你還是藐視著我麼？我只要你點一下頭，或者笑一聲。笑一聲或者點一下頭，這在我已經夠光榮了。啊！一分鐘過去了！你笑，你笑，我求你笑！我求你笑！我願意跪在你的腳下，等你一笑！（跪下）你不，啊，你不，你輕視我到這樣，那麼，好，我一定這樣做！（立起）一定這樣做！（下）

——幕——

第二幕

晨。

（女子坐在沙發上，一個潔淨的男子在她面前，剖心裂肺對她訴陳）

男：太陽出來了，鳥叫了，我立刻就想到你，我要到你的面前來，訴我心頭的情熱。

這樣對你低訴已經不是七次八次了，因為我愛你也不是一年兩年。春天過去了，我愛著你；夏天過去了，我也愛著你；秋天過去了，我愛著你；冬天過去了，我還是愛著你。時節有變的時候，月兒有圓有缺，花有開有謝，只有我對你的愛，是永遠的，固定的，不變的。

你驕傲得像一個神，你藐視一切，自然你也看輕我。但是最會看輕人的人也最會看輕自己，當一份真正的愛情過去的時候，一個女子就會愛一個不愛她的人的。

我說到死，是的。因為今天是我最後一次來對你陳訴了。假如你還是對我這樣藐視，我決定在你面前自殺。

這不是我來要挾你，這是我的決心。我想起我最初愛你的一剎那，記得是一個春天吧？我真光榮，我會碰見你，碰見你以後我就忘不了你。你的高貴、崇高以及不可企及的純潔，把我的心靈完全純化了。

從此，我改革了自己的行動，我改變了我的性情，我把自己雕塑成一個最美的雕像，來奉獻給你。

但是你驕傲，你藐視我一切，你從來不理會我一點。

我記不得我對你低訴多少次了。每次的失敗，我總覺得我自己有什麼殘缺。我缺乏健康，我弄到了健康；我缺乏錢，我賺到了錢；我缺乏遊戲的技能，我學會了一切的技能。雖然你不說，你吝惜你一聲笑，一句話，吝惜你對我的批評，但是我自己體驗思索，我終要做你理想的人。

「現在是時候了。」我常常這樣想，但是你還是藐視我！於是我再去體驗思索，改革自己，這樣，我的生命與光陰都在愛你之中消耗著。

自從愛你以後，許多人說我變了，我斷絕了許多交際，斷絕了許多朋友，我只是一心一意修煉我自己，同迷信的人修仙一樣。在我，這是真的，只要得到你一個笑，只要得到你對我有一點恩惠，你已經把我引渡到西天的樂園。我願意捨棄世上的一切，甚至捨棄我自己，我願意做到你身上一根毛，一個細胞，或者做你身邊一樣東西，可以常常使你去用它拿它指使它，我不願意孤零零地在世上，這世界好像同你的世界是兩個一樣：永遠碰不著你。

愛，我愛你，這是一句老話，但是一句不變的老話；海會枯，地會陷，天會荒老，但是這句老話是永遠年輕與新鮮。也許你會老，我會死，整個的世界會毀滅，但是這句話會永生。

說我心頭的話是說不盡的，假如你知道我嘴唇的愚笨，那麼請你用心來聽我的心，我的心永遠在對你低訴，即使在睡覺的時候，它也在對你低訴。除非是死，那時心也許死去，但這些話將活著，永遠活著。心死了化作泥，這些話將在泥裡生長，幻出不同的花草，永遠在世間芬芳。雖然沒有人懂得，但是永遠代表情人們心裡的話語。（稍停）

愛，假如你覺得什麼，或者說我什麼不合你理想，你同我說，我會改變自己，我會努力。否則你就給我一個笑，或者看我一眼，你的一瞥與一笑，在我是天間的音樂與畫幅。它會告訴我什麼是真，什麼是美，什麼是善，什麼是我夢中的究竟。（稍停）

但是你不，你吝惜一句話，一聲笑，那麼你點一下頭吧。（稍停）

啊！你不，你不。那麼一切都絕望了，我還有什麼話說？我愛著你，我好像覺得上天與母親生我只是為你，如果你不要了，那麼我只好毀滅我自己，我覺得站於這世間，坐在這世間都沒有意義的。但是我能夠毀滅是什麼？不過是我的肉體而已。而我的靈魂還要追隨著你，它會飛，在天上，在月下，在那山間水邊，在你足跡所到，想象所及的地方，在你衣袂起處，夢裡呼吸所振動的空氣中，它要圍著你飛，飛。（稍停）

那麼，愛，假如你是厭憎我的話，厭憎我當我的心變成泥時，我的話會化作了花草；或者厭憎我的靈魂在我肉體死後長出翅膀圍著你飛，那麼請你在我自己毀滅肉體以後，來毀滅我的靈魂。這靈魂是為你生長的，我相信。我已經無能力去毀滅它，只有你，你有能力可以使它安息。為你的安寧，我願意告訴你，在你能力下的一個方法，用你崇高、高貴以及不可企及的純潔的吻，一個，只要一個，那麼它就會安息了。（稍停）

但假如你不吝惜這個吻，那麼我，在我自然願意在生前領受；領受了也許我獲得了永生。（稍停）

啊！你始終驕傲得像一個神，那麼你是不會對我有半點同情了。我不惜毀滅我自己，但我既然是為你而生存的，我毀滅自己就是毀滅你的一件東西，而這是你在毀滅以後要感到寶貴，感到需要，感到我把它毀滅是錯的。（稍停）

愛，我求你有一個聰明的感悟，愛，（跪下）請珍惜一個為你生存的生命，它是你的，不要讓魔鬼捉去。（稍停）

啊！你像神一樣的驕傲，好，那麼讓我毀滅我自己吧！（他拿出手槍）啊！你還是沒有一點表示，但是我知道假如我開槍了，你就要後悔，因為你會覺悟到你失去了最寶貴的屬於你的為你生存的生命。（稍停）

那麼，思索吧，我請你有一分鐘的思索。（看錶）啊，十五秒了！請你細細地想，細細地想一下。啊！三十秒了。愛，只有三十秒了！在這三十秒中，你一聲笑，一句話都是天神給你的，否則你會後悔，會後悔。

啊！那麼你連想都不肯想一下了，我還有什麼話說，唉！（開槍）

女：啊喲！原來男子真的會自殺的！

——幕——

一九三一稿。

兩重聲音

時：晚上十一點鐘辰光

地：海濱山丘上之別墅

人：兄、弟。

景：一間很精雅的臥房，右通外；左通浴室，有門簾深垂，放著油燈。

兄：（一隻手放在袋裡，一隻手拿著鑰匙進來，凶獰陰狠地到浴室門口，用鑰匙開門，以腳踢門開，即以右手拔槍射擊。有人「哎喲」的叫聲）

你叫「哎喲！」也沒有用的，兩里外才有別人的住家呢！這是你的別墅，不是你都市裡的家，你知道麼？（裡面有受創的呻吟聲）在這樣的別墅裡，四面什麼人都沒有，雖然有些海浪的聲音常常飛來，但是這不是錢所能買的，不是你所能指使的。這樣的地方，再加上是晚上，誰先開槍誰就勝利，你知道麼？兩個人之間，你的學問，你的名譽，你的錢，你的勢力全用不著，全失掉了重心，只有這槍，我開槍的手指，是你的上帝了。哼！多少年來我的忍受！我像奴隸一樣的讓你指使，就是等現在陪你來避暑的機會！到這裡一個月來，我天天都觀察你的習慣，你的起居的地方，我看到只有兩個地方可以有把握的來殺死你，一個是你的床上，一個是你的洗澡盆裡，不過你的床是你睡覺的時候用的，我進來，你要是醒著，我是無法可以支吾，而且我知道我是一個有肺病的人，我的身體敵不過你，再說這屋子的地方太大，我很難計算我的標的。而且我是要先把你打成一個半死，把你該殺的罪狀，同我殺你的理由說給你聽聽，讓你明白了以後再死去。兩禮拜來我每天在這個地方，算得很仔細，我站在這兒，用這樣的角度打在澡盆裡的你，使你半死，使你沒有說話的能力，而有聽我說話的能力，等我的話說完了，再來使你全死。好！現在你聽我說吧，我的話你也應當愛聽，因為有許多你平日想聽都不讓你聽的話，現在我要講出來，其實你現在不想聽也沒有辦法，你，我想你的手已經沒有來堵你耳朵的能力了！哈哈！我的嘴很渴，嗓子發燥，我去喝一點水再來說吧！現在到了要你等我的日子了。（見几上的酒瓶）啊！你有這樣好的香檳酒！哼！這是你時常指使我時喝著的東西，現在我要喝著來同你談話了，以前是你坐在沙發上，我站在你旁邊，現在是你躺在浴盆裡我站在你的旁邊，你應當得意，我到你死時還是做著你的奴隸的，對不對？我的少爺！

你別以為你是多麼高超，要是我的母親不死，還沒有你這樣一個人呢。你的學問，你的名譽，你的風度，你的錢，你的著作，那完全是我的，然而我的母親在我六歲時就死了，父親就娶了你母親，於是才有你這樣的生命。我只受了小學教育，以後就做了你的書僮，而你呢，那時候就欺侮我，倚賴你母親的勢力。爸爸那時又去南洋，你叫我犧牲了一切自己的個性，忘了自己的生命，來做你的奴隸，你的玩具，叫我趴在地上做狗讓你騎；你要我抱就抱你，你要罵我就罵我，要打我就打我；你上學時候，我替你趕驢拿書包；那時候我是什麼都不知道，我自己好像感到這就是我自己的本分似的，每天這樣的過下去。以後爸爸又忽然死在南洋，你舅舅把你送到中學，把我留在家裡做奴隸。不過幸虧你好，你的書叫我看，叫我替你做功課；國文、英文、算學等功課，哪一樣不是我為你做的？你自己到你母親那兒去吃東西，我在煤油燈底下為你做功課，那時候你大概很得意吧？不過這些知識成了我殺你的一種力量了！哈哈！起初我是想逃，於是我偷了一點東西就逃了，但是社會上就說我是大逆不道，別處也沒有飯吃，終於被你舅舅捉了回來。以後你進了大學，我就失了讀書的機會，但是我那時候是寫過好些牢騷的文章的。此後你大學畢業出來了，留學去，可是那時候你的舅舅死了，你留學剛回來不久，你的母親又死啦！你那時居然是經濟博士，做了大學教授還兼著兩個官，把家搬到省會去，你為你的地位同名譽，你用你的手段，你的權力，你的經濟能力，逼我承認不是你的哥哥，而是遠房的外戚寄住在你家裡的人。我當時真想把你殺掉，或者是我自己逃走，但是我那時已經很聰明，我知道在都市裡殺掉你，是我不值得，而且糊糊塗塗讓你死去也使你太快樂；逃走呢，那更是饒了你，所以我就裝著傻，臥薪嘗膽的來做你奴隸，我知道總有一天我會把你置於死地的，現在，這個時候到了！哼！（飲酒）

你別以為自己是高超，人都一樣的。你一方面比我好，你比我好的地方，就是你有一位像蛇一樣毒的母親，像狼一樣狠的舅舅。你自己有什麼？你自己有什麼特別的地方？學問、名譽、風度……完全是那毒蛇同狠狼給你的，你以為比我漂亮嗎？是的，現在看起來，你似乎是隻肥羊，我似乎是一隻禿毛的駱駝；但是假如從小同你換一個環境，那老實說，我會成一隻仙鶴，而你，你就將像一個王八了！那你還有什麼可以同我驕傲？啊！是的，你的母親同你的舅舅是你可以驕傲的東西，因為他們造成了你半蛇半狼的人格，這種人格，就是你勝利的地方，是你認為最得意的地方。你會欺騙，會用手段，對於你的上司，對於比你好的，比你闊的人會拍馬屁，而對於比你窮的，比你社會關係少的人會剝削，於是乎你就闊了！你就做了教授還兼著官，把我——你同父的哥哥當做你的奴隸。在省會裡，那時不知底細的人才受你的欺騙，而知道你底細的故鄉的父老們對你的印象是怎麼樣？對於你的批評是怎麼樣？你的學問，你的經濟學博士、大學教授，完全靠你的滑頭的手段得來的，你能夠用欺騙的方法，滑頭的手腕，胡謅的本領在講堂上使學生們喜歡，而真正經濟上的知識，你懂些什麼？只要真的同你接觸，你這種假面具就會完全顯露的。現在全國雜誌上似乎都有你的文章，似乎你主張很多，你成了經濟學界權威，然而要真仔細地看來，你的文章全是千篇一律，改頭換面的東西，你永遠不曾有系統的具體的主張過，只是迎合著社會變更你的主張，哼！你的內容只是這一點滑頭而已！你自己是意識到的，我知道，你只想這樣去求你的名利。啊！我知道的。（裡面有呻吟聲）

你不用呻吟給我聽，還是聽我的話吧！我知道你所意識到的欺騙，滑頭，不願意人來提的，不願人知道的，所以你永遠不到故鄉去，不同我們本家親戚來往；然而你知道，你別以為我沒有知識，沒有見解，你知道近年來，你家裡外國帶來的書架上的書，我比你要多看得多麼？你的欺騙，滑頭，你以為我看不出嗎？哼！我看得比你自己還看得清楚呢！還有，有幾個學生，以及你的同事，你別以為他們都是傻子，他們也都是很明白知道你的，知道你是什麼樣一個人，知道你是一個什麼東西。固然在表面上他們總是同你敷衍著，和和氣氣同你來往。不但是你的學生同你的同事，就是你的太太，你所最愛，而且認為最愛你的太太也早就知道你了！知道你的可惡，知道你的滑頭。她是你母親娘家的人，但是你還記得在幼年的時候她就同情我，同我好的麼？自從你們結婚以後，我把你的凶狠，我的悲痛全盤地告訴了她，她就知道了！以後慢慢地，慢慢地，這是你萬想不到的，你所最卑視的，最認為難看的，最沒有知識的，最沒有價值的僕人，會把你愛人的愛搶去，把你愛人的心搶去了！不但如此，我也已經把你愛人的肉體也占據啦！哈哈！（稍停）好幾次你想辭退我，送我到故鄉去淪落，而你太太偏留著我，就是這個道理。這你到現在才知道吧！現在你該明白，你的三個小孩子完全是你生的嗎？你太太愛你的小孩子，因為是你們的結晶麼？我保護這三個孩子是真因為愚蠢地對你服從嗎？錯啦！完全錯啦！因為這大半是我同你太太的結晶！哈哈！

（咳嗽）

唉！我話說得太多啦！我的肺部又隱隱作痛起來，但是，我是很痛快，我終於有了今天，一個把你打死的日子。你不用得意，我的身體不好，正是證明著你的母親同你的舅舅從小把我摧殘得厲害。（拿出紙煙）哼！現在世界是我的啦，我還抽這種煙！（拋去，在桌上拿雪茄煙抽）啊！究竟是經濟學博士抽的，我抽啦，氣也順得多啦！真是，只要有錢，身體還會不好麼？我很高興，明天起我就可以好好地去治肺病啦！你的太太，她會看護我，我會一天一天健康起來。我要在遠處，買一所房子，我們安逸地居住著，有三個小孩來娛我晚年，哼！你想這樣多麼快樂。（咳嗽）現在咳嗽一會怕什麼？我要告訴你想知道的我心裡的老實話。但是我是一個弱者，不願見你血肉模糊的樣子，其實你的討厭樣子我已經看夠了！我決不想再看，等你死了，我把這房子燒掉，不留半點痕跡。假使還有人疑心我的話，那我就打算同你太太到外國去！這並不是我懦弱，實在說，我不相信這種法律，法律只是保護你們統治的人就得了！這正是我的強處，我要享福給你看，其實我現在已經在享福了！坐在沙發上，抽著雪茄煙，喝著香檳酒，你想這是多麼舒服，你再想起明天你最愛的太太就要公然做我的太太了！你再想，你的小孩以後要在我的腿旁邊來叫我爸爸了！你再想……你這樣地想下去，想下去，（裡面有呻吟聲）你，我相信你會忘掉了你的痛了，這是我的經驗，我所以能夠這樣的忍耐，完全因為晚上有這樣的夢想，夢想有那麼一天，現在果然！你現在如果這樣想，那更是千真萬確的明天必要實現的事情。（咳嗽）

我又咳嗽，你聽著不要得意。如果現在咳嗽就死了！在最後一口氣裡，我也當給你一槍，你放心，反正你要死在我的前頭了！雖然我歲數比你大，我身體比你糟，我調養得比你壞，我吃苦比你吃得多得多！然而到如今，你是要比我先死去！就是現在警察來了，我也要在警察面前給你一槍的！（到牆上拿下一張照相）

這是你太太的照相，已經在我的手中了！你聽我來同她接吻，（吻相片）我把她貼在胸上，今天晚上我要睡在你的床上，把它放在我的頭邊，你曾想到我的夢是多麼甜蜜，而且這夢，是明天就要實現的。你呢！你不但不能抱她，而且也不能見她！不但不能見她，而且也不能見她的照相，更不能同她見面了！實在，哼！你現在是連叫的能力都沒有啦，你聽我叫吧，你聽的能力也許總有吧！哈哈！「玲英！玲英！親愛的！親愛的！寶貝！寶貝！我的心！我的心！」你聽見了麼？她也是這樣地叫我的，她也常常叫我「My darling」，這我也該叫她的「啊！My darling，明天我們該在一起了！對不對？」「親愛的，你說的話怎麼會錯呢！來！同我接一個吻。」你聽！她說得多麼溫柔！哈哈！（喝一杯酒）好酒！好酒！你氣了吧？你一氣傷口要大的，老實說，你別氣！剛才的話是我學她的，她的嗓子是你聽慣的，怎麼會聽不出呢？是的！是我神經過敏！你聽得出來的，你大概沒有生氣，啊！對啦！也許你血流多了，頭有點昏，所以就弄假成真，以為她現在就在叫我呢！可也不必氣，你可以假定她是你的就好啦！假如可能，固然這是笑話，你明天聽見她真來叫我的時候，你也可當她是在叫你的，或者，就當她在罵我！「哥哥，親愛的丈夫。」聽見沒有？無論是真是假，你趕快聽吧！再一會，你連聽她的名字都不行了！你連想她的樣子都不行了！你看她樣子多漂亮！頭髮像雲似的，眉毛像……像什麼，嘴唇呢，啊！照相裡看不出來的，紅得像你現在流的血一樣，眼睛，更加不是能形容，啊！「Eyes of Lizette, smiles of Mignonette. The Sweetness of Suzette, in you displaced.」[1]。哈哈！完了！啊！香檳酒真好，喝起來像在霧裡面一樣，我大概是喝醉了！連我平常最討厭的話匣子裡的歌都唱起來了！也許我這種窮人所頂討厭的歌就是闊人所喜歡的，我現在似乎是闊人了！誰是窮人誰是闊人，只要想愛聽這個歌還是不愛聽，立刻就可以知道的。少爺！我大概真的喝醉了！你當然是闊人，我是窮人！你平常頂愛聽這種歌的，對不對？我不愛聽的，剛才的唱，完全是唱給你聽的對不對？也許我唱得不好！我開開話匣子讓你聽一聽吧！你是最後一次聽啦！（開話匣，稍沉默一會聽唱片）唔！的確是有錢人的聲音（在他桌上的皮夾裡翻出現洋，互敲）聽！這才是萬能的博士呢！但是人要死啦，萬能的博士又有什麼辦法！聽著愛人的聲音，聽著別人叫你愛人的聲音，聽著話匣子聲音，聽著酒瓶的聲音，聽著洋錢的聲音，不但一樣都不能帶去，而且一樣都不能看見、摸著！哈哈！現在，那一切的一切，全在那你所最恨的一個人，你認為最笨的人的手裡了，你想不到吧！（呻吟聲）

1 此句是當時美國電影The Love Paradise同名插曲的歌詞。

真想不到，你身體的強壯反而受了我的罵，聽了我的廢話，不然，你不早就死了嗎？你母親，你舅舅給你的調養，也許就為叫你來聽我這番教訓的，使你能夠不快死，來忍耐著流血。一直到現在，現在夠了，我要同你再見了！我總要躺在你講究的床上，養一會精神，再來燒這兒的房子，再來跑掉。好，再見吧。看，魔鬼同天使在說話呢，你還是讓魔鬼領去呢，還是求天使領去？（掀起門簾，拿著槍，望望浴室裡面）完啦，（坐到床上將躺下，忽然看見他弟弟的相片，又過去對相片說）很得意，很得意的樣子，然而已經過去啦！死的時候，得意的事情能夠帶去一件嗎？（又拿玲英的相片）玲英，明日起我們就幸福了。（咳嗽）我犯了罪，法律是這樣規定的，我們要跑，到處去流浪，我身體又不好，我有什麼能夠使你快活？（拿鏡子）唉！完啦！青春已經被人剝削光！健康也被別人剝削盡！美貌也被別人剝削完！玲英！只有你的愛，我希望沒有而且永遠不被別人剝削掉！（拿他弟弟的照相）很得意，很得意的樣子，然後已經過去了！死的時候，得意的事情能夠帶去一件嗎？啊！但是我是有的，有玲英的愛，（拿玲英照相）玲英，愛我，這是我可以帶去的！啊！賊，你也有的，有你母親的愛，（咳嗽）這是帶得去麼！酒瓶的樣子，洋錢的樣子，美人的樣子，初秋的樣子，老年的樣子，衰弱的樣子，憔悴的樣子，（拿他弟弟的照相）我不應當打死你，應當讓你看我死，讓你想到，讓你經過到衰老的過程。讓你嘗嘗這個滋味。現在，你很快樂地度過了青春，在快老的時候我把你打死，這倒是件幸福的事情，同酒喝完的時候丟掉酒瓶，錢完的時候丟了皮包一樣痛快。我，我是已經，已經沒有快樂的了！（拿玲英相）玲英！我的青春，健康的時期完全被他們剝削了，而把老年，衰弱的生命來獻給你，那有什麼意義？不但我不快樂，反而會給你不好的印象的……（把弟相扯掉）生命，同紙一樣脆弱。同樣是幾個指頭就可以毀滅的，很得意，很得意的樣子，然而已經過去啦！（拋碎相片）沒有洋錢的聲音，酒瓶的聲音，美人的聲音，青春的聲音，以及低呼情人的聲音，啊！這是什麼聲音，啊！秋天的聲音啊！秋天的聲音？槍聲，明明是剛才的槍聲，啊！槍聲！

（開槍自殺）

——幕——

一九三一，九稿。

公寓風光[1]

時：隨便指一個早晨好了。

地：就像北平窮大學生們所住的公寓。

人：劉遷三、韓琴赤、卜整儀、張德娟、王掌櫃、夥計。

景：樸素的屋子，窮亂的一切。床有三張，板鋪而已。開幕時劉韓尚睡著，卜坐在床沿上在穿破舊的皮鞋。

卜：你們怎麼還不肯起床？

劉：一樣餓肚子，起床作什麼？

卜：你知道今天是什麼日子？

韓：日子在我們有什麼關係？

卜：但是於我可有關係。

劉：有什麼關係？

---

[1] 另名〈北平風光〉。

卜：你們都忘了！今天是三月十七，老劉，你倒想想看，是什麼一個日子？
劉：我不知道。
韓：難道是你的生日？
卜：不，你難道忘記我上次接到的那封信嗎？
韓：什麼信？
劉：是不是那封有匯票的信。
韓：哼，那是四個月以前的事了。
卜：不，我是說一個月以前的信。
劉：一禮拜前，我還接到家信呢，這種沒有錢的信，誰還記得？
卜：但是我對那封信可不能忘記。
韓：啊！對！那封信是說你的未婚妻要來北平，是不是？
卜：對了！
劉：難道就是今天嗎？
卜：對啦！就是今天。
韓：好，那麼我們快起來，我們倒要看看新娘子。
劉：算了吧，飯都沒得吃，還要看什麼新娘子，替別人歡迎太太。
卜：可是我難道也不歡迎？而且她總有點錢帶來，我們也可以沾點光。
劉：那麼好，我也要起來歡迎你的新娘子了。
卜：可是你們先得幫我點忙。

劉：自然自然，只要用得著我。
韓：要怎麼樣幫你的忙，你說。
卜：第一步，要把你們兩張床撤掉，把屋子整理整理。
劉：她今夜要住在這裡嗎？
卜：不，她自然住在她叔叔那裡，不過這是我的面子。
韓：那麼就好像你一個住在這裡了。是不是？
卜：第二步，老劉，你先用點聰明弄點錢來。
劉：怎麼？你不說我們在她那兒要沾點光麼？
卜：但是她來到這裡，至少不也要買點菜，買點冰糖葫蘆請請她麼？
韓：那麼，難道你還有第三步麼？
卜：請你們架擋著掌櫃，別讓他再來討房錢。
劉：讓你一個人舒服，去講戀愛！
韓：老劉，就幫他這次忙吧。不過，老卜，你未婚妻什麼時候回天津去？
卜：後天，最晚大後天。
韓：那麼她走以前應當問她借點錢。
卜：自然，自然。
劉：她大概什麼時候到？
卜：總是上午。

韓：那麼你要到車站去接了。

卜：不，她叔叔家裡的人去接，她到了叔叔家以後，再出來看我。好，現在搬東西吧！

（於是他們開始動手，外面有「打鼓」聲經過，老劉趕忙地下，片刻，復上）

劉：（搬鋪板）老韓來，先把這搬過去吧，「打鼓的」[2]已經講好了！

韓：（搬鋪板）好！老卜，你搬凳子！

（韓劉抬著鋪板將下，掌櫃上）

掌：韓先生，要拿鋪板去賣嗎？

劉：你不是要我們付房錢嗎？

掌：賣了我的東西來還給我，那我自己不會去賣嗎？

劉：你不是說等錢花嗎？

掌：是呀！

劉：那把它賣點錢來給你不好嗎？等我們有了錢再買一副新的鋪板還你。反正這是我們睡的，又不是你睡的！

---

[2] 打鼓的即收買舊貨的商販。他們敲著小鼓在胡同裡招攬，故叫做「打鼓的」。

掌：賣多少錢？

劉：兩塊錢。

掌：那還我房錢還差得遠呢！

劉：你不是說先付一兩塊錢嗎？

卜：王掌櫃，賣這鋪板完全是為你想的，昨天你說你等錢花等得很急，我同劉先生也急得一晚沒有睡好覺。我們敝省的內戰打得那麼厲害，匯兌不通，害得你也這樣吃苦，心裡真是過意不去，所以一清早才想出這個法子來。你不說東西都賣完了嗎？所以我才想起把這副鋪板賣了，把錢給你。我們呢，就擠在一張床上睡睡。你想，這於我們有什麼好處？

掌：（對劉）只賣兩塊錢？

卜：這種虧反正是我們吃的，我們還你的時候不會還你兩塊錢，一定要還你一副鋪板的。

掌：那……那，那你們反正把錢給我，乾脆就賣給我好了！不過等你們錢到了，可得買一副新的還我的！

卜：好吧！那你最近可以不來討賬了吧！

掌：（點頭，喊）夥計！（外應）來！把那鋪板搬出來！

（夥計上，搬鋪板）

劉：（對夥計）你去告訴那「打鼓的」，說東西不賣了！

（夥計答應，搬鋪板下）

掌：（欲下）那麼我記好賬，說你們今天付我兩塊錢好了。

劉：（親密地）王掌櫃！

掌：什麼？

劉：你可知道卜先生的未婚妻昨天到北平來了嗎？

掌：那不是可以去借錢了嗎？

劉：是的，不過你可知道她今天要上這兒來看他嗎？

掌：那不是更可以借得快點了嗎？

劉：不過你可知道她要是來的話，總得用些點心、飯一類的東西去招待她嗎？

掌：那自然。（說了似乎有點後悔）

劉：不過你可知道我們現在連買茶葉的錢都沒有了嗎？

掌：難道又要開客飯、叫點心嗎？

劉：我說那兩塊賣鋪板出去的錢分一塊給我們。

掌：話是很對，不過我現在沒有現錢。

劉：啊！（回頭）老韓！去看看那「打鼓的」還在嗎？

韓：（正在理紙片）還賣什麼東西？

劉：那張床也可以賣出。

掌：那你們怎麼睡呢？

劉：拼點書在桌子後面不行了嗎？

韓：回頭反正還有「打鼓的」來，等把別的東西收拾好啦，同那不要的一起賣吧！

掌：（怒）你們住在這兒，欠了這麼些房錢，還要賣這兒的東西嗎？

劉：剛才你怎麼讓我賣的？

掌：（抑怒）剛才你不是說為我嗎？

劉：（親密地）王掌櫃！你可知道現在也是為你呢！

掌：為我？

劉：對啦！你可知道卜先生的太太到了北平也是打算住公寓的，今天我們招待她好點，有些地方就說是你們公寓裡的好處，她也許就住到這兒來了！她是有錢的，不會欠，就是你多要點房錢我們也會幫你說的！

掌：你們打算賣多錢？

劉：去掉一塊板，賣兩塊錢。

掌：為什麼要去掉一塊板呢？

劉：在那張床上我們可以拼寬一點呀！

掌：價錢少一點行不行？

劉：那可不行。

卜：你還想買嗎？不過拿不出現錢我們是不行的。

劉：（把手在後面搖）王掌櫃！你要買就更好啦！我相信你可以在別的住客那裡討兩塊錢來的。

掌：錢是要後天才有，不過……

韓：我們可是就等錢花……

掌：不過我可以在夥計那兒借給你們的。（叫）夥計！（夥計上）把這鋪板也搬出去！

劉：先給我們錢吧！

掌：夥計（以眼示意）有錢吧？借我兩元。

夥計：我去拿給你吧！（下）

劉：王掌櫃真是俠義的人！

掌：好說，好說。

劉：我想鋪板可以不用拿出去，王掌櫃，你拿出去不也是沒有地方放嗎？

掌：那不是變了我白借給你們錢嗎？

劉：不過借錢哪有這樣大利息。我們得還你一副鋪板呢。

（夥計上，交錢後即下，掌櫃接錢交劉）

卜：王掌櫃是最好俠義的，反正我們一有錢就要還你副新鋪板。

掌：好吧！

劉：夥計！（夥計上）把鋪板搬出去！

掌：搬出去？

劉：暫時在外面擺一下，晚上自然要搬回來的。

掌：啊！要替卜先生擺闊呀！（笑）

（夥計搬鋪板下，掌櫃也幫著下）

卜：朋友，別鬧啦！快收拾吧。

（大概已收拾完了。夥計上）

夥計：卜先生，有位小姐來找你。

卜：請她進來吧。（對劉，韓）你們只說住在同一公寓裡的我的同學。

（張德娟上）

卜：啊！德娟，你早晨到的嗎？這位是劉先生，這位是韓先生，都是住在同一個公寓的同學，這位是張小姐，我的未婚妻。

韓：老卜是我們老朋友，所以會到張小姐，我們覺得非常光榮。

劉：假如張小姐看得起我們的話，夜裡讓我們請你們兩位吃飯怎麼樣？

卜：老朋友，何必客氣。

劉：不是客氣，不過是一個小意思，張小姐又從天津來，而且我們聽你常常談起，今天我們第一次見面。

韓：我想還是六國飯店吧？

劉：也許張小姐愛吃中國菜。

卜：何必客氣呢？
韓：那麼就是近一點五芳齋好不好？老卜，我們老朋友，難道一點意思不讓我們盡麼？
劉：對啦，老韓，我想他們倆要多談談，那麼我們就在公寓裡隨便敘敘吧。
卜：那麼就這樣吧。你們千萬不要客氣，我們也不吃，談談最好。德娟，現在我們出去吧？天氣很好，到公園散散步，怎麼樣？回頭我們回來吃飯。
張：好，那麼，劉先生、韓先生，回頭見。
卜：費心，回頭叫他們把我房門鎖一鎖。

（卜與張下場）

韓：你怎麼又吹牛請吃飯啦？
劉：那麼你說什麼六國飯店七國飯店的。
韓：到六國飯店自然我想辦法。可是現在照你的意思請吃飯，你來想辦法吧。
劉：好吧！我來想法子（稍停，喊）夥計！夥計！（夥計上）
夥計：劉先生，什麼事？
劉；你去叫掌櫃來。
韓：你又有什麼法子？
劉：我想還是叫他開點菜方便。

（掌櫃上）

劉：王掌櫃，我報告一點喜事，老卜與那位小姐後天要結婚了。

掌：要結婚了？

劉：他們叫我請掌櫃後天一同到同興樓去喝喜酒。

掌：一定去恭賀，一定去恭賀。

劉：不過我們已經送了兩塊錢禮了，幸虧王掌櫃慷慨，買了我們鋪板，不然我們連禮都送不出了。

韓：那麼王掌櫃您預備什麼時候送禮呢？

掌：可是，可是我……

劉：王掌櫃，送禮倒是在次。我請您來是要問問您有房子沒有，他們結婚以後還要住公寓。

王：房子有，房子有，那面朝南的在小院子裡，最合他們兩口子住。

劉：那倒是很好。他們回來啦，就可以叫他們看。不過今天我們第一次見他太太，是不是？

掌：是呀！

劉：她昨天才到北平是不是？

掌：是呀！

劉：所以我們想請請他們倆。

韓：所以我想請王掌櫃替我們備點菜。

掌：好，可是錢哪？

韓：我們現在手頭沒有錢，王掌櫃是最俠義的人，終肯幫我們忙的，替我們備了，記著賬就是了。

掌：我也沒有錢墊，剛才兩塊錢不是還向夥計拿的嗎？你們就拿這兩塊錢去買菜吧？
韓：這兩塊錢，我們已經送禮了。
劉：王掌櫃是最俠義的人，將來我一定加倍還你就是了。
掌：可是我實在沒有錢！
韓：我想剛才的鋪板賣給「打鼓的」好不好？將來我們賠你。
劉：這法子好。不過掌櫃的夥計如果願意買，他買著也好，兩塊錢，很便宜，將來我們多買一副新鋪板給掌櫃。
掌：讓我想一想好不好？
韓：其實不賣鋪板也好。王掌櫃是個俠義的人，多開幾客客飯總可以的。
掌：可是要記你們賬的。
韓：自然啦！
劉：那麼開四客客飯。可是你曉得菜是要好一點的。我們在那位小姐面前直說您好，所以她要住你的房子。你飯菜一壞，他們恐怕不高興住這裡了。
掌：這個我曉得，這個我曉得。
劉：那麼就這樣辦吧。
掌：劉先生，那麼你還想把我的鋪板賣給夥計麼？
劉：賣給他也好。
掌：那麼你們將來可要還我新鋪板的。

韓：自然，自然。
掌：那麼我就代他付你們兩塊錢好了（探囊取錢），記住你們將來還我三副新鋪板。（交錢）
韓：自然，自然囉。（接錢）
劉：那麼我們這次不賣了。
掌：不賣也好，那麼把錢還我。
韓：可是王掌櫃不是要送點賀禮嗎？這兩塊錢就算賀禮好了。
掌：但是我可沒有錢。
劉：不要你再拿出錢來，只要你叫我們將來少還你一副鋪板就是啦。
掌：那麼兩副鋪板總要還我的。
韓：自然，自然啦！要是我們還不出錢。
掌：一定要還新的。
韓：好，好，那麼就這樣吧。
劉：客飯可要講究一點呀，這是你的生意呢。
掌：這個我曉得！
韓：王掌櫃真是俠義之人。
（掌櫃下）

劉：那麼，我們出去，買點糖果汽水啤酒一類東西吧！
韓：好！好！我們今天要好好地喝一頓。

——幕——

一九三一稿。

亂麻[1]

時：現代。

地：某都市。

人：陳公安局長，王秘書，沈副官，德醫劉，陳女陳小姐，僕人……

景：公安局內，局長臥室。幕開時，正值陳局長受傷後，初則暈臥在床上，後乃輾轉呻吟，痛苦非凡；有王秘書及僕人等侍候。時有槍聲頻頻傳來。

僕：（進）電話打過啦！不過所有的大夫都不肯來，他們一聽局長受了傷，都以為公安局快燒完啦。槍聲又是這樣凶！

局長：唔……哎唷……哎，喂！把我打傷的工人，抓住了沒有？

王：你一躺下的時候，就有人把他打死了！

局長：現在……哎……怎麼樣啦！

王：你安靜地睡一會吧！他們那幫沒有什麼好槍械的群眾，那裡受得了我們機關槍的掃射。你

1 另名〈糾紛〉。

聽，槍聲不遠了好些了麼？你放心好啦，一切事情都有我在，好好睡吧！別想，也別說。

（對聽差）公館裡打電話去過麼？

僕：打去過，太太她們要來，我告訴她們暫時不用來了。因為西馬路正亂著呢！不過小姐說，她有一個朋友在東城，她的哥哥是留德醫生，最好派一輛汽車去接一下。

王：你出去把地名告訴沈副官請他去接一趟吧。叫他快去快來呵！（僕下，臺上只聞局長的呻吟聲）

局長：哎……哎，我太痛啦！

王：醫生就快來了！

局長：哎，……哎！

王：……

局長：哎……哎！

王：你要水喝麼？

局長：（搖搖頭）我太痛啦！

王：……

局長：你就不替我想一個法子嗎？

王：老朋友，我有什麼辦法？

局長：哎喲，哎喲……哎喲。

王：我聽著太難受啦！

局長：哎，哎，你給我一個辦法。

王：朋友……我都要你給我辦法哩。

局長：你，哎喲，……替我打電話去叫我家裡人來。

王：叫她來有什麼用呢？西大街（看窗）唷！西大街那邊著火呢！

局長：哎……叫她們冒險來吧！

王：這簡直沒有法子，你大概神經有些錯亂了吧？

局長：哎……喲！

王：就算她們到了這裡，也無非使她們難受就是啦！使她們像我一樣來聽你的慘叫，這於你有什麼好處？

局長：但是我，哎喲，……真，真痛得快死了！

王：要是這次暴動平啦，把那些人一個個的都槍斃！

局長：哎唷，媽的，把他們一個個都打得像我一樣，叫他們慘叫幾天，再讓他們死！

王：怎麼醫生還不來？

局長：哎喲！我真的……唉！

王：怎麼辦呢！

局長：哎喲！（大聲地）我快死了！

王：……

局長：（暫時暈過去了）

王：……

局長：（夢囈地）那面一群人來啦，啊！他們一個個都拿著火把，來，來，快開機關槍！快！

王：……

局長：（夢囈地）啊！啊！你別帶著我姨太太走，你要帶也帶老七去，老八我一定要留她的……你拿著槍還怕他們衝鋒麼？噢！我不是局長，我不是局長！別別，別，別，局長已經被你們打死啦！我是，是門房！（稍停）啊！老八，你從哪兒來的？老八，讓我們到保險箱拿錢去，咱們跑吧！你別哭，那兒還有兩萬元未發的餉金呢！還有你上次叫我買的金剛鑽，還有存款。管他們呢！工廠經理，警察，管不了那麼許多，我們跑吧！老八，不要怕，有你大家伙的老子在。啊！老六，老七她們，不管她啦！

王：老陳！老陳！

局長：哎喲！

王：你怎麼啦？

局長：我痛啊！

王：你剛才說了好些夢話。

局長：醫生還沒有來嗎？

王：沒有。

局長：哎喲！哎，哎……

王：老陳！你無論如何要靜躺一會兒。

局長：我實在痛啊！痛！哎喲！

王：這個混蛋醫生！

局長：哎喲！哎！哎！

王：……

局長：哎……哎……哎哎！哎喲！

王：……

局長，哎……哎……喲哎……喲！

王：……

局長：老王……哎喲！

王：老陳……

局長：老王！哎喲！

王：老陳！

局長：哎喲！（大叫一聲，又暈過去）

王：……

局長：（夢囈地）啊！大夫！你來啦！快！你快來，好好兒替我治，我給你錢，你要多少錢，就給你多少，什麼？你要我老八？這什麼話，我可以把老七給你，老六也可以，老四也行。可是你一定要替我治好，（稍停）啊？你要我女兒？好好！這好極啦！你以後就做我女婿，替我看病。好好！只要你把我治好！

王：……

局長：什麼？你要老王的腦袋？這有什麼用？啊！你要研究他神經的構造……行！有什麼不行，除了老八，誰都行，不過他是我十多年前的同學，我怎麼好對他說要他的腦袋呢？好！好！我先打死他，腦袋可要你自己去割去啊！好好！大夫！快！快！你快給我治吧！我真的痛極了！哎喲！（醒）喔！老王！我腦袋痛，裂一般的痛！

王：老陳！老陳！你剛才夢裡頭說了些什麼話？

局長：哎！哎！哎！哎喲！

王：……

局長：哎！哎！

王：啊呀！怎麼辦呢？啊！西大街的火更旺啦！

局長：哎！老王！大概快死啦！你快打電話叫我家裡人來，來見我最後一面。

王：老陳！無論如何，這是沒有法子過來的！你看那西面的火光，你聽那不斷的槍聲；奇怪！這些人怎麼會有這麼些槍子兒。

局長：哎！哎！哎！哎喲！

王：……

局長：哎！哎！哎！哎喲！

王：……

局長：我大概，哎喲！老王，給我紙，給我筆，我要寫遺囑！

王：……

局長：我大概是要死的了！別，快給我。

王：（拿紙筆給局長）……

局長：（寫）……哎喲……哎喲……

王：……

局長：老王！你替我寫，我來說吧！

王：（走到桌旁，寫）

局長：我死了以後，每個姨太太都給一萬元錢；兒子、女兒、老八，平分我其餘的錢。我的一張一丈二的照相，留贈老八。名馬與手槍給秘書王君管領。哎！哎！哎喲！哎！

王：（寫）什麼？名馬與手槍由秘書王君管領？

局長：哎！哎！哎喲！我怎麼還不死啦！

王：（拿遺囑給他看）……

局長：哎！哎！（隨看隨叫）啊！好啦！（簽了字）啊喲！怎麼還不死啊！唉！哎！哎！哎喲！老王！老王，你把槍給我！

王：你要幹什麼？

局長：我要打死自己！

王：這什麼話？

局長：給我吧！給我吧！我太痛啦！要不，你替我放一槍吧！瞄準我腦袋，腦袋上，老王！老王！

王：老陳，你放心地躺一會，醫生就快來了！

局長：我痛極啦！你十多年的同學，五年同事的情感，給我一槍吧！哎！哎！你難道忍心聽你的老朋友這樣慘叫著，這樣痛苦地在翻身麼？老王，老王，要不，你把槍給我！我！怎麼槍聲近啦？別是我們敗了吧！

王：（望窗外）哎啊！西面的火更大啦！怎麼，醫生還不來，老沈也沒有信兒。

局長：別是遇見危險了。哎！

王：東邊沒有什麼，不過驚慌一點就是了！

局長：打傷我的人既然打死啦！我，哎！實在太痛啦！你給我一槍吧！

王：醫生怎麼還不來呀！

局長：哎！哎！哎！

（沈副官進）

王：喔！老沈！醫生來了嗎？

沈：他回頭就來。

王：怎麼回事啊？你走了這麼半天！

沈：唉！真麻煩！老王！民眾方面，沒有一個同情我們對他們那樣屠殺的！這醫生聽說是醫局長，他怎麼也不肯來，後來他妹妹幫我求，他才答應啦！可是剛要走，聽說東門外的農民來攻城，守門的人開起槍來了。他妹妹又趕了出來，還有他母親，死也不讓他走，這樣就麻煩了好些時候！

王：說輕一點！局長現在大概昏過去了。那麼醫生呢？

沈：醫生倒是決心來的，可是他母親與妹妹不肯，我沒有辦法，答應她們八個衛隊去保護他去。

王：派去了吧？

沈：我一下車就叫他們去接了！

王：路遠嗎？
沈：很近，很近。
局長：（夢囈地）老八！我要死啦！我死了你打算怎麼辦？我要娶你時候，老王也愛著你，現在我要死了，你，你可別上他的當呵……
王：老陳！老陳！老陳！
局長：啊？
王：老沈回來啦！老陳！醫生就快來啦！
局長：哎！哎！哎喲！老沈，給我槍……
沈：……幹嘛？
局長：我要自殺！哎！
沈：大夫就來啦，你靜躺一會吧！
王：……
局長：哎！哎！哎！唷！哎喲！
王：老沈，你去探聽一下，我們打得怎麼樣啦？啊！西邊的火光倒小了好些了。（沈下）
僕人（上）：大夫來啦！王老爺！
王：大夫來啦！快請他進來。（僕出）
局長：哎！哎！大夫來了嗎？哎！啊！大夫！大夫！
（大夫進）

王：大夫，你真好！這樣的時候還肯來。

局長：哎！哎！大夫！大夫！

醫生：（近局長）啊！子彈中在腎臟那兒。

王：要緊嗎？大夫，他叫我用槍來解除他的痛苦，這如何可以？大夫，請你用重量的安眠藥吧！

醫生：你出去吧！我一個靜靜地瞧一下。（王出）

局長：哎，哎！哎喲！大夫！你一來，我就少痛了好些！哎！哎！大夫！快，快給我治吧！你真是我救命的恩人。

醫生：局長！為我妹妹同你女兒同學，我似乎要救你的。但是在路上，你們鞭打著人民，工人，捉到這兒來的情形，我實在不能救你！

局長：哎！哎！大夫！你救我，救我！哎喲！大夫！我痛極啦！大夫，治好了我，你要什麼，我可以給你什麼？大夫，可憐我！可憐我！

醫生：……（動搖中）

局長：哎喲！哎！哎！……哎喲！大夫，你救我，你一定要救我。你是慈悲的人！哎！我知道最慈悲的人才去學醫生的。哎！大夫！你這樣慈悲的人，難道忍心聽我這樣的慘叫嗎？哎喲！

醫生：是的，我是慈悲的，懦弱的。我的確不忍聽你的慘叫！但是你怎麼能夠聽幾千人的慘叫呢！啊！這所以你是公安局長，所以你是警備司令！

局長：哎！哎！哎！哎……哎喲！哎！

醫生：我是，的確，我是懦弱的！好！我替你治吧！（開皮夾）

沈：（幕外）老王！行啦！他們子彈完啦，眼看著我們的機關槍啪啪啪啪向他們打，你聽，這槍聲，全是我們的。東城的小暴動也都克服啦！咱們去看去，一陣陣的人真抓來不少，監獄都快裝不下了！哈哈！老王！

醫生：局長！我不能治你，你看，你們個個都很快活地忍心地聽機關槍向肉體上打，我為什麼不能強一點呢？

局長：哎！哎！哎！哎喲！大夫，你要知道，我可以有權力支配你。

醫生：你沒有權力，局長，最有權力的人在某一時候常常沒有權力；同時，最沒有權力的人在某一時候是有極大權力的。再告訴你，醫生，在治病的時候，是同上帝有同樣的權力呢！

局長：哎！老王！哎喲！

醫生：你不要叫，這不會錯的，在治病的時候，尤其是像你這樣病，醫生是有比天還大的權力來支配你生命，這裡滿皮包是刀，用任何一把刀殺死你都是不犯罪的。你知道麼？

局長：哎唷！叫你治病，你還要殺我麼？

醫生：假如你想用權力來支配我。

局長：我明白了！請你救我，千萬，哎……哎……千萬救我，我可以把錢給你，你要多少錢，就給你多少。

醫生：……

局長：朋友，想明白些，人誰不是為錢？有錢還有什麼不行呢！大夫……哎！

醫生：現在，你的錢是不行啦！好！再見，我要走啦！

局長：大夫！大夫！救我，救我！哎！你是我的上帝，大夫，大夫！

醫生：……

（陳小姐進）

小姐：啊！爸爸！你怎麼啦！

局長：啊！英珠，你怎麼來的？我實在太痛苦了。

小姐：我是坐環城火車來的。

局長：英珠！你快留住大夫，哎！叫趕快替我治！我快痛死啦！

小姐：大夫，你是劉大夫嗎？劉光在家好嗎？

醫生：你就是舍妹的同學陳小姐嗎？

小姐：哎！是的！我本想親自來請你的，可是路又不通，火車又不按班。

局長：哎……哎！哎！哎……哎喲！

小姐：現在，你來了！我真感謝。啊！我父親太痛苦，你趕快替他治吧！

醫生：我在路上碰見人們被……

小姐：啊！你在路上有些受驚！啊！該歇一歇啦！（倒水）啊！劉先生！喝杯水。

醫生：謝謝！陳小姐！我覺得……

小姐：（拿煙）大夫，請抽支煙。請坐！請坐！

醫生：我已經決定，不……

小姐：（劃著洋火湊他的煙）……

醫生：我一定……

小姐：（一口氣從洋火的火焰頂點吹到醫生的臉上，笑了一下）……

醫生：我……（笑了，把未滅的洋火滅了）啊！謝謝你。

小姐：（弄他的皮包）你先用什麼？我替你拿。以後我永遠做你的看護怎麼樣？

醫生：小姐！我覺得在公理上講，在……

小姐：大夫，從我同劉光交情上講，我想，我還是叫你哥哥合適。你覺得怎麼樣？哥哥！（笑）

局長：哎！哎！哎喲！哎！

小姐：哥哥！我父親實在太慘了！你快快替他治吧！

醫生：……

小姐：哥哥！譬如我受傷了，你不也要好好的替我治麼？（笑）

醫生：（笑）好！好！我開始吧！

小姐：你願意治，哥哥！我也願意受傷了。

醫生：（開始動手）……

沈：（幕內）監獄裡的人都滿啦。

王：（幕內）槍斃掉，算了！省事些，用一下機關槍好啦。

局長：哎……哎……哎！

小姐：哥哥！你治我父親吧！我去看看那般叛徒的死，機關槍這樣掃過去，啪啪啪的，怪有意思。好！我一會兒就來。

醫生：陳小姐！我奇怪，像你這樣美麗的姑娘會願意去看這樣殘忍的慘殺。

小姐：哥哥！你們做醫生不也有些殘忍麼？（笑）

醫生：陳小姐！你叫我來同情一個殘忍的劊子手的傷，同時，你自己很自在地去看那般被壓迫人民的慘死，我真不知道這其中的道理！

小姐：爸爸，我替你去監視那殺害你的人的死刑，劉大夫，他會使你傷好！

局長：我不希望了！我的遺囑在老王那兒？老八怎麼不來？

小姐：她可怕路上有危險呢！爸爸，你不要想那些，我去了就來。（對大夫）哥哥！費你心！

（一飛眼出去了）

醫生：局長！局長！

局長：唔……

醫生：我怎麼也不救你了，你不但自己殘忍，連這位美麗的姑娘，你都教育成這樣殘忍！我早就知道你殘暴凶狠，但總還想不到是這樣的殘暴凶狠！今天我真是動搖得很多次數，可是現在，我已經決定了。（外面機關槍聲連珠似的起）你聽，這是數百生命，同你一個人生命在比重量！我現在對於你的慈悲，正表示我對於他們的殘忍，而且以後呢？留你這條殘忍的生命，會無限的來殘殺千萬的人民的。唉！（醫生預備下，陳小姐上）

小姐：哥哥怎麼？怎麼？來！

醫生：我想不到你是……

小姐：哥哥！別生氣！請坐請坐！（對局長）爸爸！你的遺囑，被王秘書改啦！我一看就知道有差，果然我發現了他，他把「我的一張一丈二的照相」地方圈斷。下面就變成「留贈老八名馬與手槍給秘書王君管領」了！爸爸！你看，你的二十多年的朋友都靠不住呀！大夫，不，哥哥！為這萬惡的朋友，你也要替我治好他！

醫生：怎麼回事？

小姐：你看這遺囑，他的秘書幹的事，一切壞事，都是這秘書頂我爸爸的名去幹。

醫生：啊！好好！我一定要治好他。

小姐：你治好了我父親，我願意終身做你的忠僕。

醫生：（注視）小姐，請你搬盆水來吧！（小姐出）（突然外面機關槍又響，有人們的慘叫聲）

醫生：啊喲！我不能，我不能！我決不應當救你，決不能，可是唉！……（躊躇）好！快刀斬亂麻。好！你也免不了苟延殘喘的痛苦，我也免不了動搖的痛苦。（用毒藥倒在局長苟延殘喘的嘴裡，用悶藥把他悶過去）

局長：謝謝你……

——幕——

一九三一稿。

單調[1]

地：一個山明水秀的鄉間。
時：雪月交映的冬夜。
人：老畫家，潛隱著的；青年詩人，流浪到的；少女，飄零來的。
景：室內，簡潔幽雅，老畫家潛隱之地，室內小爐，但窗開著，畫家正對窗寫生；門與窗相對，在畫家之背後。

詩人：（敲門）……
畫家：請進來吧！（連頭都不回地寫畫）
詩人：（上，手提行囊，雨衣）一間這樣幽靜的房間，怪不得會在這樣幽美的境地！
畫家：（頭都不回地寫畫）
詩人：到了爐子旁邊，才意識到外頭的冷了！
畫家：（頭都不回）那麼烤烤火吧！

1 另名〈雪夜閒話〉。

詩人：（走近爐邊）在這樣美麗的夜間，找到這樣幽美的村落，進了這樣恬靜的房間，觸到這樣和暖的空氣，多麼愛跑的腿，都想歇歇了！

畫家：（頭都不回）那麼請坐吧！

詩人：（坐了一會）夜大概已經很深，怎麼肚子有些餓了？

畫家：（頭都不回）櫃子裡還有兩個餑餑，你拿來吃吧！

詩人：（到櫃，取餑餑吃）啊，這是多麼有詩趣的事情！

畫家：（對畫自語）一個這樣幽美的月亮。

詩人：為她，我才碰到這樣有趣的詩境。

畫家：（對畫自語）一片這樣有趣的雪。

詩人：是的，為她，我才碰到這樣有趣的詩境。

畫家：（對畫自語）可惜少了一個年輕的女子，到這樣的地方來尋詩！

詩人：男子難道就不配嗎？

畫家：（對畫自語）容兒，以後我還可以畫一個採詩的姑娘在畫裡嗎？我畫裡沒有人已經有六年了！

詩人：一位畫家，為畫裡沒有人物，想起一位年輕的姑娘，發出這樣感傷的論調，這是多麼有詩趣的論調！

畫家：（抽煙，看畫）唔……

詩人：（拿出煙抽）畫家，可以同我這難得來的人談一會兒嗎？這樣的夜，不是容易得的呢！

畫家：（才回過頭來）原來是一位這樣風雅的少年！

詩人：咦！你不知道我是什麼樣的人，怎麼就讓我進來了呢？
畫家：這兒是無論誰都可以進來的。
詩人：假若有不好的人呢？
畫家：不好的人？世界，在我看來是沒有不好的人的。
詩人：是的，不過我所說的是普通所謂不好的人，就像小偷一類的。
畫家：那有什麼！在這間屋子裡，除了畫以外，你看還有什麼東西？幾本破書，茶壺茶杯，就算還可以換幾個銅子，賊也是不忍心拿去的，土匪，票匪，那更不用說了！一個孤身的老頭兒，要是把門關起來，倒好像是富翁了！而且，在沒有親友來往的我，時常有要飯的，問路的，借宿的人來，那倒也是一個消遣的方法呢！
詩人：你就沒有家眷嗎？
畫家：是的，在這兩間屋裡，就只有我一個人。
詩人：那麼吃飯呢？還有我剛才所吃的餑餑。
畫家：那是我女兒給我送來的。她嫁了這村裡一個愛音樂的青年，每天給我送一頓稀飯，兩頓飯和一點點心，點心是預備我晚上睡的時候吃的。

（臺後隱約有笛聲，歌聲）

詩人：那不是笛子的聲音嗎？
畫家：那就是那青年吹的。

詩人：還有女子的歌聲？

畫家：是的，那就是我女兒唱的。

詩人：（傾聽）外國歌？

畫家：是的，這是我的大女兒，她是生在法國的。

詩人：青年呢？

畫家：是我的學生。

詩人：在這樣有詩趣的情景下，有這樣有詩趣的曲調，繼續著雪花飛舞的拍子，飛傳到流浪者的耳朵。流浪者的腿，將完全疲倦於家庭的甜美之中了！

畫家：好一個善感的青年！你也沒有家庭嗎？

詩人：沒有，父親是在流浪中死的，母親是在孤獨中去世的，

畫家：你幾歲了？

詩人：二十三歲。

畫家：可有愛人？

詩人：愛人，離我走了！

畫家：愛了別人？

詩人：不是，（悲從中來）老先生，別提起我的事了！我只想知道你們甜蜜的詩味。

畫家：愛情的苦處在旁觀者看來是甜的。多少年沒聽見青年們的浪漫史了！

詩人：我都說不來。我的流浪，不過是想再見一見我愛人的面就是了！（悲從中來）老先生，別撥動我將滅的心灰了，今天晚上，在拜訪月色雪光的摸索中，會到仙境一般的村落，碰到

仙人一般的長者，賜我以充滿詩趣的接納。看到這樣美麗的你們的生活，聽到這樣可愛的曲調，老先生，這是有緣的，讓我們談談你經驗中的事情吧！我聽你的話，比在幽谷中讀淵明的詩還有滋味呢！

畫家：我也不願意提起過去的事情。

詩人：經驗中快樂的事是值得提提的。

畫家：沒有一個人，在他靈魂中是沒有創痕的，何況是老頭兒呢！

詩人：那麼，現在，像先生這樣的年齡，處在這樣充滿著詩趣的環境中，甜美而清靜，恐怕是沒有悲哀會浮到你的心頭了吧？

畫家：不見得。

詩人：那除非是寂寞。

畫家：不，寂寞，我在少年的熱烈生活中，倒是時常的感到寂寞；至於現在，十年來都沒有「寂寞」二字在心裡浮起過了。

詩人：那麼這種悲哀是由什麼來的呢？

畫家：和你同樣的是想一個人。

詩人：女子？

畫家：是的。

詩人：年輕的？

畫家：是的。

詩人：你愛著她？

畫家：是的。

詩人：她也愛著你？

畫家：是的。（他是沉在相思的情緒中，回答的話是機械的不經過思慮的了）

詩人：這樣的一位畫家，自然是值得年輕的姑娘來愛的。老先生，你的悲哀，是不是因為你自己的青春已經過去了？

畫家：唉！無意中又燃燒起了我心中的死灰！

詩人：不過，老先生，在這樣幽美的情景下，幽美的燭光，照著充滿著詩意會聚的我倆，如果平平淡淡的把一夜過去，明天就各人過各人的生活，未免有些單調，在回憶起來時，不見得是滿意吧？老先生，我願意把我倆的心傷，大家捧出來看看，也許可以伴著這蠟燭的淚，同聲一哭！那麼以後，無論我是流浪何處，我相信，只要想起今夜的哭聲，一定可以有一種痛快的感覺的。

畫家：過去的事，我一直不願它復燃，但已經復燃起來，哭一場倒也是痛快的收場。（吸煙）我在法國的時候，愛上了一個在法國長大的中國女子，結了婚。我不願多說我們的愛情了，朋友，自從她死了以後，我就扶養著兩個五、六歲大的女兒長大起來。大的，就是剛才唱歌的那個，她是很像我的；至於小的，那是聰明，美麗，一身都是詩造成的，同她母親真是沒有兩樣。她會音樂，跳舞，唱歌，寫詩，在中國那麼些年，她一步都不曾離開過我。我帶她水上划船，山上旅行；月下，雪上，西溪的蘆葦，孤山的梅花⋯⋯那些，造成了她多少的詩，造成了我多少的畫！啊！那時的生活，竟完全是沉在詩裡一樣的！記得也是在這樣的一個晚上，雪已經不下啦，月亮推了出來，我們就在那面山峰的頂上（指窗外），她奏了一曲violin之後，我就以後面高山積雪和月亮做背景，昏朦中，給她畫了一張畫。回來拿到燈光底下，我自己的滿足真是出了我自己的意料啊！當晚我就夢見我自己的頭枕在彎的月亮上，雪像棉絮似的蓋在我身上。好像是天空四面都是我的畫，畫裡都是她的像。像萬千隻夜鶯似的一齊歌唱起來，我真是同仙人一樣！誰知道第二天在她整理詩稿以後，對於生活她就感到單調起來，苦悶的話一天天的增加，詩不寫，琴不奏，終於在一個昏黑的早晨，離棄我而去了！此後，朋友，你想我還能寫畫嗎？我比損失我愛人的時候還要難受啊！死，是天定的，自然的。這樣的離棄，是人造的，勉強的，是不？為了我當時過分的悲哀，我的大女兒們就勸我到鄉間來靜養，我就選中了這兒。那面的山，我是不會忘的，我對著它，我心裡就以墳墓去看它。它是我們甜美生活的墳墓，但也是她的墳墓。我當她是死去了，那麼像現在那樣我能夠終日對她寫畫，也算可以自慰了。相思的慰藉，絕不是勉強的斷絕，你可知道勉強的斷絕是不可能的。現在，當我女婿有時在那山坡上吹起笛子來的時候，我是時常以她的violin來聯想的。這聯想，固然是引起了相思，但也引起了相思中過去的憧憬，悲苦的事實雖也難免回憶起來，然而有時也可以獲得相當的沉醉的！

詩人：一篇多麼美麗的畫家的自傳。老先生，我的命運竟是同你的有許多相像。

畫家：（默然微喟）……

詩人：我的愛人對我的離棄，同你女兒離棄你是相同的，我聽了她的violin就愛了她，可是她也因為感到生活的單調而離開我。

（遠處飛來悽咽的歌聲，遠得連詞句都無法聽清）

詩人：（破了沉默，起了企念的態度）何處飛來這樣的音調？（傾聽）悽咽，遙遠，幽鬱，悲涼，悠長，渺茫，迷離，纏綿，像一個五、六歲的姑娘，在悲悼她藕斷的時候，用那紅薄的嘴唇，吹那未斷的絲時一樣的低微。老先生，這種苦悶的音調，總不是你女兒唱的了？但是，從哪兒來的呢？

畫家：歌聲？也許是你神經過敏吧！

詩人：絕不，絕不！（傾聽）噢！可惜沒有啦。不然，我倒要出去找找的。

畫家：也許是風聲，泉聲⋯⋯這兒是時常有像女子低唱的聲音可以聽見的，尤其是悲哀的聲音。

詩人：你聽，好像近些啦！

（歌聲，由遠而近，由糊塗而清楚）

蒹葭蒼蒼，白露為霜，
又是一年過去也，我心傷！我心傷！
葭蒼蒼，葭蒼蒼，
世界悽惘！人生悽惘！
白茫茫，白茫茫，
音容渺茫！行蹤渺茫！

詩人：（要出）……

畫家：這樣難得的歌聲，朋友，你出去是會打斷她的。

大雪紛紛，溪流錚錚，
又是一年過去也，我傷心！我傷心！
流錚錚，流錚錚，
雪花飄零，我也飄零！
白茫茫，白茫茫，
世界埋葬，把我也埋葬！

詩人：（急出）……

畫家：就在前面的溪頭吧！（也隨著出）

（二人抬女子進）

畫家：大概是在石岩碰暈了！

（二人將女子放在榻上）

詩人：把那個靠墊拿來。

（放穩了她的身子，以冷巾冰其額）

女子：（醒）……唔……

詩人：琳薇！

女子：杜為！怎麼是你？唷！爸爸，你怎麼也在這兒？

詩人：琳薇！別興奮！靜靜躺一下，你的頭在岩石上撞得不輕呢！老伯，這兒附近有醫生嗎？

畫家：有的，就在保庶醫院。我先去找我大女兒，叫她來，並且叫我女婿騎著驢請醫生去。

（下場）

女子：杜為！水！水！

（詩人拿水給她喝）

女子：杜為！你怎麼會同我父親在一起呢？

詩人：你別說話啦，還是躺一會吧！

女子：杜為！我並沒有背棄你……

詩人：我知道的，你快別再說話了！

女子：我不能不說，我想我是就要死的了！

詩人：別胡說！

女子：我同我父親並不是在旅行中分散的，是我離棄他的，就同離棄你一樣。（稍停）你知道我為什麼要離開父親嗎？就是因為生活太單調的緣故。我詩的情調變得篇篇都是一樣，我琴的音調也是曲曲一樣！你是知道的，我跑了以後的作風是改成了什麼樣子？但是自從愛你以後，我詩和琴的情調又在你那兒停頓下來。所以，我又不得不跑了！誰知道一個人離開了愛才真是那樣的更單調了！以後，我的詩和琴更是沒有一些進步，就在那種更單調下告終下去了。後來，父親……你呢，也沒法打聽你的住址。我一直找了有一年的光陰，你說我不死又能幹麼？

（畫家與其大女兒上）

大女：阿容！你怎麼想自殺呢？

女子：因為在我回去找你們的時候，已經是找不到你們啦！

大女：那是因為父親太悲傷了，所以我們就陪他到這個鄉下來，把城裡的家產，變成了這兒的茅屋了！

女子：爸爸！爸爸！杜為！杜為！（暈過去）

畫家：阿容！阿容！

詩人：琳薇！琳薇！

大女：妹妹！妹妹！

女子：姐姐，再見吧！我們是永遠在一起的！爸爸！杜為……你們別怪我離棄你們，因為我是為你們所讚美的而離棄你們的，現在……

詩人：可是現在你一定不要再離棄我們了，你一定要活。

畫家：阿容！現在正是你新生命開始的時候了。

女子：對啦！我不想死啊，上帝！

（有馬蹄聲）

大女：醫生來了！

畫家：醫生來了！

詩人：醫生來了！

——幕下——

一九三一稿。

子諫盜跖[1]

時：那個時候。
地：泰山之陽。
人：盜跖，孔子，柳下季，顏回，子貢，侍者，從卒。
布景：盜跖之行營，布置簡單。

（幕開時盜跖與柳下季對談，武士們在遠處來往上下）

季：我以為人是各人有各人的人生觀，孔子同你人生觀的不同是可以說……不過他也有他的人生觀。
盜跖：他的人生觀就是虛偽，機巧，東跑跑，西鑽鑽。無非想做官就是了！
季：他想做官也是想實行他的主張，他對於國家與天下的理想。

1 此劇故事完全採自《莊子》中之公認為偽作的〈盜跖篇〉。王安石謂〈盜跖篇〉是寓言，則此劇更是寓言之寓言了。

盜跖：想實行自己的主義，就到隨便哪國諸侯那兒去做官嗎？
季：這不過是一種手段。
盜跖：我說你別傻，聽他那一套。他就是無所謂主張，只是隨機應變，見鬼說鬼話，見人說人話，吹吹牛，拍拍馬就是了。
季：不過他的最後目的是有理想的。
盜跖：這就是做官發財。
季：不過他是很有學問的。
盜跖：哼！不過是些吹牛拍馬的學問罷了。你說他有主張，為什麼不寫些有系統有主張的書出來？
季：我想將來終會寫出來的。
盜跖：絕不會寫出來的。一有固定主張，他還能到處去鑽麼？只有你們這些傻子受他欺騙。
季：……
盜跖：大丈夫要實行主張，就自己來幹，什麼東跑西鑽，向那些混賬的諸侯那兒去做走狗。老實說，這就是告訴我們，他的主張是做官發財罷了。
季：假如他來見你怎麼樣呢？
盜跖：看你的面子就不見他，不看你的面子就殺了他。
季：你難道不願意以你主張去折服他的主張麼？
盜跖：根本是立場不同。這種無法改良的人，是只有根本除去他才行。改造社會像耕田，未長的稻麥，可以改良，這些野草難道還可以改成稻麼？

季：那麼你不打算見他了。

盜跖：他同你說要來見我麼？

季：是的，他是想見見你。

盜跖：他同你怎麼說？

季：他說我也算一個才士，應當勸勸你，使你這樣大才能夠做些大事業，才能算兄弟之親。因為我不能做到這一步，所以要來見見你，也許這幾天裡就會來見你的。

盜跖：大事業？我這樣不是大事業麼？一定是做官，做走狗，稱孤道寡是大事業麼？真是狗屁！我們這裡九千位朋友，都是耕田做工的，我們就要打倒那般自以為大事業家而一事不做的人，要殺的就是那些手不動，腳不動而刮了好些錢的人。我們要個個人都平等，同樣的做工，同樣的吃飯，這就是我們的大事業。

季：他要來見你，你不正可以用這些話同他說說麼？

盜跖：老實說，我一見這種人，就要吃他們的心的。不見他，正饒他的命呢！

（有一壯漢領顏回進。顏回手捧兩盒，再拜而前）

季：這位就是孔丘先生的高足顏回先生。

盜跖：（對顏回）你就是最不怕窮的顏回麼？

顏回：是的。家師孔丘，因為久仰將軍的高義，特來拜訪將軍，現恭立於將軍營前，先命回以白璧兩隻，金雀一對上獻將軍，以為進見之禮，望將軍笑納。

盜跖：（大笑）顏回，孔丘是最機巧虛偽的人，你們這些人都是在受他愚弄。你同他去說吧，他這樣穿著這種享福的衣服，綁著牛皮的帶，冬冬夏夏戴著這種枝木的帽子，東東西西拖著不破的鞋；汗從來不曾流過，力從來不曾用過；東造造謠，西放放屁，胡說八道，信口雌黃，擺擺舌頭，翻翻嘴唇；田也不種，布也不織；倒吃得胖胖肥肥，穿得整整齊齊地東拍拍、西鑽鑽地來迷人。引誘一般讀書的人，不求確實的學問，正當的理論，不做人類的工作，來學他那種叩頭下跪的，求些官做做，發點財，對不對？你叫他乾脆回去吧，別等我將他的心來做我的飯菜。

顏回：（捧兩盒退）……

盜跖：（對柳下季）你以為他還想見我麼？

季：我想他還是想見你的，他是有知其不可為而為之的精神的。（偉丈夫領子貢進）

子貢：（捧兩盒再拜進）家師孔丘，因同柳下季先生素有友誼，特來趨謁幕下，先命以金雀一對，白璧兩隻作進見之禮，望將軍笑納。

季：這位是子貢先生。

盜跖：（大笑）呵！又是一個可憐受騙的傻子。好，既然孔丘一定要見我，你就叫他進來，看他來幹嘛吧。

（子貢下，一壯漢上）

壯漢：朋友，新預備好的酒肉，快去吃去。

盜跖：（對季）孔丘進來，叫他等一會好了。

（盜跖以及台上的武士們與壯漢下，孔子上）

孔子：（恭恭敬敬，頭不敢仰視，向空朝前再拜）……

季：他進去啦！請你等一等。

孔子：（未聞，又再拜）……

季：他進去啦！孔先生，請等一會吧。

孔子：啊！柳下季先生。見你的弟弟，比我在衛國時見南子夫人都難啊！

季：所以我說沒有法勸他，人是各人有各人的人生觀的。

孔子：不過，做父親的，總要管束他兒子，做哥哥的總要規勸他弟弟，對不對？像你這樣的才士，而有一個弟弟，伴著一萬個人橫行天下，侵略諸侯，搶奪富商，不祭祖宗，又強掠別人婦女。你看他過的地方有國的守國，有城的守城，有家的守家，有身的守身；守不好的只好讓他摧殘，你說哪一個人不受他的苦呢？

季：孔先生，他是個不聽勸告的人，他有堅強的體格與個性，敏銳的眼光，淵博的學問，不但能打仗，做工，吃苦，而且也會說話。合他們主張的是朋友，不合的就是敵人，所以我上次勸你別來。後來聽說你一定要來，所以我就先來了，替你照顧一點。

孔子：這是什麼肉香？這樣有味兒！

季：這是他們在吃的人心人肝的味兒。

孔子：嘿？
季：唔！
歌聲：（自幕後傳來，有萬眾一聲之慨）
朋友們！我們是萬眾一心呀！朋友！
我們打仗如同我們的喝酒！
我們為要求人類永久的和平，
才有這視死如歸的雄心！
朋友們！我們是萬眾一心呀！朋友！
我們做工如同我們的喝酒！
我們要維護人類永久的平等，
才有了殺人如麻的鬥爭！

（歌畢，酒杯碰聲傳來）

孔子：這一定是甜美的酒！
季：這是他們每次搶到國庫、富商時的一種慶祝，只有勝利以後才有一次酒喝。
孔子：喝這樣香的酒？
季：高粱是他們自己種的，酒是他們自己做的，方法是他們自己發明的。
孔子：真是甜美的酒！

季：唔！

盜跖：（仗劍進，對柳下季與其他侍立人們）你們都到裡面去吧！

孔子：（避席反走，再拜盜跖）……

（餘人下）

盜跖：（高坐，兩展其足，按劍瞋目，聲如乳虎）丘！你來，你打算要幹嘛？

孔子：久仰將軍大名。

盜跖：沒有那麼些麻煩，你有話快說！

孔子：丘曾經聽見過，天下一有三德：身格魁偉，美麗漂亮，使無論男女老幼，貧富貴賤見之都喜歡他，這是上德；智慧過人，博覽群書，能辨萬物，這是中德；勇悍果斷，糾合兵眾，這是下德。無論誰有了這三德之一，就可以南面稱王的。現在將軍身長八尺，面目有光，嘴唇像太陽，牙齒像白玉，虎步豹聲，更兼博覽古今，善辨萬物，率一萬之眾，勇游四方，實得天地之精華，三德兼全之人也。而為某種緣故，被稱為盜跖，丘以為太不值得！如將軍願意聽臣言，臣當為將軍南說吳越，北說齊魯，東請宋衛，西請晉楚，使他們為將軍造千里的大城，立百萬的人口，尊將軍為諸侯，立百千之宮妃，從此罷兵休戰，供祭祖先。這才是聖人的行為，是天下之心願。不知將軍以為如何？

盜跖：孔丘，你別以為天下人都是像我哥哥他們一樣的傻子，隨便你說說就相信你了！老實告訴你，我是吃慣你們這種虛偽欺詐的心肺的，頂明白你心理！你兩次被魯國趕出；衛國又不理你；到齊國又弄得潦倒窮困，無人相信，還被圍於陳蔡；你弄得天下無立足之地，做官發財的欲望不能滿足，於是到我這兒來，叫我做你的傀儡，你來做宰相，等我死去了，你再來代我，對不對？我告訴你，貪利的人你可以用利來騙他；不懂得真理的人你可以用偽理來騙他；喜歡人拍馬屁的，你可以用拍馬屁的手段來籠絡他。現在我是第一，不貪私利；第二，我自己有主張；第三，也早知道那些拍馬屁的人是壞東西了！我同你說，我們的打仗是要求和平、平等，並不是要做官發財的；你以為我想做諸侯麼？我根本就是打倒王、諸侯，以及不做工有錢的富人，以及像你這樣以聖人自居，東欺西詐的流氓。我們正要打倒你們，來謀勤儉人們的幸福，你倒來勸我們做你們的傀儡，那不是可笑麼？

（大笑）

孔子：這不過我……我……

盜跖：會當面拍馬屁的，背後一定會罵人的，你肚子有幾根筋，我都知道的。

孔子：丘所要請求將軍的，是……

盜跖：是不是不要打仗，對不對？

孔子：唔……

盜跖：商湯伐桀，周武伐紂，你為什麼不反對？老實告訴你，我們的使命比這還重大，他們是趕走人家自己來做王。我們呢，是要個個人都做王，個個人都做百姓，個個人都織布耕田。我們這次打勝仗！就可以永遠太平了，你知道麼？

孔子：唔……

盜跖：還有什麼？

孔子：丘所要請求將軍的，是……

盜跖：是不要搶人財產，對不對？

孔子：唔……

盜跖：那些土豪劣紳，整天不做事，但是住著高房，穿著狐裘，出來有車有馬，在家吃的是山錯珍饈，有幾百幾十的聽差丫頭，好幾個的太太。而窮人呢，我相信你一定沒有看見過，你是整天都鑽在闊人之門的；丘！你去看看再來同我說，他們做了一天的苦事，都是吃不飽，穿不暖呢，你說是不是應當搶些土豪劣紳的來分給連飯都沒有吃的人？

孔子：唔……

盜跖：還有什麼？是不是不要吃人的心肝？

孔子：唔……

盜跖：你可知道土豪劣紳們每日無事而幸福，他所穿的吃的都是些什麼？

孔子：唔……

盜跖：那絕不是先王之道，先王之服，先王之食。老實告訴你，都是窮人們的汗，窮人們的心血，甚至是窮人們的生命。你可知道他二三十年的闊綽，吃了多少窮人的生命與幸福？吃他一個心肝難道是罪惡麼？

孔子：唔……

盜跖：你還要同我說什麼？

孔子：唔……我要請求將軍的是……

盜跖：是不要占別人婦女，對不對？

孔子：唔……

盜跖：婦女要知道自己是人，自己的使命，我們絕不去侵犯她的。我們一萬人裡面也有一千多的女子，你知道不知道？我們占取的是那些自己以為自己是玩物的女子，在土豪劣紳前獻獻媚，托他們的勢炎，時常向她的下人們發脾氣，一點事情都不動手，一點路不走，只知道賭博，吃，喝……這些人，她們根本把自己看成東西，所以我們也就以東西來看待她。其實仔細比起來，同你們這種向諸侯那兒獻媚的沒有兩樣……（大笑）

孔子：唔……

盜跖：還有什麼？是不是你以為要供祖先？

孔子：唔……

盜跖：這都是你這種人的裝腔作勢，沒有事就要提倡這樣提倡那樣的！你不是說過不知生，焉知死嗎？假使供奉他，他真會來吃，那我們每天吃飯時，他不已經同我們一同來吃了麼？你沒有事就想愚弄人！哼！

孔子：唔……

盜跖：還有什麼？

孔子：唔……

盜跖：還有什麼？

孔子：唔……

盜跖：還有什麼？（以劍擊桌）

孔子：唔……

盜跖：（大聲）還有什麼？（以劍擊桌）
孔子：沒……沒有了！
盜跖：你倒也會沒有了！去，要不是我們剛吃過人心，也許要吃你的了！滾吧！
孔子：（再拜）唔……

（盜跖下）

孔子：唉！（嗒然向外門出）
柳下季：（自內上，追孔子）孔先生！孔先生！（拉回孔子）孔先生，怎麼樣了？
孔子：外面天氣真熱苦得厲害啊！

（子貢、顏回自外上）

子貢：夫子，怎麼樣了？
孔子：外面的太陽還像六月一樣的凶嗎？
顏回：夫子，怎麼樣了！
孔子：大概是黃昏快到了吧？
子貢：夫子面色灰白，怎麼像有重憂似的！
孔子：你不知道古之君子有三憂麼？

顏回：女子有三從，我早已曉得；君子有三憂，回未聞也！夫子，這三憂是什麼呢？
孔子：慢慢我講給你聽，現在真是熱悶得厲害！
季：孔先生，我去倒杯酒來。讓先生解解暑可好？您請坐一會兒。

（柳下季下，孔子坐，子貢、顏回侍立）

孔子：（沉默一會）下雨的季節已經過掉了麼？
子貢：……（瞧瞧顏回）
顏回：……（瞧瞧子貢）
子貢：夫子今天面色真不好，別是發痧了吧？
孔子：發痧？不是的！（沉默一會）我們駕車的馬該換兩匹了吧？
顏回：上次南子夫人送夫子的好痧藥，我倒帶著，夫子可要用些？
孔子：好好！好！你們兩個人同去取去！

（顏回、子貢下）

孔子：唉……
季：（上，捧了一觥酒）孔先生，剛才到底怎麼回事？
孔子：朝聞道，夕死可也。

季：（捧酒交孔子）舍弟說先生也許受了一點……

孔子：（受酒）唔……唔……朝聞道，夕死可也。

季：這就是他們自己做的酒，你覺得好麼？

孔子：（一飲而盡）是……是……朝聞道，夕死可也！

——幕——

難填的缺憾

時：無論什麼時候的傍晚。

地：無論什麼地方的都市。

景：有沙發，有寫字桌，陳設很新，組織不久之小家庭也。門有二，一通內，一通外；前者嚴閉，後者微開。幕開時桌上很亂。高跟鞋一隻掛在痰盂口上，一隻抛在地上。靜悄悄鴉雀無聲。

人：某某。

某某：（自外入，手上拿了好些東西：衣料，糖果等……口內喊著）凝愛！凝愛！我知道你又去睡覺了！（隨說隨走向通內室之門）你真是一個小孩子！你要知道從上月起我們已經結婚了！結婚，你就變成太太！太太是就要生小孩子的，怎麼還是那麼小孩子脾氣呢？（推門）你看，你又把門閂上了！凝愛！快把門開開！我同你說，你有些地方真是不明白！就說剛才吧，我隨便說了一句你的表妹好看，你怎麼能夠就說我不愛你呢！你不是也說過我的同學們好看過麼？那本來是沒有什麼的。我說你的身材沒有她好看，並不是說我愛她的身材比愛你的深。凝愛！開門哪，你看一天光陰又那麼過去了！太陽又射到這兒來了！凝愛！凝愛！（頹傷，稍停）凝愛，在戀愛的時候，我的確說過你比什麼都美，不過……不過現在……現在也並沒有說你不美，也沒有說你表妹比你美。我只是說她的身材比你苗條，其實整個講起來，還是沒有你好看的。你的嘴生成就這樣奇妙，你的眼生成就這樣有神，眉毛是這樣自然，不像她們似的都靠著化妝。凝愛！（推門）開門！凝愛！凝愛！（頹然坐門旁的沙發上）你真是太多心啦！你想你們倆我是同時認識的，我要是愛她，那麼為什麼那時不去愛她呢？我們結婚以後，她雖然時常來，不過我同她單獨在一起的時候是你所知道的，只有你回家去的那一天。我真是一點也不怎麼她的。凝愛！（稍停，站起來）啊！剛才全是氣裡的話，人在生氣的時候是會失去他本來的人性的。許多的大錯常常為一點小事情而起。剛才我們兩方面都太不忍耐了，唉！原諒我！以後我絕不用這種任性的話來傷你心了！我時常因為一下子的氣，無意識地說一句賭氣的話，使你難受半天，使我們的蜜月又染了一天灰色的痕跡。我真不對！（坐）我既然比你大幾歲，我就應當來安慰你，來勸告你，不應當這樣用話來氣你！不過你也太不相信我了，一點兒針一般的小事就說我不顧到你，就生氣；於是就將有限的青春生命史蓋上了一天生氣的圖章！凝愛！我很難過，你看今天這樣好的天氣，學校同公司又是放假，為什麼不能一同去玩，而要在爭吵中過去呢？凝愛！你別再生氣了！以後我們一定大家都不要這樣才好。來！來！開開門！來！出來！（至窗前，望外）啊！你看這是多麼美麗——那快要下去的太陽！來！快來！你應當明白起來好！（又回頭）讓我來猜吧！你現在一定在起來，穿鞋，該出來啦！唉！（稍停）怎麼還不出來？啊！在整衣服吧？（稍停）咳……啊！對啦！梳梳頭髮對不對？啊！難道你是脫了衣服睡的嗎？穿衣服、穿鞋，扣扣子，對啦！這件新衣服的扣子是很緊的。凝愛！出來！我替你扣吧！（稍停）我知道你是故意不理我，你這個脾氣真是老不會改的。林黛玉似的，一天到晚是這樣；一生氣難道至少就得一天嗎？真的你就沒有生半天氣的日子，至少一天，有時候還得兩三天呢！哼！（負氣不語，抽煙）唉！凝愛！你看我又生氣啦！這是不對的，我知道你能原諒我！噢！對啦！凝愛！你以為我真是去找你表妹了嗎？我真是一時糊塗，沒對你說明。我剛才是隨便說一句來氣你的。我是去買了好些好吃的東西和一件好看的衣料，你快出來看吧，凝愛，別生氣了！（打開紙包，取出衣料）你看，這個顏色你一定喜歡的，凝愛！快出來！這樣的花樣你喜歡嗎？（貼在自己身上比方）我想你穿著一定會很好看。（走幾步）真不錯，走動時候的閃光尤其好看。又不太鮮豔，平常也可以穿；跳舞的時候，出門的時候，都可以穿的。怎麼你還不出來？唉！（拋衣料，坐沙發上，又抽煙）你這種脾氣真不對，將來會使自己後悔的。你看過我的那本《一字》的小說嗎？（想）啊！是的，你沒看過，這是被一家書局拿去啦！為了結婚，我幾乎忘了！出版了你再看吧。這是以「一個字」為關鍵的。（稍停）我先把那故事講給你聽聽吧，你可以仔細的想一想。我描寫一家有四、五年歷史的很甜蜜的家庭，那簡直是甜蜜極啦！可是有一天那太太在一本書裡發現了一張只有一個「愛」字的心形紙條，那筆跡又極像是女人的筆跡，所以她就疑心是另一個女子給她丈夫的。於是她就從她丈夫所認識的女子裡面，一個個的想。忽然想起她以前的一個同學——一個漂亮的女子來。她就覺得這個字一定是她寫的！她越看越像，最後，她就斷定了一定是那個同學；於是她就開始同她丈夫吵嘴，逼她的丈夫。那丈夫呢，也奇怪那書裡怎麼會有這樣的一張紙條，不過沒有法子辯明，只有勸慰她就是啦！他太太呢，想他既是這樣遷就，那恐怕真的是事實，所以就更逼得他厲害了。最後，那丈夫也忍不住了，在氣的時候於是就說：「是她寫給我的！」於是女的說：「她為什麼要寫愛字給你？」他說：「因為她愛我。」女的又問：「她為什麼愛你？」男的說：「因為我愛她。」這樣以後，女的就氣在床上。男的呢，就氣到外面去了。可是等男的回來的時候，屋子裡一切都是靜的，少了一個太太同太太以前寫給他的信，多了一張字條；那字條，不用說是他太太寫的。她說：「以後在一起也是尋不到快樂，所以我一個人走了，隨我怎麼樣去漂泊吧！」以後男的就到各處去找，各處親友那裡去問，一連找了四年，一點消息也沒有得到。忽然有一天，在日本東京的一個旅館裡，他從他十年以前的日記裡翻出一段記載來，才想起那個「愛」字，是在他同他太太戀愛的時候的情書裡剪下來把它剪成心的樣子而放在那本書裡的。這下子他幾乎瘋了！但是，他更鼓足了勇氣各處的去找。他太太呢，走了以後的生活是找職業，賣翻譯，各處的流浪，當然也時常想念她的丈夫的。這樣過了兩年，她決定回到丈夫那裡去了，她感到世界上只有丈夫最可愛了！但是到了那裡，起先的甜蜜的家庭，現在已經是成了別人的了！天涯海角，哪兒還有她丈夫呢？但是她還是鼓足了勇氣的去找，好幾次都幾乎是要碰著了，又都失了機會。最後，大家是老啦，病啦！凝愛！說起來才傷心吶，在他太太將死的時候，她翻著她自己寫給她丈夫的信，才發現了那封被挖去一個字的信了！於是她又將那從書裡翻出來的「愛」字拼了上去，真的一點也不錯，證明了是她自己寫的！她在最後一口氣裡叫出：「我被我的愛害了！」……凝愛，你看他們的結果是多麼悽慘啊！所以你要記住：你要是再不明白，老實說，我們將永遠沒有幸福了！（稍停）你怎麼還不明白，我已經同你說過一百遍啦！我沒有愛她，沒有去找她，你難道還不相信嗎？來！出來！批評批評我那篇小說，談談話！（稍停）你不理我，哼！（稍停）你真是奇怪！就以那次到西山去的事來說，騎馬的時候，我扶了她沒有扶你，你就生氣了！你想，你是會騎的，她不會騎，扶扶她有什麼關係？所以你總是一個小孩子，凝愛。來！來！開門啊，你看太陽已經下去，我一個人說理求情已經有半天了，你難道就這樣忍心嗎？我已經同你說過一百遍，剛才說我已經同她接過吻，我去找她去，這完全是氣你的。這樣氣你是不對的。凝愛，你是愛我的，原諒我，我以後絕不這樣了。像你這樣的小孩子，我應當來保護你才對！（看高跟鞋）我知道你今天脾氣發大啦，連鞋都摔起來了！（拾鞋）你這個小孩子，發氣的時候老是頓腳，高跟鞋也頓斷好些雙了。啊！對了，高跟鞋是容易蹩腳的，所以你脫了來頓對不對？對了，別是腳頓痛了吧？啊！難道有別的東西刺進去了麼？（擦鞋）不錯，你午飯也沒有吃過對不對？我真糊塗，還和平常的時候一般以為你在學校裡吃過了呢！（放下鞋）我們去叫幾樣菜來吧！你愛吃什麼，凝愛，啊，這我還用問嗎。你頂愛吃炸裡脊，炒腰花；備一點酒好不好？我想酒可以消消氣。你不會喝，少喝一點好了！還要什麼菜呢？我來寫一寫吧！（走到寫字桌旁，看一張字條，突然驚慌起來，拿起來讀）——「你去吧！不過在我死的前一秒鐘，我還是要說我愛你的。」啊！什麼！凝愛！你死啦？你自殺啦？（撞門，門未開）凝愛！你真死了嗎？（暈倒地上）

——幕——

一九三二稿。

荒場

地：地球上。
時：時間中。

第一場

人：甲，約十餘歲；
　乙，也約十餘歲。
景：荒場上。

（甲、乙從右同上）

甲：這不是春天了麼？
乙：走吧！（拉甲臂）讓我們快去採點花。
甲：他們知道了是不行的。

乙：為什麼他們不許我們採花呢？
甲：據說這是我們祖先一直不許的。
乙：走吧！
甲：走麼？
乙：在這樣的荒場上是誰也不會看見我們的。
甲：好吧！（甲乙攜手同下）

第二場

地：地球上。
時：時間中。在人的理智看來，也許是晚了二十年。
人：甲，約三十多歲；
　乙，也約三十多歲。
景：荒場上，光線有些不同了——在人的眼睛看來。

（甲自左上，乙自右上）

甲：（是一個很得意的樣子）老王！
乙：（是一個不得意的樣子）啊！老張！多年不見了！

甲：是的，老王！你可記得二十年前。我們在這荒場上一同去採花嗎？
乙：是的，老張！今天我們又在這兒碰見了。
甲：你現在結婚了嗎？
乙：不但結婚，小孩都有好些了！
甲：時間過得真快啊！
乙：是的！你當然也結婚了！
甲：不但結婚，小孩都快結婚了！
乙：你很得意？
甲：是的，（看錶）時間過得真快啊！
乙：是的，我們再見吧！

（各自左右下）

第三場

地：地球上。
時：時間中。在人的理智看來，也許是更晚，又過二十年了。
人：甲，約五十餘歲；
　　乙，也約五十餘歲。

景：荒場上。在人的眼中看來，光線是不同了。

（甲自左上，乙自右上）

乙：啊！老張！

甲：啊！老王！今天真巧啊！

乙：是的！我們真是好久不見了！

甲：老朋友，你可有工夫？

乙：年歲這樣大，工夫自然有啦！

甲：是的。我們坐下談談好嗎？

乙：好的。（坐下）

甲：（坐下）你真是老了！

乙：不但是老，而且毛病也多了！

甲：是的！時間過得真快啊！二十年前，我們在這荒場上相會時，是多麼壯健啊！

乙：是的！可是現在是二十年以後了！

甲：是的！

乙：你的身體呢？

甲：不但老，而且病啦！

乙：（看太陽）時間過得真快啊，天都快黑了！

甲：是的！家裡該在等我吃飯了！（站起）
乙：（站起）啊！老朋友，再見吧！

（各自由左右咳嗽著下）

第四場

地：地球上。
時：時間中。在人的眼中，也許又過了二十年。
景：荒場上，兩座新墳。
人：甲，在右墳中；
　　乙，在左墳中。

乙：（咳嗽）……
甲：老王，隔壁原來是你啊！
乙：老張，隔壁是你嗎？
甲：是的！我們又在這兒碰著了。
乙：老王，談一會兒吧！
甲：別人要聽見的。

乙：為什麼怕別人聽見呢？
甲：據說這是我們祖先一直不允許的。
乙：但是在這樣的荒場上誰也不會聽見我們的。
甲：現在不是有了兩個墳堆了嗎？
乙：地球永遠是一個荒場啊！
甲：是的，人生就是在荒場上走路。
乙：是的，於是就走進了墳墓！
甲：二十年前，我們談話時是多麼的快活啊！
乙：是的，四十年前我們談話時是多麼的壯健啊！
甲：是的，六十年前我們去採花是多麼的有趣啊！
乙：然而以後長大了，娶了太太！
甲：生了孩子！
乙：離開朋友！
甲：忘了友誼！
乙：老啦！
甲：病啦！
乙：死啦！
甲：你死了麼？
乙：不但死啦，而且埋葬啦！

甲：真的嗎？那我也……
乙：是的，你大概也死啦！
甲：是的，不但死啦！而且埋葬啦！
乙：時間過得真快啊！
甲：是的！
乙：朝西的墳壁，已經和暖起來啦！
甲：是的，天又晚啦！（咳嗽）
乙：歇歇吧，老朋友！

第五場

地：地球上。
時：時間中。在人的眼光看來，也許又是過了二十年。
景：如上。不過光線，在人看來是不同了。
人：甲之曾孫；
　　乙之曾孫。

（甲乙孫同上）

乙孫：這不是春天了麼？
甲孫：走吧，讓我們快去採點花。
乙孫：他們知道了不行的。
甲孫：為什麼他們一定不許我們採花。
乙孫：據說這是我們的祖先一直不許的。
甲孫：但在這墳墓中，他們所表現的只是他們已經死了！
乙孫：走吧！
甲孫：走麼？
乙孫：在這樣的荒場上誰也不會看見我們的。
甲孫：好吧。（甲孫、乙孫攜手同下）

——幕——

擬未來派劇。一九三一稿。

心底的一星

時：無論何時。
地：無論何地。
人：女戲劇家，侍女，新聞記者。
景：女戲劇家的起居室，左門通外，右門通內，室內有大鏡，梳妝臺，以及椅桌等；牆上掛著許多世界古今劇作家名伶的照相。幕開時，是我們的女戲劇家穿著睡衣在梳妝的當兒。她的侍女立在她的旁邊。

女：現在幾點鐘啦？
侍女：（看錶）十點半。
女：昨兒晚上我是幾點鐘睡的？
侍女：（拿出記事簿，查）小姐，兩點二十分。
女：睡下了，隔了多少時候才睡著的？
侍女：（看記事簿）你是兩點四十分睡著的。
女：兩點四十分，三點四十分，四點四十分，五點四十分，六點，七點，八點，九點，十點半，

啊！少睡了十分鐘！（憂戚地看著鏡子裡自己的臉）

侍女：是的，小姐，少睡了十分鐘。

女：昨天呢？

侍女：昨天少睡十二分半。

女：前天呢？

侍女：前天少睡兩分鐘。

女：上月的統計呢？

侍女：除了五天小姐有病不算，平均每天少睡四分鐘。

女：上半年的統計呢？

侍女：（查）除了七天小姐不舒服不算，平均每天少睡三分三十五秒。

女：那麼，睡眠的時間是減少啦！

侍女：是的，小姐，比以前的減少了二十五秒，不過我想這是小姐精神好的象徵！

女：（驚愕地注視鏡中的臉）少睡了二十五秒？啊！怪不得我是憔悴得多啦！（摸自己的臉龐）

侍女：小姐，你並沒有什麼憔悴？不過你的確要少勞動一點，前天晚上，我在沙發上睡了一覺醒來，你還在寫文章，啊！那時候已經四點多啦！我真不該睡覺，不然我總會勸小姐早一點睡。

女：啊！怪不得我一月來老了許多！（對鏡摸自己的臉龐）

侍女：小姐，你老是神經過敏！我侍候小姐四年，我覺得你一點也沒有老，一點也沒有改變。

女：你看（指臉龐）那兒似乎陷進去了些，那條曲線似乎直了一點，啊！我的確沒有以前美麗啦！

侍女：唉！小姐，你別神經過敏，（看錶）你該喝羊奶啦！我侍候你四年，每天看著難道不知道麼？你的確是一點沒有改變，老是這樣活潑，溫柔，可愛！（笑）

女：因為你我每天在一起，所以看不出我的改變。

侍女：小姐，人的健康，美麗，青春的改變，是同脾氣很有關係的，小姐的脾氣老是這樣溫柔慈愛，所以我很能證明你是一點沒有改變。

女：我上半年不是曾經對你說過了幾句不溫柔的話麼？

侍女：那是在病的時候，小姐，你看，身上一有點改變，脾氣就不好啦，對不對？

女：我真的沒有改變麼？

侍女：真的，這是千真萬確的，小姐。

女：我真的同以前一樣美麗麼？

侍女：真的，這是千真萬確的，小姐。

女：我真的沒有老麼？

侍女：真的，這是千真萬確的，小姐。

女：我真的沒有瘦麼？沒有憔悴麼？

侍女：真的，小姐，你是的確沒有改變，完全同起先一樣美麗，可愛。

女：真的麼？你真是我的妹妹！

侍女：小姐！（看錶）你該喝羊奶啦！

女：你先告訴我今天送來的那些東西吧。

侍女：（拿另外一本記事簿。唸）王鳴皋一個大花籃，王博緯一束鮮花，還有一封信，李次君也是一個大花籃……

女：（笑）別這樣報賬似的說啦！

侍女：（笑）一共是十二個花籃，八束鮮花，十六封信，還有沈安丁送來一條珠鍊。

女：……

侍女：要拿進一兩樣來麼？

女：拿進來幹麼？那些信，你看看隨便回答他們幾句好啦。

侍女：他們對於小姐的劇作同表演的藝術，真是崇拜極啦！

女：他們那兒懂得藝術？懂得藝術的人是不會寫信同送花來的。

侍女：懂得藝術的人要怎麼樣呢！

女：對於我的劇會什麼都不表示，而在心靈中，生活上起了變化的人。

侍女：那麼新聞記者呢？

女：那更是！你知道報館要借我的消息向人民賣錢，而記者是將我的消息向報館賣錢，所以一個有名的戲子，有名的劇作家的東西是不會壞，而無名的永遠沒有好的。我覺得，我的作品都沒有四年以前好啦！

侍女：那不見得，而且，小姐在表演方面是越來越好，越來越精到而細膩。

女：昨天晚上我演得怎麼樣？

侍女：我看得連自己都忘了，我隨著你們劇中人在笑在哭，連……啊！小姐，昨天歐陽先生有封信叫我交給你。

女：哪一位歐陽先生？

侍女：就是常常拿你劇作譯成法文的那位。

女：他信裡怎麼說？

侍女：他說他要請吃飯，請你告訴他一個日子。

女：啊！你回信告訴他下星期四吧，下星期我有工夫麼？

侍女：（查記事簿）你打算寫完那篇〈隔河的狗叫〉。

女：那麼星期五呢？

侍女：星期五你要排演那《紅色的頓頓河》之第二幕。啊！星期六，星期六你要到鐵路工會俱樂部去演《死的顏色》。

女：那麼就是星期天吧。

侍女：星期天你要回蕭伯納的信。還有，柏利威先生要來看你。我看還是下星期三吧，那天你沒有什麼事。

女：就是那天吧！你去約好了。

侍女：（動筆記下）還有劉英明先生有一封信給小姐。

女：啊，那個孩子！（笑）

侍女：你自己回他麼？

女：啊！那個孩子！

侍女：他昨天演小姐的配角，可真演得不錯。

女：是的，他還能演這種角色，我以後想要多用他幾次。

侍女：信呢？
女：你隨便回他吧！
侍女：他對你真是天真的情熱，在信裡很可以看出來的。
女：你不說我沒有老麼？
侍女：是的，這是千真萬確的，小姐。
女：你不說我還很美麗麼？
侍女：是的，這是千真萬確的，小姐。
女：你不說我沒有瘦？沒有憔悴麼？
侍女：是的，小姐，你是的確沒有改變，完全同起先一樣的美麗，可愛。
女：（拍侍女）那，好妹妹，跟我多待幾年吧，我喜歡你極啦！我知道，我要把你造成一個完善的演員，今天晚上，你在包廂上看我戲時，不要鼓掌，別人對你很注意呢！
侍女：（笑）……不過……
女：你還是一個天真的孩子。
侍女：小姐！你該喝羊奶啦。（看錶）
女：好吧！

（侍女下。女，看報，不一會侍女拿奶上）

侍女：外面有一位新聞記者要見你。

女：（笑）又是同你很熟的那位謝先生吧？
侍女：（含笑地點頭）是的。
女：（喝奶）……
侍女：我現在就叫他進來嗎？
女：好吧！你可以叫他在這兒等一等，我要換一換衣服。

（女自內下，侍女自外下，舞臺暫空。侍女同記者上，隨說隨進）

記者：瑩妹，到現在你難道還否認你對我的愛麼？
侍女：我怎麼會否認？
記者：那你難道不相信我對你的愛？
侍女：我怎麼會不相信？
記者：那麼，你應當答應我，我們該在一起過活了。
侍女：不過，這還不到時候。
記者：難道你還有別人在你心上麼？
侍女：（笑）也許吧！
記者：我相信你是沒有的。
侍女：我們年紀都還很輕，為什麼要忙於同居呢？
記者：就因為年紀輕，我們更應當重視青春的寶貴！我們在一起快樂，還是不在一起快樂？瑩妹，你應該想到這一層，我是離開了你就如到了地獄，見你就如登了天堂；你假如也感到同我在一起是快樂的，那為什麼不走快樂的路，而要把甜美之青春在缺憾裡過去呢？

侍女：快樂與痛苦，總是平衡著來的。

記者：啊！你是太受她的作品，她的思想的影響了，昨天的戲我想已經輸到你靈魂裡去。

侍女：不過究竟還不到時候。

記者：那要等什麼時候呢？

侍女：我不願離開這位天才的朋友，你知道她待我同自己的妹妹一樣呢！

記者：你難道要永遠伴著她麼？

侍女：在她還沒有同別人結婚時，我不願意離開她。

記者：你難道還不知道，外面盛傳著，她要同她的配角劉英明訂婚哩！

侍女：不過你可知道英明的來信，都是我替他在看，在回。

記者：那麼她要什麼時候同別人結婚呢？

侍女：你覺得她同以前一樣美麗麼？

記者：是的，這是千真萬確的。

侍女：你覺得她一點沒有老麼？

記者：是的，這是千真萬確的。

侍女：你覺得她是沒有瘦，沒有憔悴麼？

記者：真的，瑩妹，她的確沒有改變，完全同起先一樣美麗，可愛。

侍女：那她為什麼要忙於結婚呢？

記者：要是等到已經不美啦，老啦，瘦啦，憔悴啦，那結婚還有什麼意義？而且一個只要露了一點點的老樣，那是立刻就要老了！這同黃昏時候的太陽一樣，一點點沾著海水，就很快地沉下去了。

侍女：我也不願意她現在就埋葬了她的天才。

記者：美滿的婚姻是更能擴展天才的。

侍女：我也不願意改變了她的美麗。

記者：美滿的婚姻是更能增加美麗的。

侍女：我不願意她就此而老了。

記者：美滿的婚姻是更能挽留青春的。

侍女：我不願意她因此而瘦，因此而憔悴。

記者：不會的，絕不會的。

侍女：你的話是可靠麼？

記者：一個人不同的年齡有不同的需要，一歲的小孩需要吃奶，十歲的小孩就需要吃飯，吃麵包。如果是需要而故意抑制著而不滿足，這就是變態！

侍女：……

（女出）

記者：（行了深禮）小姐，昨夜的戲真是成功極了！劉英明先生真是一位天才的演員，做小姐的配角，真是天生成的一對。
女：（笑）個個新聞記者都會說這樣漂亮的話。
記者：今天報上，關於小姐戲劇的話，小姐看見了沒有？
女：我倒沒有注意。
記者：小姐最近寫什麼劇本沒有？
女：瑩妹，你應當告訴他我前天所寫的劇本。
侍女：還用我說麼？在出演時，這種作婦女運動導向的戲劇，自然能給人一個深刻的印象。
記者：不知是關於哪一方面的？
侍女：我不同你說是關於婦女運動的麼？
女：關於女子參政運動的。
記者：我相信會大有影響於社會。
女：我沒有想到這些，我希望女子自身的覺悟。
記者：大概主角是一個很重要的角色，出演的時候，小姐自己擔任這個角色麼？
女：不，我好久就想啟發一個天才的姑娘的天才，但是我時常沒有產生出合於她的劇本，這次可產生了，這個劇本讓她——我想一定可以成功因為……
記者：不知道那個人是誰？
女：這就是她！（拍侍女）因為在我寫這個劇本時候，她正睡著在我對面的沙發上面，（笑）她就正做了我的模特兒，將來你可以看到，在第二幕開幕的時候，她是需要同樣地睡在舞臺的沙發上。

記者：男主角打算用劉英明先生麼？
女：也許，他是很能演戲的。
記者：劉先生的確是很有天才的！
女：希望能像你的稱讚。
記者：（笑）小姐，謝謝你，我已經打擾你半天啦！（走）再見！再見！

（記者出）

女：英明的信你拿給我吧。
侍女：你自己回他麼？
女：是的！瑩妹，你同謝先生的話我都聽見啦！你也答應謝先生吧！青春的確是……
侍女：剛才為什麼不宣露這消息呢？
女：你不要告訴謝先生，我們對於男子都應當慎重些。
侍女：（笑）……
女：你真是一個天真的孩子！

——幕——

一九三二稿。

女性史

第一幕

時：悠遠悠遠的過去。
地：地球上面。
人：壯而有力的男子，窈窕美麗的女性。

女：（驕傲地坐著）……

男：你不信，我讓你看。（脫去披著的獸皮）這些肌肉可以打死一隻老虎讓你做衣裳，這隻拳頭可以打死十隻獅子來鋪你的床。這隻手可以一秒鐘捉住三隻兔子，這隻手可以一分鐘捉住一隻小豹。這雙腳，你看，可以追馬，追山羊，追鹿。無論什麼時候都可供給你吃，你穿，你用！這兩隻手臂，能夠在百萬個要欺侮你的人群中，使你安睡！來吧！同我一同去睡去。

女：（撒嬌地投入男懷）唔……

——幕——

第二幕

時：尚不太遠的過去。
地：同一地球上。
人：肥胖的老頭兒，窈窕美麗的女性。

女：（驕傲地坐著）……

男：你不信我讓你去看。（指外面）無論你從哪一面望去，所有所有所有的田野都是我的田地；所有所有的牛羊都是我的產業；所有所有所有的人類都是我的奴隸。你愛哪一隻羊都可以選給你吃，你恨哪一個人都可以殺給你看。一切的幸福不都在我的懷中麼？來吧！嫁給我好了！

女：（撒嬌地投入男懷）唔……

——幕——

第三幕

時：剛剛，剛剛的現在。

地：同一地球上。

人：纖弱美少年，窈窕美麗的女性。

男：你不信我讓你看。這全是父親留給我的，（開保險箱）這是我的公債票，政府一共欠我四千萬；這是我在美國的地產契，這是我在歐洲的地產契，這是我銀行的存摺——在各國銀行都有我的錢。我在西湖已經為你築起了媚莊，我在瑞士已經為你買定了行宮，我已經為你築起四季的別墅，你要怕我棄掉你，我可以把這些別墅給了你，不相信，那還有五十萬存款都可以隨你支配。愛那些窮光蛋有什麼意義？哪一樣幸福與快樂可以離開錢？而我，你看，無論到哪一個銀行去，我的名字就是錢。親愛的！來吧！愛著我！

女：（撒嬌地投入男懷）唔⋯⋯

——幕——

擬未來派劇。一九三三稿。

漏水

時：夏

地：中國都市的貧民窟。

人：趙二，趙二奶奶，林二房東，老三——趙二奶奶的兄弟。

景：一間貧民窟，窮，亂。幕開時，窗外電閃，雷，雨，把房東的燈陪襯得時暗時亮。趙二睡在床上，趙二奶奶正在為漏水忙著。

趙二：我日她奶奶的，只知道收房錢！

（趙二奶奶一聲不響，也不理會。她把破衣裳抛到床欄上，把腳桶從床底抽出來，拿到牆角那邊去盛「噠噠」在滴的漏水；時外面雨聲頗大，房裡漏水到處都是，她很急忙地把臉盆放到櫥上，無法地慌張了一會，又開櫥拿碗，把兩隻飯碗分開，一隻放到床腳旁邊去，另一隻放到窗檻上去，又拿還有一隻大碗放在腳桶旁邊，又把銅壺放到櫥旁。於是她坐下，漏水點點滴滴聲脆到「咚咚」「錚錚」。外面是電閃，雨雷交作；桌上忽然也有了漏水，她於是又起來，把床欄上的手巾墊在桌上，不夠，又從風爐旁拾起紙來墊，於是漏水變成「噗嗤」「噗嗤」的聲音。趙二奶奶把露出的奶子往破衣襟裡一撥，拿一塊破布揩起腳來了。只有雨聲，時而有些雷聲。）

趙二：日她奶奶的！只知道收他媽房錢！

（他一面罵著，一面猛一下跳下床，赤腳地把床「狠」的一聲，往外移了三尺，於是那漏在他身上的水，滴到地下了，「噠噠」慢慢急起來了；趙二奶奶趕快放下揩腳布，拖著趙二的鞋，慌張無措了一回，才到風爐旁邊，拿起一張破報紙，拍了幾下，鋪在桌子上，又打開風爐上的鍋蓋，把冷飯搬到報紙上，包起來，放進櫥裡，這才把空鍋放到床移開的地方來盛漏水，立刻，那「噠噠……」的聲音變成「咚，咚……」，又慢慢地脆起來，同腳桶邊的漏水相仿了。）

趙二：這個破房子！他媽的……

趙二奶奶：快睡吧！明天又要起不來啦！

趙二：你奶奶的，到處是他媽的漏水，叫我怎麼睡？

趙二奶奶：你不睡怎麼辦？回頭又要起不來啦！

趙二：奶奶的，你管我喲！

趙二奶奶：我不管你？你病了要我管不管？你知道什麼時候了？再一個鐘頭天都快亮啦！

趙二：（低聲地）我日他奶奶的……

趙二奶奶：再三個鐘頭就要去做工了。回來又該病啦，病不要緊，多病幾天，又該被工廠革退啦！找工又不容易，那時候可吃什麼？

趙二：（更低聲地）我日他奶奶……

趙二奶奶：上一次，病了半個月，虧得小王替你的工，沒有被開除，可是工錢少了半個月，債就背上啦，房錢呢，也欠上啦。陰曆月底又要到啦，工廠要照陽曆算，我看你怎麼辦？

趙二：唉！照你說，我睡不著就得病，病啦就糟！可是我住在這兒一下雨就氣，一氣就睡不著。

趙二奶奶：你想想有什麼辦法？告訴你，越想越糟！隔壁三釘鬼，每天晚上愁錢愁錢；白天在廠裡瞌睡，把胳膊滑到機器裡，掉了一個，你忘了麼？

趙二：可是，不氣怎麼著？你看這個漏水，你難道不氣麼？哎！小八兒，我們搬家怎麼樣？

趙二奶奶：搬家，也得有錢喲。

趙二：這兒，奶奶的，房子那麼糟，錢還那麼貴。

趙二奶奶：哪兒的房東不吃這口飯？哪一個做二房東的不是這樣狠心？

趙二：奶奶的，誰不知道這些？不過無常也有個黑白，總有個好一點的。你看小王那兒就比這兒好得多。

趙二奶奶：快睡吧！真再說就要天亮啦！

趙二：哎！明天你弟弟不要來麼？

趙二奶奶：他說放午工的時候來。

趙二：他在車廠裡，總比我們要好，我們問他借……

趙二奶奶：對啦，我想可以辦得到。

趙二：奶奶的，這可搬成啦！

趙二奶奶：大概要多少呢？

趙二：上次欠他三元，這個月五元，你再問他借十二元吧。沒有，十塊也行了！我的工錢反正也快發啦，可以付新房子的房租。

趙二奶奶：別那麼高興，有沒有還不一定呢！

趙二：要是有，你下午就去找房子，第一要不漏水，第二要安靜，大小倒沒有關係，只要咱倆睡得下就行啦。還有房錢，頂多頂多四元，最好三元，只要我睡得著。不病，我們總可以每月抽兩元錢來還你弟弟。

趙二奶奶：得啦，得啦，睡吧！

趙二：來，你也睡吧，咱們樂一下子！

趙二奶奶：鬧什麼，都快上工啦！好好兒睡吧！

（不知不覺雨早已停了，天有點亮起來。趙二奶奶把碗裡的漏水一隻兩隻地倒到腳桶裡去；把桌上的紙拋掉，把手巾扭乾，再把臉盆的水倒到窗外，又倒鍋裡的水，她把鍋放到風爐上，於是又捧著腳桶出去，提著空腳桶進來；又拿臉盆、銅茶壺出去，裝滿了水進來，最後她把壺放在爐上，把臉盆放在桌上，洗碗。那時天已經很亮，二房東進來，她是一個五十歲的女子，具有十足二房東的架子）

趙二奶奶：啊！林太太，怎麼那麼早？

林：今天趙二總在家吧？那房錢怎麼樣？

趙二奶奶：他剛睡下，勞你駕，回頭再來吧！

林：回頭再來？他回頭不要出去了嗎？

趙二奶奶：他剛剛睡下。

林：他出去啦，你推給他；他睡著，你也有話說；那麼他一醒來就出去，一回來就睡覺，再醒來再出去，再回來再睡覺，醒來出去，回來睡覺，老是出去睡覺，出去睡覺，除了出去，就是睡覺，除了睡覺，就是出去，那我就一輩子不用要這份房錢了！你知道別人還要向我要房錢呢！我又不是你兒子，唔唔，又不是你祖宗，難道一輩子就替你們付房錢嗎？

趙二奶奶：你好好說好啦，別那麼著急。

林：什麼著急？難道我不該急麼？上個月還欠了三塊錢，今天又是月底啦！

趙二奶奶：林太太，你總得替我們想一想。

林：我替你想，誰替我想呢？今天大房東來啦，他會替我想嗎？

趙二奶奶：你要錢倒明白，房子漏得這樣你怎麼不管？

林：你們不給我房租，我只有把你們趕出去；老實告訴你，外面的雨可還要大呢。

趙二：他奶奶的，我還睡不睡啦？

林：你睡不著！你錢付不付呢？

趙二：不付怎麼樣？

林：我可要趕你們出去，而且把你們的東西押著，你拿錢來贖來。

趙二：我老實告訴你，你不趕我，我也就走啦。你放心，下午我把房租全算給你。

林：下月不住了麼？

趙二：還要怎麼樣？

林：明天真要搬到別處去了麼？

趙二：自然囉！我給你說，我要再住下，可一輩子也不會有出息啦！

趙二奶奶：林太太，這不結了麼？你讓他睡一會兒，下午來要錢。

林：你哪裡會來錢呢？

趙二：那要你管啦！

林：我可不信你會有錢。

趙二奶奶：老實告訴你，回來我弟弟替我們送錢來。好啦，你出去吧。

林：其實，如真有人送錢來，我想不用搬吧，搬家也是費錢的事。其實欠我一兩塊錢倒好商量的，只要我能夠對付大房東就行了。

趙二奶奶：得啦，得啦，你出去吧。

林：趙二哥，你昨晚沒睡好，多睡一會兒吧！（隨說隨出）（太陽已經射進來）

趙二：日他奶奶的……

趙二奶奶：我看你不用睡了，也快要上工了！

趙二：唉！日他奶奶的！（聲音稍低）

趙二奶奶：我弟弟來，下午我去找房子，一找著就搬，今晚上就可以睡新房了。得，起來吧！

趙二：一晚上沒睡好，今天不上工啦。你替我去找楊六一次吧，叫他找一個替工替我一天！（轉身，打呼嚕）

趙二奶奶：工錢呢？

趙二：你找些東西當一下吧。

（趙二打起呼嚕來，趙二奶奶找可當的東西，找著，找著，終於湊了幾樣，於是就夾著出去了）

趙二：「呼，呼……」

（老三進來，看他睡著，趙二奶奶又不在，於是就在附近坐下。舞台約寂靜了一兩分鐘）

趙二：（夢囈地）我日他奶奶。

老三：老二，怎麼著。

趙二：唔……

老三：怎麼還不起來，病了麼？

趙二：唔……

老三：不早啦，就要上工了吧！

趙二：唔……啊……啊！你怎麼那麼早來？

老三：還早麼？

趙二：你不說換午班的時候來麼？怎麼？今天沒有去上工。

老三：上工，好些天不做工啦！

趙二：怎麼回事？

老三：我們罷工，你不知道？

趙二：怎麼回事？

老三：他們要裁人。

趙二：那麼今天情形怎麼樣？

老三：他們要革退我們全體罷工的工人，並且已經在招新工啦！

趙二：全體革退？

老三：我們現在決定堅持到底，車子不給他們開，新工人一上工，我們就去破壞他們。

趙二：那麼，你們全體一致了麼？

老三：可是還有人愛拍他們馬屁哩，公司裡就有好些人在做走狗的走狗。

趙二：你們怎麼樣呢？

老三：已經有好些人挨我們打了！不過要維持工人的生活就不容易。我們現在就每天喝粥。

趙二：那怎麼行呢，而且日子一多，喝粥的錢都該沒有啦！

老三：照我們自己的錢，早快餓死啦，現在吃的錢都是各工會幫助我們的。其實只要有粥吃，持久地同他們幹，他們準不行。

趙二：是的，只要大家團結起來，他們準會沒有辦法的！

（趙二奶奶進）

趙二奶奶：老三，你來啦！怎麼，你今天告假麼？

老三：我們罷工啦！

趙二奶奶：罷工了？
趙二：都有好些日子了！
趙二奶奶：那可真糟！
老三：怎麼啦？
趙二：我倒忘啦！我們本來還想向你借錢的。
趙二奶奶：真是！我們的房東，他媽的，把我們氣死啦！
老三：前幾天倒還有錢，現在可真沒辦法，東西都快當光啦！
趙二：那怎麼辦？運氣都這樣壞！
趙二奶奶：那暫時只有不搬。
老三：你們要搬家麼？
趙二：對啦，他媽的，這兒一下雨，到處都漏水。房錢還特別貴！
老三：（看錶）我現在要去啦。
趙二奶奶：上哪兒去？
趙二：到工會去嗎？
老三：對啦！再見！
趙二：老三，我同你一塊去，我想起來了。我問廠裡王工程師借去，他一定肯的。
（用手巾揩了一下臉）
（老三，趙二前後出）

趙二奶奶：午飯來吃麼？

趙二：（臺外）就回來的。

（趙二奶奶摺床，收拾地方，約一分鐘後，二房東進）

林：趙二奶奶，剛才是你弟弟麼？

趙二奶奶：是呀。

林：那麼錢有了麼？

趙二奶奶：林太太，運氣真不好，碰巧他又罷工啦！

林：罷工管我屁事，我是問你要錢呢！

趙二奶奶：林太太……

林：你們今天不要搬家麼？

趙二奶奶：不搬了！

林：不搬啦？你有錢想搬家，沒有錢就不搬。哼！你不搬，我可要你搬啦！

趙二奶奶：林太太……

林：你怎麼？你想白住房子麼？那是沒有的事！你把錢給我，不麼，咱們打官司去，我把你們東西扣起來，隨便你們什麼時候來贖。房子，我是要租給別人啦！

（門外有好幾個女人小孩來看熱鬧，都是衣服襤褸，形容枯槁的人）

林：你叫別人評評看。今天又是月底啦，你上月房錢還沒有付清，到底是誰的錯。

趙二奶奶：他們也是住你房子的，你叫他們評，什麼「不想付清」，我沒有錢有什麼辦法。

林：沒有錢，沒有錢就不付了麼？那麼窮人都可以白住房子了？

婦人甲：（進）難道窮人就不許住房子麼？

林：那沒有錢怎麼住？

婦人乙：（進）你住房子有花錢麼？你還賺錢啦！這兒二十四塊錢的房錢，你自己白住不算，還租了二十六元錢。這又怎麼說呢？

林：怎麼說，這就是咱們本領，誰叫你們不去這麼幹。你們沒有本領就窮，窮是你們自己窮，沒有人害你們的。

婦女甲：什麼？沒有人害我們？你知道你白住的是什麼？是住我們的。

林：我住你什麼啦？

婦女乙：我們血汗換錢，換了錢給你白住，還說不是住我們的。

林：我不同你們打哈哈，要的是房錢。

趙二奶奶：沒有怎麼著。

林：沒有錢就扣東西，你有錢就來贖，房子我今天就要收回啦。

婦女甲：好，讓他扣。你們搬到我那房間去，我們一塊兒住。

林：你的房間難道不是我的房子麼？

婦女乙：你租給我們，難道不許我們招呼客人同住。東西點清楚吧，丟一樣可不行的。
林：我不是要扣你們東西，我不過要付房錢給大房東。
趙二奶奶：你不是要趕我走嗎？扣我們東西，等有錢才能來贖麼？
林：我扣你東西，關在房裡，房子又不能租給別人。我為什麼要這樣？不過我也短錢使。
聲音（自隔院）：林太太，打牌，打牌！
林：打牌？好！好！有我一份兒。喂！那麼這件事怎麼辦？
婦女甲：怎麼辦？那不聽你說麼？
趙二奶奶：隨便你，你叫我怎麼就怎麼，可是我現在沒有錢。你要我搬呢，我立刻就搬。不搬呢，我一有錢就付你。
林：那你什麼時候有錢呢？
趙二奶奶：那可沒有準兒。
林：那麼著吧。我給你說，我呢也要付房東，錢湊不齊，就要向外借去，你問她們借借怎麼樣？
婦女甲：向我借？好吧，不過我那份房錢可又要欠你啦！
林：那你到別去處借借吧。
趙二奶奶：有地方借，早借給你啦，受你那份氣。
林：那就我替你借去吧。
趙二奶奶：那可謝謝你。
林：可是要利錢的。
趙二奶奶：多少？

林：三分。
婦女乙：別那麼些廢話，你要他搬就搬，不搬就不搬，錢反正沒有。
婦女甲：要一搬，你這破房子，誰還會上你當？
林：誰看得見是要漏水的。
婦女乙：我們不會說嗎？
林：好！好！算我倒霉，你不搬就不搬吧？不過下月起我可要加一塊錢房錢。
趙二奶奶：那我就立刻搬啦！
林：好好！那麼加半元吧！
婦女甲：別那些廢話，老實一點吧。不然你一點好處都沒有。
聲音（自隔院）：林太太，怎麼回事？快來啊！（拍牌聲）
林：好好，來啦！來啦！（對趙二奶奶）我們回頭再說。
趙二奶奶：我反正隨你便。

（林下）

婦女甲：我們這樣一來，她沒有辦法。其實你真搬啦，誰也不會花那冤錢住這間破屋子。
婦女乙：真的，你們一有錢，還是搬掉了好。

（趙二拿著錢進）

趙二：給她錢，我們看房子去，下午就搬，下午就搬。

趙二奶奶：（興奮地）借來了麼？

——幕下——

一九三四稿。

遺產

此劇根據主角「闊人」以不許在他病室裡發聲，為不將遺產捐贈外人之條件，所以一切對白都布置在「後臺」。劇中凡是「甲、乙、丙、丁……」不出場的的人，一直在後臺發言；凡是記姓氏的人，是由臺上下場進後臺以後才發言的。——這是一個試驗性的設計，或可給對舞臺有興趣的人，一點新的嘗試。

時：一個闊人死的時候。

地：一個闊人死的地方。

人：闊人一名，親戚朋友數名，醫生一名，侍者數人，看護一人。

景：闊人常壽終的正寢，精致無比。右門通外，左門通浴室，浴室門可見抽水馬桶等物，闊人病臥床上，屋內外常充滿十餘個探疾侍疾的人。全戲對白，都在幕外。

甲（小孩聲）：白醫生來啦！

乙：醫生又來啦？

丙（老太太聲）：又來一個醫生！

丁（老太太聲）：又要付一次醫生錢！

戊：大夫，病的是我祖父朋友兒子的朋友，他已經很危險啦，你好好地去看去，不過……

丙：病的是我母親的姨娘的外甥的同事，你開藥可要便宜一點呀！

戊：不過，大夫！你要留神，他是不准在他的屋裡說一句話的，因為他說過，要是有人在他的病榻旁邊發一個聲音，他的財產就要充公，我要承繼不到遺產了！

李：（聞聲從臺上下）大夫，你千萬不要在病人房子裡開一句口，你一開口我就承繼不到遺產了！他的病症我開了一張單子你可細細看一下。

醫生：啊喲！你們這裡這樣黑！我眼鏡兒又沒有帶來！

戊：那我唸給你聽吧：「病症，白天夜裡一點都睡不著，不過一天到晚都是昏昏迷迷醒不來；吃也一點也吃不下去，但整天想最好吃的東西吃；拉是一點也拉不出來，然而時時都想拉；話一句也不說，但好像時時想談話。」

闊人：（在臺上示意要吃）……

張：（下）開一桌上等酒席。（臺上侍者布置桌子等）

乙：又要開酒席啦！

丙：又開一桌酒席？

戊：又要付一次菜錢啦！

醫生：唔！以前別的醫生怎麼說呢？

王：（下）大夫，他是我的，我的什麼呢？哦！當他的一個聽差還在捕魚的時候，我常買他魚的。是我所認識的世上最闊的人，我所認識的最有學問的人，一個鼎鼎大名的哲學家，有錢的哲學家……

醫生：我要問你們的是以前來過的醫生說他是什麼毛病？

李：有的說是闊人的病。

戊：有的說是哲學家的病。

醫生：他們開點什麼藥方呢？

王：補藥，大概是頂貴頂貴的補藥。

丙：大夫，你總要開點便宜一點的藥。

丁：補藥終是太貴啦！

闊人：（示意要吃）……

趙：（出）酒席怎麼啦？要是來不及，先到大鍋裡拿一只雞，拿些麵包來吧！

張（幕後）：盛一只雞來！

眾：（一聲一聲傳遠去）盛一只雞來！盛一只雞來……

（侍者下，拿雞上，眾人爭著侍候闊人）

闊人：（大嚼一口）唔！（又躺下。侍者搬雞出去）

醫生：那我先去看看吧！

戊：老李，小心他開口呀！

王：大夫！可千萬不要說一句話。

李：（陪醫生進）……

醫生：（近闊人）……（李按醫生嘴）

（闊人起坐，眾皆爭著扶他下床，看他向著左面浴室出，陸與韓及侍女一起扶著他出）

闊人：（稍停）唔……

陸：爸爸，拉不出來嗎？吃藥嗎？

韓：親愛的爸爸，叫醫生來看看吧！

李：誰是你們的爸爸？

陸、韓：那麼你為什麼也呼爸爸呢？

闊人：唔……

李：怎麼？痛麼？

韓：快來！快來！爸爸又拉不出屎啦！

（臺上的人全到浴室去，擁滿了左面的門口）

丙（右門外）：誰在那兒叫爸爸？

丁（右門外）：那個姓陸的。

丙（右門外）：那個姓陸的是誰呀？

丁（右門外）：是他外甥的姐夫的爸爸的朋友的兒子。
丙（右門外）：我說呢，還有比我再親的麼？
陸：啊！拉出來一點了！
韓：快拿紙來。
闊人：（以手捫鼻）……
陸：爸爸，你臭麼？我覺得沒有臭，沒有臭！
韓：一點也不臭。
甲：（參差不齊地說）不臭，沒有臭，一點也不臭。
丙：連這兒都聞得著啦，那種闊人的香氣。
丁：香極啦！

（大家圍著闊人到舞臺。闊人躺下，各人恭恭敬敬地侍候著）

闊人：（示意要吃）……
王：（出）將剛才的酒席拿出來。
醫生：（出）（招李出外）這真是闊人的病，我不會治，除了吃補藥，沒有法子治的。
李：（出）不過他這種病是很危險。
丙：（出）不久就要死的，我想。
丁：我就可以承繼他的遺產了。

李：你，你有什麼資格？
丁：我現在不是管家嗎？
丙：我們兩個人在管家。
李：管家婆能承繼遺產嗎？
丙：他說過啦！誰頂因他的病而傷心的，就承續他的遺產。
李：沒有人比我再傷心了！
醫生：我要去啦！
李：再見！再見！
醫生：醫費呢？
丙：醫費？你不是不會醫麼？
李：大夫，出診多少錢？
醫生：三十元。
丙：三十元？
丁：三十元！
乙：老太太，就給他三十元吧，他是我請來的。
丙：有什麼辦法，給他吧！
丁：一天要花多少錢呀！
醫生：再見，再見。
李：再見，再見。

王：來拿菜！

（侍者出。拿菜上）

（闊人擺手搖頭，推聽差，摔菜）

乙：有一位史太太來訪病。

丙：你說不用她來看啦！

丁：你說多謝她的好意。

史太太：啊！我來晚啦！已經叫你們多侍候啦！

丙：你怎麼就進來啦？

史太太：我在美國聽見好朋友病啦，我趕快就來，我們的友誼還用通報嗎？

丁：你進去可不許亂說一句話，因為他說過，要有人在他的屋裡說一句話，他的遺產就要充公，那我不是承繼不著了嗎？

史太太：好！我不會說話，因為我是來承繼他遺產的。

（闊人默然躺下，垂死似的。眾人都去按脈，摸胸，面有喜色。少頃，丁與史太太上，剛剛碰著陸出去）

陸：（下）老乙！快打電話叫保存遺囑的張律師來。

（史太太驚駭地退出，眾人也皆下。闊人死在舞臺上，人聲在右門外嘈雜）

陸：大家要記住他的話，誰頂傷心誰承繼遺產。

韓：請大家來評評，到底誰頂傷心？

眾：我頂傷心，我頂傷心……

乙：張律師他說立刻就來。

甲：（小孩聲）誰都那麼傷心，可是哭的人沒有一個。（眾皆大哭）

甲：（進臺看，出）我以為誰去守尸，誰就頂傷心。

丁：進他的房子裡可不許哭，一哭大家都沒有錢啦！

（眾人齊上，跪圍屍旁，皆伏首而靜默）

乙：（右門外）律師來啦！

（眾一擁而出，舞臺只躺著一具死屍，一直到閉幕）

律師：你們沒有在他屋裡發過聲音的人在這兒簽字，打手印。

眾：是的。

律師：你們都沒有發聲音麼？現在我來讀遺囑：「我死後，當律師讀遺囑時，誰在我屋裡哭者，誰就是我遺產全部的承受者。」

眾：不是不許在他屋裡發聲音麼？

律師：另有他證據為憑，他是說要是誰都沒有發聲音，全部遺產都充公，歸於哲學院。

眾：誰都沒有發聲音啊！

律師：他並沒有要在他死後不許發聲音，發聲音的人才真的不在注意他的遺產。

眾：不是說誰最傷心誰就承繼遺產嗎？

律師：是的，不過他在這兒還說，當一個人在臨死時，真的傷心的人一定會發出驚訝悲哀的聲音。

眾：我發過聲音。

律師：你們不都簽過字嗎？

（眾無言）

律師：我要宣布他的全部財產歸哲學院了！

（沉默一忽兒）

陸：我要說話時，你幹嘛堵我嘴？

眾：我早就要說話啦！你們……

聲：全是你們壞！

聲：全是你們壞！

聲：全是你們……弄得我丟了三萬萬萬的家產！

眾：唉！現在還說什麼！

丁：（哭）……

眾：（皆哭）……

律師：哼！為什麼剛才不哭呢？

眾：是呀！為什麼剛才不哭呀！三萬萬萬的家產呀！

——幕——

一九三四稿。

人類史

第一幕

時：悠遠，悠遠的過去。
時：地球上面。
光：深黃色。
人：主人，奴隸。
景：幕開時，主人躺著，奴隸站著。

主人：我肚子餓了！大概又到了吃的時候了吧！
奴隸：是的，主人！又到了吃的時候了！

（奴隸進，托獸肉等入）

主人：（大嚼，將剩餘的殘食擲地下）去吃去。
奴隸：（再拜）謝謝主人！（跪向太陽）上帝！謝謝你賜我一天的糧食。

——幕——

第二幕

時：剛剛，剛剛的現在。
地：地球上面。
光：白色。
人：主人，許多賓客，傭僕們。
景：幕開時，主人陪許多賓客們在吃水果，茶點，抽煙卷。傭僕們都侍立兩旁。

主人：（看錶）十二點鐘了，大概又到吃飯的時候了吧！
眾僕：是的，老爺！飯已經預備好了！

（主人邀眾客魚貫而出）

眾僕：（分拿水果茶點出去，有些偷一點吃吃）

第三幕

時：不久，不久的將來。

地：地球上面。

光：綠色。

人：伙計們。

景：幕開時，大家在做工。一聲汽笛叫了。

有幾個人：汽笛叫了，大概又到吃飯的時候了吧？

有幾個人：是的。兄弟們！又到吃飯的時候了。

（大家緩緩地出）

——幕——

擬未來派劇。一九三五稿。

鬼戲

第一幕

時：過去。
地：中國。
角色：鬼，人。

鬼：我們有一手好手藝，但是沒有飯吃，老爺，你們是大人物，你們有很大的地域，許多許多未用的原料，你們沒有工夫管這些，我想，我們有機器，有工具，讓我們做你們的忠僕，為你們開掘寶藏，為你們運用原料，為你們製造東西，給你們享受，那麼你們就可比神了。

人：神？

鬼：是的，神就是一種不必勞作，而能享受的存在，以我們的力量，加上你們的富有，就可以得一種無限的享受。

人：但是我們是一個有五千年文化的民族，我們不想放棄我們的文化，也不想做神，你們的本領我們敬佩之至。但我們先聖有言，「敬鬼神而遠之」，所以我們寧使吃個清茶淡飯，也不想有你們這樣的僕人。

鬼：（三聲獰笑下）……

——幕——

第二幕

時：也是不久的過去。

地：中國。

角色：鬼，人。

鬼：讓我們合作吧，以你們之地大物博人多，我們之機械與人才，可以把這塊土地造成天國。

人：天國？

鬼：可不是，天國就是有無限無限的寶藏，有精密的機械與方法造成的。

人：我們不要將中國造成天國，我們不想有機械與科學，我們不要你詭計妙算，我們只想安安逸逸平平穩穩過我們的日子。我們不想同你們合作，我們敬佩你們的本領，可是我們先聖定下的方針：「敬鬼神而遠之」呀！

鬼：（冷笑三聲下）……

——幕——

第三幕

時：現在。
地：中國。
角色：鬼，人。

鬼：讓我們來管吧！你們有許許多多事情可做，但是你們許多人都閒著，愁沒有事做，你們有許許多多礦產寶藏，但你們懶得寧使餓死。現在讓我們來開掘，我來給你們工做。

人：用不著你們，這點現存的東西爭爭奪奪已經夠我們忙，我們不要發展，只要刻苦安分過過日子好了。

鬼：可是我們沒有什麼奇怪的先聖定下不變的方針，我們的方針是必須為你們設法，必須管理你們。你看，這是炮，這是槍，這是飛機，這是軍艦，你們以後就必須給我們管。

人：是的，你們是可敬的，但我們先聖有言，必須「敬鬼神而遠之」。你們要近我們，我們沒有辦法。好，我們是黃帝的子孫，現在遷到黃河，將來遷到黃海，離你們越遠越好呀！

鬼：（眼看人下去了，三聲大笑）……

——幕——

一九三五稿。

忐忑

時：大概就那麼樣的暮春的早晨。

地：也許是這樣的地方。

人：李小姐。

景：女學校的寄宿舍，李小姐的一間小巧玲瓏的房間。床有二，一為已回家的周小姐的。

李：（在案頭翻一本書，又看看一張名片）不錯，這詩一定就是他做的。（站起，羞慚地）昨天真不該拿他的名片。（擲名片於桌。稍沉思。以下隨作態隨說）他是從這邊過來，唉！真不該看他！我剛想回頭，（裝他的態度）也不知碰著什麼倒運鬼，就接了它啦！（拿名片裝樣）今天要是碰見他，（裝出不理他的腔調，傲慢地輕視他的樣子）對！就這樣對他！（看名片）唷！什麼？今天來看我？呸！（擲名片於地）什麼東西！（坐，思索，翻詩，唸）「雖然我們今天是第一面，然而在夢中早就會了幾千萬遍；雖然匆匆的一面就立刻分離，然而我的心已經掛在你的心邊。」（按按心，唸題）「寄理想的女子」。怎麼倒好像是寄給我似的？唉！（苦惱地。忽而又拾起名片）看你怎麼樣，我今天偏不見你！（又唸）「雖然我們今天是第一面，然而在夢中早就會了幾千萬遍；雖然匆匆的一面就立刻分離，然而我的心已飛到你的唇邊。」（摸唇）簡直叫我上你的當！（沉思）唉！看他究竟怎麼樣？來吧！我見你！（忽有所悟，遍尋抽屜，抽屜落地，發大聲）

甲小姐：（右聲）密斯李！你今天早晨怎麼啦？乒乒乓乓的！

乙小姐：她一早就嘰嘰咕咕的，也不知道在演什麼獨角戲！

甲：沒準兒，還關著甜人兒在屋裡呢！

李：好姐姐，你們把我吵醒的時候也有，別挖苦我啦！喂！密斯劉，你送我的那張「衣色調和表」呢？

甲：真是昏啦，你不是放在你的錢包裡了嗎？

（李將表取出，看天氣，開箱子）

丙小姐：（左聲）密斯李又起來那麼早！

丁小姐：（左聲）我們真倒霉，好容易禮拜天想多睡一會。右邊密斯李，左邊密斯戊都乒乒乓乓地翻起箱子來啦！

戊小姐：（左聲遠）別冤枉人！今天還沒有起來呢！

丁：（笑）對不起，密斯戊，我今天說錯啦！

丙：密斯丁昨晚也不知做了什麼甜夢，到現在還不起來？

丁：密斯李今天天剛亮就起來啦！貓玩耗子似的也不知道在幹什麼？

丙：沒準兒是和密斯周在講同性愛吧？

丁：得啦！密斯周昨天就告假回去啦！

李：就是給你們幾個人的夢話講醒的。什麼「親愛的，親愛的！」——現在倒挖苦我來啦？

甲：別又扯到我們身上！你自己一清早就在唸「我愛，我愛」的情詩，還來說我們！

乙：怪不得學監說，一個人在屋裡，尤其是早晨晚上，嘟嚕嘟嚕自己在說話的人，都是出了毛病的女孩子。

李：別提起那個老黃婆啦！她自己才有毛病呢！上禮拜一位姓王的來找密斯張，她說密斯張出去啦，自己倒和那姓王的嘟嚕嘟嚕了半天，也不知說些什麼？

甲：那個老黃婆，昨天早晨說，你們禮拜天就起得來啦，平常就呢呢哼哼的不起來！我說，你禮拜天來看，我們起來不起來？今天偏偏密斯李起來得那麼早，又要做她的話柄了！

（那時李小姐已將箱中差不多顏色的衣裳換了七八次了。次次都在窗口附近有陽光的地方看看）

李：（看那張表）密斯劉！你們的研究太失敗啦，綠顏色在陽光底下並並不特別漂亮呀！

乙：本來我也覺得不漂亮；不過在男子看來是特別漂亮的呢！

李：別胡說啦！你怎麼知道的？

甲：你還不知道嗎？那天她穿著一件綠衣服去會什麼桂弟弟，穿的時候還直對我懊惱顏色不好！可是那位桂弟弟說——對啦，還做了一首詩呢，什麼：「就是那鮮紅艷麗的陽光，也分外濃照著甜綠色的衣裳，那不管美人的臉兒是濃抹是淡妝，娉婷的嬌艷的影兒我如何能忘？不管那美人的臉兒是濃抹是淡妝，總像唯一的蓮花痴立於滿片綠葉的池塘！花兒浴在那鮮紅艷麗的陽光，娉婷的嬌艷的影兒我如何能忘？」（笑）密斯李，你說多麼甜啊！假若你穿著去找你的甜人兒，也包管有甜詩來的。

乙：你看你的嘴多能幹，要是來了什麼甜人兒，早就讓你吞下去了！

李：今天的天會陰嗎？

丙：這樣的天哪兒會陰！

（天偶然陰）

李：你看，不是陰了嗎？

乙：關於這層，密斯劉頂有研究啦！要是陰的春天，紫衣服就頂好看啦！所以她是有一件紫色的披肩的。這當然是她的甜人兒替她拿著的啦！天要是一陰，她就說：（作腔）「沒有太陽，可涼啦！」於是甜人兒就替她披上紫色的衣裳啦！你說這是多好的法子。你不是也有紫披肩嗎？就用這法子好啦！

李：紫披肩我有兩件，是用深的呢？還是淺的呢？

甲：現在是暮春，當然是用淺的；要是初春的話，那就該用深的啦！至於綠衣裳呢，現在應該用深一點的。不過也看上哪兒去，公園同電影院就大不相同啦！

乙：你看，這不是她頂有研究嗎？

甲：什麼研究？不過是經驗中得來的隨機應變罷了！

乙：那麼不是服裝研究家，是交際明星了！

甲：你再挖苦我，回頭非報仇不行！
李：在屋子裡愛穿什麼好呢？
乙：紅花的就很別致，漂亮！
甲：不過你粉要是擦得不多的時候，可別待在光線太強的地方！
乙：不過密斯李這樣白的臉是不要緊的。

（李小姐穿好了紅花的衣服，搽粉）

李：（輕輕地自語）他來麼，就這樣談話；要出去呢，就換衣裳。（於是把披肩與綠衣裳放在一起。收拾翻亂的箱子）
丙：（對丁說）不看小說啦！起來吧！
丁：你不看，我一個人看！
丙：你不起來我可要鬧啦！
戊：你們兩個原來睡在一塊呀！（大聲地帶著笑）
李：怪不得說別人同性愛呢！（笑）
丙：起來吧！起來看看化妝了一早晨的美人兒吧！
李：……
僕：（在外敲門）……
李：誰？

僕：（門外）陳先生找您。
李：陳先生？
僕：（門外）陳先生。
李：陳先生？什麼陳先生？
僕：（門外）他說是陳游庵陳先生。
李：真的是陳游庵先生？
僕：是！他說昨天名片上和您約好的。
李：好，請他客廳坐坐，我就出來。（匆匆地走了一趟，至窗口喊）老馬！老馬！
僕：（在外）什麼？
李：你對他說我並不認識他。（匆匆地走半趟，又至窗口喊）老馬！好吧，我就出來！（又回走一趟，又至窗口喊）老馬！老馬！
僕：（在外）什麼？
李：你說……你說……你說他並不認識我。
僕：（在外）李小姐，他是認識您的，他說昨天約您的。
李：好吧！你說，我並不認識他。
僕：（在外）是！
（李回而又想叫老馬者數次，終於遲慢地走到放綠衣裳紫披肩的椅背，推摸有頃，沉思地坐在它們上面。痴呆著又有頃，忽又立起，奔至門口，終於回來，沉思地坐下，忽然嗚咽起來。泣聲漸大）

乙：密斯李！

（李哭聲更響）

丙：密斯李，你怎麼哭起來啦？

乙：剛才不還很高興的嗎？

甲，丁：她真演了一早晨的獨角戲。我們過去看看去？

乙，丙：（笑）她真是演了一場獨角戲！

——幕——

一九三一稿。

水中的人們

時：一九三五年。
地：中國災區。
人：王鄉紳，張升（男傭），巧蓮（女傭），陸英（女傭），張掌櫃，王太太（王鄉紳妻），沈科長。
景：王鄉紳家之廳堂，幕開時；巧蓮正揩骨牌，陸英在套沙發套。

巧蓮：唉！
陸英：巧媽。好好的又嘆什麼氣？
巧蓮：嘆什麼氣，還不是嘆命苦。
陸英：命苦，命苦難道還會比我苦嗎？我從小就一個人做死做活的做到現在，沒有一個人可憐我，關心我，你至少總還有爸爸媽媽疼愛你，現在也還有家可以回去。
巧蓮：回去，這幾天我是天天想回去一趟，堰頭鎮聽說已經有了水，那麼我們家鄉說不定也就要遭殃了。我自然要回去望望爹娘。
陸英：外面的消息可真不好，說是上堤決了後，怎麼樣搶堵都沒有用，搶堵的人淹死了不知道多少，堰頭以下稍微有錢的人家都逃跑了。你要回去倒應當快一點。
巧蓮：前些天同太太說，太太說是沒有什麼關係。前天我又同她說，她說老爺這幾天不高興，你一回去更沒有可靠的人了。昨天晚上聽老爺說起上壩地方水都有一尺深，那麼我們鄉下怕也已經有水了，我真不知道我的爹娘現在怎麼樣的了。我想今天同太太說，明天一早就去。

（外面門鈴響）

陸英：該是老爺回來了。（下）

（王鄉紳上）

巧蓮：老爺回來啦。
王老爺：太太呢？
巧蓮：在樓上吧。

（王到寫字檯前坐下，翻翻報紙，放下，又拿算盤出來算）

（王太太上）

王老爺：張升是不是到東鄉去討租啦？
王太太：上午就去啦。
王老爺：怎麼這時候還不回來？
（巧蓮這時已把骨牌揩好，放到西壁的櫥裡去，這時王太太正到沙發上坐下）
巧蓮：太太，聽說上壩都有水啦，我爹娘真不知道怎麼樣，明天早晨我想回去看看。
王老爺：怎麼，你要回去？這幾天風聲正緊，我也許就要搬家，你現在要回去，不是故意同我為難嗎？
巧蓮：老爺，我們家還在這裡上面，要是這裡風聲正緊，那麼我的爹娘真不知道怎麼了，我回去看看爹娘，如果看著了立刻就可以回來的。
王太太：那麼你去一趟有什麼用呢？
巧蓮：我想同他們一同來，再打發他們到上崗鎮去，上崗鎮那面有我姨娘。他們到了那裡，離堰頭鎮就遠得多了。
王老爺：巧蓮，這時候，我正要用著你，你要回去。你要回去，我也沒有什麼辦法，但是去了也不用再來。你如果好好在這裡做，嫌辛苦，我加你一點工錢就是了。
巧蓮：老爺，我在這裡做也已經有了一年多，沒有嫌什麼辛苦，實在因為我爹娘沒有人照顧，現在又來了大水，我又沒有哥哥弟弟，他們又不肯離開家鄉，所以我想回去一趟。

（陸英上）

陸英：老爺，張升已經把那種田人找來了，等在外面。

王老爺：噢，噢！（王老爺下）

王太太：巧蓮，你的孝心我完全曉得的，不過老爺這幾天心境真是太亂，你一走，我們家裡不就少了個幫手？上壩有一點水想來一定不是太大，要是大了，你爹爹又不是六七十歲的老頭兒，他是一定會到這裡來看你的，是不是？我想還是我替你寫一封信去，叫他們風聲一緊就來這裡尋你。好不好？

巧蓮：（躊躇一下）也好，那麼太太今天就替我寫一寫吧。

王太太：自然啦。

王老爺：（聲）你們有苦處，難道我沒有苦處？我的田又不是你們一家種，你也欠，他也欠，叫我吃什麼呢？我還要付錢糧，還要付這個捐，那個捐——我可憐你們，誰來可憐我？現在限你三天，至少也要還我一半——我哪有工夫整天管你們這點事，下回不還，我只好把你交給巡警去。

王太太：老爺這幾天脾氣真是大得厲害。偏偏什麼事情都堆在一起，外面風聲那麼緊，可是現錢只是收不攏來。

巧蓮：可是，太太，可是種田的真可憐，還得出誰不願意還，每年旱災、水災的……

（王老爺上）

王老爺：真是王八蛋，那些種田的！這樣那樣，說起來裝得死氣沉沉的。橫豎總是想法子要賴租，他們正存心在等那大水，大水一來，借此機會，就可以什麼都不理啦。賑災，賑災，其實他們有什麼災，田可不是他們的，稻又不是他們的，田賦又不是他們付的，只是種種，吃吃。水災來啦更好，借此就可以賴掉去年的舊欠。（稍停）叫張升來。

（巧蓮出）

王太太：你也少發一點脾氣吧，對這種人發脾氣又值得什麼。

（張升上）

張升：老爺！

王老爺：你到縣政府請沈科長來吃中飯，說我有話同他商量。

張升：是。

（張升下）

王太太：你又請他商量什麼事？

王老爺：現在堰頭縣方面難民來了許多，我怕他們哪一天都可以作亂，我們的米鋪怕頂有危險，所以我想請他來，請他多派些警察來保護保護。其次我想問問他，到底上面幾縣大水是怎樣啦，也許他們的消息會靈一點。

（巧蓮上）

巧蓮：老爺，外面有幾個學生要看老爺……

王老爺：你說我不在家好啦。

巧蓮：他們已經進來啦。

（中學生三四個上）

學生甲：啊，這位就是王先生。王先生，現在上面幾縣的水很大，災民陸續來的已經有一千多名。他們伴著老娘，抱著孩子，衣裳沒有穿，東西沒有吃，所以希望大家能幫助幫助他們，讓他們……

王老爺：是，我知道。我也同你們一樣著急，也是同你們一樣熱心的。不過實在不瞞你們說，我已經叫米鋪裡撥五石米給賑災會去啦。我想這比錢總來得直接些。

學生乙：王先生慷慨，我們很知道的。這次因為事情太突兀，而賑災會還沒有來賑，我們現在只是想暫時維持這些難民，等賑災會來再想具體的辦法。

王老爺：既然這樣，我就捐一元錢好了。

學生甲：災民實在多，這裡戶口又少，所以像王先生那樣，只好再請多幫助些。

王老爺：（已把一元錢取出）我身邊也沒有多帶錢，我想下次再看吧，反正我常常到縣政府去，我去同他們商量個具體辦法才對，靠這樣零碎捐捐終不是徹底辦法。

學生丙：……

（張掌櫃上）

張掌櫃：……

王老爺：啊，張先生。

王太太：張先生，有什麼消息嗎？

（學生乙寫收條，甲交給王）

學生甲：王先生，我們替災民謝謝你，這是收條。那麼我們去啦。

王老爺：啊，對不起，不送不送。

（學生下。巧蓮上，敬茶奉煙）

張掌櫃：他們又是為捐款來的嗎？

王老爺：可不是，捐款，捐款，捐來的錢還不是落了官僚的袋裡。

張掌櫃：真是。去年上海的朋友說，學生們書也不讀啦，老是忙捐款。先是捐什麼慘案，又是捐助什麼路軍啦，再是捐旱災，水災。可是捐來的錢呢，都到了有些人的袋裡去啦，據那位朋友親自曉得的說，借此發財的也有五六個人。所以國家越是多事，內地越是多災，做官的越是可以發財。真正苦的倒是我們商人。

王太太：可不是，要是前年水災時候，捐來的錢真是好好兒做防禦工作，今年何至於還有這樣大災。現在，你想，這裡不知道有危險沒有？

張掌櫃：要是下堤不再決啦，那麼雖然上堤水大些，這裡至多不過一二尺水，想不至於太危險。

王老爺：不過地方上也就夠不安啦。現在上面災民進來的真不少，我怕我們的店會有危險，剛才我叫張升請沈科長來吃飯，我想請他多派些警察來保護保護。鋪子裡可有別的消息？

張掌櫃：沒有什麼消息。這裡一點現錢（從懷裡拿錢）一共是二百七十元，我特地拿來給你。（將懷裡的錢，拿出交王）泥水匠已經完工啦，我想要是一兩尺水終不要緊的，水災以後，米價一定會大漲，那時候我們生意終會好一點的。

（沈科長上）

王老爺：啊，沈先生。

張掌櫃：啊，沈科長，好久不見。

沈：真好久不見。你好？王先生，你又有些什麼事要商量？

王老爺：大事是沒有，不過我想曉得到底上面的水大到怎樣了？

沈：上面的水聽說是不得了，災民來的真不少，縣政府方面總想打發他們到別處去些，可是待在這裡也已經很多。鄉下也時常有搶劫，不過我想要是下堤不再潰決，這裡終還不至於太危險。現在正在防備，據說總算還牢固。

王老爺：那麼治安方面呢？

沈：城裡我總還有把握，現在因為災民多，搶劫也多了許多了。

王老爺：不過我們這幾家鋪子，希望沈先生特別給我們一點幫助。

沈：這自然可以，我明天就多派些人到那邊去好了。

王太太：巧蓮，你去看看，要是飯好啦，就叫他們開飯。

（巧蓮下）

張掌櫃：沈先生，到底現在有多少災民待在這裡？

沈：大概總有一千左右吧，一大半是女人和小孩子，男的現在有許多已經打發他們去防堤了。

王老爺：剛才學生又來募捐，說是幫助災民的，不知是不是做防堤的工錢？

沈：工錢，哪裡還有工錢，有粥吃已經好了，學生們捐的是想幫助那群女人同小孩的。各處報上說捐款捐款，拿到這裡來真是極少極少。

（巧蓮上）

巧蓮：飯開好啦！

王老爺：吃飯去吧！

（大家出，巧蓮在房內收拾茶杯……）

（張升帶著巧父在門口窺探，巧母跟在後面。張升下）

巧蓮：啊，爸爸，你怎麼會來的？

巧父：我們同許多人逃難，逃難到這裡，我們問了好久才問到。

（巧母上）

巧母：自從聽到堰頭鎮堤決了以後，水一天天漲起來，我們田早就沒有法子管，總想你會回來看我們……

巧蓮：我天天想回來，可是這裡他們都不讓我離開，現在你們來了，我也放心，明天你們先到上崗鎮去住些時日好了。爸爸，家裡情形到底怎樣的？

巧父：家裡又怎麼樣，先是老爺們來討欠租；我們哪裡還有剩穀還他，只好把你帶給我們的錢算了穀債還他一點，後來鄉下人大家去堵水去，老爺們還是在自己打算自己，聽說都把現錢藏了起來，有的逃了，不逃的也早預備好船……

巧母：你爸爸只想到前面去搶堵去。那不是給水一沖就完了嗎？所以我死也不放他去。後來聽說去的人死了不少。

巧父：要不是你媽，我恐怕早就去了，恐怕一同死在裡面也說不定的。不過我寧願去死，我們一輩子都在我們的土地上生長，現在大水來了，我們自然要去堵塞去。我瞧不起那些老爺，平時能能幹幹，對我們作威作福，大水來了比我們先逃，還要預先向我們刮錢，討租……

巧蓮：爸爸，輕一點吧！你太急了。媽，七媽媽她們怎樣了？

巧母：七媽媽本來是一同來的，後來就失散，不知在什麼地方了。她兒子毛兒去搶堵過，說起窮人們真是可憐，站在屋頂上等救命船，救命船少。人多，哪裡救得盡，有的餓死了，有的就淹死了……

巧蓮：據說鎮上的鋪子都搶光了，不知道有沒有這回事？

巧父：上面逃來的災民餓得沒有辦法，自然都要拿東西吃，一遇到水漲，人就亂了，鋪子的東西眼看就要被水淹了，看了也可惜，餓得發昏的人哪裡不想拿些來吃吃呢？可是鋪子的貨物早已搬到樓上，下面還有警察拿著槍在看守，誰去拿去，就要開槍的。

巧蓮：警察有船，怎麼不去救人呢？

巧父：這船並不是警察的，是鋪子老闆的，老闆買來船雇警察來看守鋪子，所以誰來搶他就要開槍。

巧蓮：爸爸，不過警察為什麼要聽他們話呢？要是我死也不去做警察。

巧父：我不是說他們拿老闆的錢嗎？正好像你拿了東家的錢要來這裡做活一樣的。

王老爺：（聲）誰在那裡嚷？（上）
巧蓮：老爺，是我的爹媽從家裡逃出來了，他們告訴我鄉下的事情。
巧父：老爺。

（張掌櫃、沈科長、太太上）

王老爺：這是巧蓮的爸爸，他們剛從家裡逃難來的。
王太太：大水怎麼樣？
巧父：真是不得了，田都被淹完了！
沈科長：啊，家裡的水災怎麼樣？你們那地方同逃來多少人？
巧父：前前後後總有兩三百人吧。
張掌櫃：又是兩三百個人！
王老爺：真的是兩三百個人？老沈，我想警察應當早一點派來。
沈科長：我一回去就派。

（張升上）

張升：啊，外面聽說下堤很危險了，徵大家去搶堵去。啊，老爺，我現在就去吧。
王老爺：下堤很危險了？張升，我們的船要預備起來了。你還去幹嘛？

張升：老爺，我的家就在這裡，我爸爸是種田的，這地方就是我們的家，我們自然要保護這家……

沈科長：王先生，我怕縣裡有事，我先去了。

王老爺：那麼警察請立刻派來。

（沈下，王送他到門口）

張掌櫃：張升，你還是別去吧，你知道到前面去是很危險的。

張升：都怕危險，那麼讓大水來麼？

巧父：可不是麼？做官修堤的時候，一點不想到危險，偷工減料地把錢都揩油啦，隨隨便便算是築堤，再也不想到後來的危險，等到水發了，又怕危險起來。啊，堵堤去，好，我也去。我本來就去了，因為家，現在有了她女兒，我還怕什麼，去，去。巧蓮，你同你母親早一點到上崗鎮去。

（巧父下，張升也同下）

巧蓮：爸爸！爸爸！（追出去）

巧母：老頭子。

王老爺：張升，張升。

王太太：張升，我可要扣你工錢的。

（巧蓮上）

巧蓮：太太，我今天到上崗鎮去，陪我母親去……

王老爺：你不要去，你去以後就不要來啦。

王太太：巧蓮，你在這裡幫我忙。我終不會虧待你的。

（小夥計上）

小夥計：張先生，鋪子不不得了，許，許多人都來搶，搶米來了。

王太太：……

王老爺：什麼？

張掌櫃：搶我們米鋪？

小夥計：是的，老爺，一大群人擁進來，我們沒有法子了。

張掌櫃：啊，我去，我去，我去找沈科長派警察去。

（張掌櫃下）

王太太：怎麼辦呢？

王老爺：……

巧蓮：太大，請太太發我一點工錢！

（陸英急忙上）

陸英：太太，不得了。災民都從大門擠進來了！

王老爺：什麼？

王太太：真的嗎？

聲：老爺，借一點飯吃，借一點飯吃。

（聲頗嘈雜，忽然有槍聲，呼叫之聲大作）

——幕——

一九三五，十稿。

契約

時：冬天是屬於老人，秋天是屬於中年，夏天是屬於兒童的，春天是屬於青年女子的，所以這是春天。

地：說都市的近郊也好，說鄉下的別墅也好，說都市洋房的一個花園也好。

人：世界上只有兩種人，一種是男的，一種是女的。熙熙攘攘的人群是男女，所以這裡是一男與一女。

景：洋房在臺右後部，一排玻璃窗有幾扇開著，陽臺很寬闊，從這陽臺走幾格階梯就是花園了，這花園裡樹木茂鬱，花草鮮美，鳥鳴著飛著，顯出世界是春天。

（幕開時，一個三十幾歲的男人在陽臺上來回地走，手裡拿一張名片，唸）

男：「王英淺！」「王英淺！」，這倒又是一個女人名字。

女：（從花園那面過來）……

男：（站在陽臺上遠望）啊！來了，是女的。衣裳不很講究，（又望）走路的姿勢很像大學畢業生，大概二十歲吧。（又望）二十歲，啊，不過十八、九歲。美麼？（又望）普通。（又望）好像很不錯似的，（又望）啊，簡直很美，實在是美。（來回地走）女的，二十幾歲，很美，來做英文書記，為什麼？為職業麼？這種職業有什麼意思？為興趣，這有什麼興趣？為解悶，做事比不做事更悶！為錢？對，錢，那麼是為錢的了。可是女人哪裡不可以掙錢，用什麼方法都可以掙錢，像她這個年齡，這個態度與美麗，做英文書記，這是多麼可笑的事情。也許是好靜的姑娘，好靜，假使是好靜的，那麼一定穿深顏色的衣裳。（又望，其實那時女的已經在他的前面）啊！黑顏色，春天裡怎麼穿黑衣裳？（忽然覺到自己的糊塗）啊，啊，你就是什麼，（看名片）是王英淺小姐麼？

女：是的，先生，是不是就是陳律師？要聘請一位英文書記？

男：是的，我們就在花園裡談談吧。（說著走下陽臺，向園中椅子走去）

女：（跟過來）……

男：請坐！請坐！

女：（坐下）……

男：（來回地踱著）我很奇怪，為什麼像你這樣的人要做英文書記？你以前在哪裡唸書？

女：在聖喬治大學，英國文學系。

男：畢業了麼？

女：自然。

男：做英文書記這類事情有經驗麼？

女：有。

男：有幾年呢？

女：有四年。
男：四年，那麼你很早就畢業了。
女：我是十九歲那年畢業的。
男：十九歲，你現在不過十九歲，最多二十歲。
女：是的，不錯，我現在剛剛二十歲，明天就是我的生日。
男：那麼你怎麼有四年做事的經驗呢？
女：我在我們學校裡喬治劇社做了四年英文書記。
男：原來是這樣。
女：是的，也因為這樣，引起了我對於書記這件事情的興趣。
男：可是，小姐，這件事情你恐怕有點弄錯，你學校裡的英文書記恐怕是沒有薪水的？
女：自然沒有。
男：沒有薪水的事情同有薪水的事情完全兩樣。
女：這話怎麼講？
男：沒有薪水的事情，人家求你；有薪水的事情，你求人家。
女：我做書記，書記的工作就是我的責任，有什麼求人不求人的問題在這裡？
男：而且書記的性質也不同，銀行裡的，洋行裡的，你們喬治劇社裡的，做的事情都不同。
女：那麼你的呢？
男：我的是打打字，寫寫信，速寫，整理信件啊，你怕不會速寫與打字吧？
女：先生，我不是同你講過我做過四年英文書記了麼？

男：可是你很年輕。
女：年輕有什麼關係，你要不要考考我的才能？
男：用不著，用不著，不過我總覺得這個事情對你不合適。
女：先生，有什麼不合適？自然開始有不合適的地方，但是學學就可以學會的，是不是？
男：於我有什麼不合適？許多人用書記秘書都愛用女孩子，不過於你，於你這樣年輕貌美的孩子很有點不合適。
女：為什麼呢？你的條件是不是照你報上說的一百八十元一月。
男：是的，可是至少要有五年合同，而這五年內是不加薪的。
女：好的，這個我很願意。
男：而且我的工作都是無趣的，嚕嗦的，於你，於你可說是一點沒有益處。還有比方銀行裡的書記吧，有升級的機會，我這裡沒有。是不是？
女：這些都不要緊，因為我在喬治劇社做四年書記，也沒什麼加薪。
男：那麼你很願意做這些事了？
女：是的。
男：可是你可不許反悔的，合同一簽字，就是五年，你曉得。
女：我怎不曉得，我不是告訴過你，我有四年英文書記的經驗。
男：但是我總覺得你不合適，你還是仔細想一想吧。
女：這話怎麼講？
男：假使你簽了合同，又反悔了怎麼辦呢？

女：先生是大律師，怎麼連有法律根據的事情都懷疑了？

男：法律，不錯，可是你不履行合同，就要打官司你知道？

女：自然啦，所以我不會反悔了。

男：假如說你有更好的職業？

女：我不反悔。

男：假如說你要嫁人了？

女：我不反悔。

男：可是你要是反悔了，我有什麼辦法？難道我同你這樣一個年輕的孩子去打官司？哎，王小姐，原諒我請教你，你要做書記到底是為什麼？是不是為解解悶？

女：先生！怎麼會是為解悶！解悶可以看電影、跳舞、打牌、拍球、溜冰、看小說、談天，哪有為了解悶去找事情的？

男：那麼為什麼呢？難道為職業而職業。你不要以為在我地方做事是為社會服務。是的，這是你們教會大學出來的人最容易弄錯的。我是律師，同你說說不要緊，律師賺的不見得都是乾淨錢，所以你來幫我做，於社會有好處這點講，可以是說是一點沒有的。

女：不是為這些，老實說，我有四年英文書記的經驗，所以我有這種興趣。

男：我知道你年輕，觀念又弄錯了！花錢的事情為興趣：有的愛喝酒，有的愛溜冰，有的愛拍球，賺錢的事情有什麼興趣？

女：先生，這我倒要請教你，你是律師，那麼你難道對於法律沒有興趣？假使沒有興趣你為什麼要讀法律？

男：讀書時代是花錢，自然對於法律還有點興趣。要沒有興趣也不讀法律了，可是現在做律師，是賺錢，那麼對於律師有什麼興趣？但是叫我不做律師做什麼？
女：那麼我也是一樣，不做書記做什麼？
男：我就是這樣問你呢，為什麼要做書記呢？假如說是為錢……
女：對了，先生，最基本自然還是為錢，為生活。
男：為錢，做書記這個辦法可實在太笨。
女：怎麼？
男：你知道普通一個舞女賺多少錢一月？
女：不知道。
男：六、七百塊。所以如果是為賺錢，做英文書記遠不如做舞女。
女：可是我是大學畢業生，難道我去做舞女。
男：你不要生氣。我們現在來談談這個問題，到底舞女同英文書記有什麼分別？
女：我不想談這個問題，先生，假如你不以為我可以做你英文書記，那麼我就告辭了。（站起來）
男：我自然可以用你。不過，請你多待一會，細細談談。我要同你細細談談的意思，就是恐怕你沒有細想就簽了合同，上了別人的當，所以我一定要細細同你談談。假如我不是這樣談，我早就用定了。一星期來，你猜，應這個職業的徵求的有多少人？
女：有多少人？
男：四百幾十個人了。

女：四百幾十個人？

男：是的，四百幾十個人了。大概裡面有二百個是女的。你想想，我一個都沒有用她們。

女：那麼你何必尋別人開心呢？

男：不是，小姐。我個個都想用，但是有些程度太差，有些志向太大，有些性情不穩，有些態度欠文雅，有些太固執，有些太浮動……

女：那就是說沒有一個合適的了。

男：我覺得個個都合適，但是同他們一談以後，他們自己覺得不合適，另外要我介紹事情了。比方星期三，一個女的，同我一談以後，的確覺得還是做舞女好，要我替她介紹，現在已經在做舞女；昨天上午一位小姐，我將她性情、環境分析以後，覺得她以嫁人最合適，索性我就勸她嫁人，她要我介紹，我介紹一個親戚給他，明天就要訂婚了。小姐，你想，我是在業務上要找一個能幹的助手，來一個有舞女或者有太太傾向的，豈不是不合適？

女：先生。你這話有點污辱女性，女子的嫁人與做書記有什麼關係，正如你娶了太太與做律師一樣。

男：小姐，這個稍微有一點不同，女子嫁了人不可以做事情，至少在現在是這樣的，對不對？男子娶了太太更需要做事情賺錢去養她。假如我娶了太太可以不做事，兩者讓我挑一樣的話，我自然挑娶一個太太。在這樣春光明媚的時候，你看太陽如慈愛的眼光，風吹過來如溫柔的撫慰，花草發出誘人的香艷，鳥叫著愉快的音樂。我假如可以不做律師，那何必每天在這裡同人講斤頭，我何必同你講書記的條件？我伴伴太太，在這花草上面，吃吃巧克力，讀讀詩，談談故事，豈不是好？老實說，也不會待在這裡，我要去旅行，到有水的地方划船，到有山的地方騎驢。真是，小姐，所以說，假如人生是為自己快樂，那麼像你這樣來做英文書記，實在是人間的慘事。

女：那麼你呢？

男：我，我有什麼辦法，我娶一個太太還要做事，所以我希望社會倒過來。在法律上，我是一個提倡女權最烈的人。

女：但是這事可笑了，你要這樣大的房子，花園，為什麼？你如將那些變錢，你立刻可以去玩去旅行去享樂。

男：自然男子也應當享樂，可是男子享樂在老年，女子享樂則在青年。

女：這難道也是法律的一條嗎？

男：不，這只是實情，社會風行的事情有誰可以改變？因為男子是無法在年壯時候偷懶的。

女：你似乎對於女子的一切很了解，可是對於自己就不很懂了。為什麼你不能節省你的開銷來過安逸的生活？

男：唉！你不要以為我的房子布置花錢厲害，這是社會上一個均衡的趨勢。如果我的房子小，布置壞，我的律師費也只好收得小，哪怕我有天大的本事。這正如一個妓女的房子與行頭蹩腳，不能夠對嫖客敲大竹槓一樣，所以我是沒有法子省錢的。如果我開銷縮小了，收入也是一樣地減少。

女：這句話可有點怪了。

男：這大概你沒有打過官司，沒有找過律師。但是，小姐，你總找過醫生的了。

女：醫生，自然。

男：如果一個醫生住在亭子間裡，跑出來坐電車，一只皮包很破，即使他是有真本領的人，你會相信他是好醫生嗎？

女：那麼說，你不相信我是好英文書記，一定也因為我的行頭不好，或者我沒有坐汽車。

男：這話可不對，小姐，如果你坐汽車來，我一定知道我是請不起你的了。如果是有什麼委員部長請英文秘書，你坐汽車去是再好沒有了。

女：先生，你的話講遠了，那麼我們所談的問題是怎麼樣呢？

男：是的，問題就在這裡。在我，我已經說過，你不坐汽車來於我再合適沒有，你的一切，都合我要請的英文書記的條件。但是在你，小姐，你應當過細想一想。我是律師，對於合同非常重視，譬如你要同別人簽合同來同我商量，我要非常仔細的來同你考慮。現在的情形就是這樣，一方面你同我簽合同，另一方面請我做你的律師同你商量簽這個合同。所以我的地位非常難，小姐，假如我把我的地位應當取的態度來同你商量，你應當怎麼樣替我設想呢？所以你的境遇比我的更難，你是有三層的處境的：第一層你是要做一個合同上的主角；第二層你是同一位律師在討論簽合同的利益；第三層你還要幫助一個處於困難地位的律師設想一個健全的辦法。所以我們要討論這件事，小姐，我們應當從根本討論起，第一點，比方……

女：先生，在我，光陰是寶貴的，你看太陽已經斜了，我回去很遠，是不是？

男：你的話很對，但是第二是不成問題，你回去不便，我可以用汽車送你回去，我是有面子的律師，當然不願我的英文書記走路的。

女：這倒不必客氣。

男：這不是客氣，這是我的牌子，你曉得，正如妓女的乾媽也要穿得像一個樣子，是不是？至於第一點，你說光陰在你是寶貴的，這個我曉得，光陰在女子都比男子寶貴。這是一種不平等。

女：你說得奇怪，光陰對女子同男子有什麼不平等呢？

男：自然不平等，比方說我是一個很忙的律師，但是我不說這句話，而你倒說了，這就可以見到光陰在女子是比男子寶貴，但是我還要推究這個原因。這原因很簡單，就因為女子比男子美麗。

女：美麗就怎麼樣？

男：美麗。你知道美麗的花朵不是容易謝嗎？鮮艷的衣料不是容易失色嗎？女子也是一樣。所以女子陪男子玩，女子是最不上算的事情，因為男子用一小時工夫，女子已經用兩小時工夫了。

女：（笑）……

男：你不要以為這是笑話，這是真理。女子的生命普通都在十八到廿二歲之間是最光耀奪目的時間。那一段時間裡，女子雄心最大，人也最聰敏，也最驕傲，對於前途想像也最光明，男子在任何時候都比不過她。所以男子同女子，等於烏龜對兔子，烏龜自然跑不過兔子，但是兔子只能活十年，烏龜可以活一千年，所以烏龜在兔子死了化為泥的時候，還有九百九十年的光陰可以跑，所以烏龜永遠是勝利。

女：先生！你這烏兔賽跑故事講得很好，比平常所講的要徹底許多。平常講兔子在瞌睡，就根本不通。

男：所以，小姐，你看鋼琴是多數女子所愛的了，可是天下最大的鋼琴家是男子；裁縫的工作是女子最合宜的了，但是天下最了不得的裁縫也是男子；燒菜是女子的能事了，可是天下最高手的廚師是男子，所以男子只是烏龜的本色。因此，我總覺得男子是醜惡的，所以女子應當是在年輕時享樂，男子則當在年老時候享福。

女：你這些都是對的，但是你少說一件事。你為什麼不說生孩子是女子的事情，而最大的或者最聰敏孩子都是男子呢？

男：小姐，你這話真聰敏，所以我是說女子高於男子，就憑這一點，男子永遠應當侍候女子，就憑這一點，男子永遠應當在年輕時候為女子工作。

女：你說男子應當為女子工作？

男：不錯，男子應當為女子工作，因為這是社會的鐵則。而女子是為孩子工作的。這等於樹幹為花而生存，花為果子而生存一樣。而女子所養的孩子，應當為父親工作，這正如果子變成樹木一樣。

女：那麼你算為誰工作呢？

男：我，我還沒有為誰，但是，事實是顯然在為一個未來的太太。所以，實在說，當一個女子應徵來做我英文書記時，在我是慚愧的。你想，我已經快老了，不曾為女子做什麼，倒要女子來幫我忙。當一個男子不能有一個自己理想的女子，可以讓他為她工作時，小姐，實在告訴你說，光陰在我真是不值錢。你看這是春天，雲多麼閒散，白天圍著太陽，夜裡抱著月亮；樹多麼高貴，發著葉，開著花；鳥兒都成雙地唱歌，鴿子都成對地飛。這是在一切都是雄為著雌，雌為著幼子。而我活著等於白活，工作等於白工作。

女：你這人實在不像一個律師，倒像一個哲學家。其實你要找一個女子有什麼難呢？何必在這裡自己感嘆。

男：小姐，你又不曉得了。自從女權提高以後，世界是變了。現在進步一點女子都要為社會服務，都想做事。我向哪裡去找呢？自然還有許多女子會同我結婚，但是每株樹結什麼花都有一定的理想，除非大樹腐爛以後寄生在上面的一些香菌。實在說，小姐，當我看到你來，我是更加悽涼了！像你這樣美麗聰敏的女子都願意在冷酷的社會裡做個英文書記，那麼我還有什麼希望？

女：你這是什麼意思？

男：我就是不懂，你要做英文書記的目的到底是為什麼？在這樣好的春天，太陽煦照著萬物，花在開，黃鶯在歌，鴿子在舞。而你這樣美麗的女子，偏願意坐在一個齷齪的律師身旁，一個狹小的寫字檯上做書記，而不願同一個男子在花好風和之中，譬如在湖上，山間，或者甚至在這樣的小園中，享受那青春的美麗，與生物的奇妙，這個我不懂，我實在不懂，我一萬個不懂，而且你還知光陰在你是寶貴的。光陰在你是寶貴的，可是，小姐，記住，青春更是寶貴。

女：但是，你不知道，嫁人是多麼一件難事。年老的不好，年輕的也不好，有錢的不好，沒有錢的也不好。而且，現在這樣的世界，哪裡還有真的愛情。

男：愛情，愛情本來是詩人騙人的話。我相信生物學，因為這是真理，在生物之中，人類是有特殊秩序，維持這特殊的程序就是法律。所以，談好了條件結婚是一個最理想的事情。現在的女子都被一班藝術家弄壞了，藝術家因為窮，窮了就造出虛無縹緲的愛情，說不要為錢，不要為孩子，不要為社會，只是為愛情，感情。於是一般純潔的女子都上他的當，好像冥冥之中真有愛情存在一樣，這是騙人的。叫女子做事，在社會服務，這等於把蓮花瓣炒肉絲，可笑也可氣。這是藝術家們的花樣，他們自己窮，要叫女子掙錢給他用。女子最初被壓迫的是宗教，第二次被欺的就是藝術。我是同情女子的，我相信法律萬能，我相信法治，國際要法治，國家要法治，家庭要法治，你以為怎麼樣？

女：這話也有理。

男：是不是？沒有一個聰敏人會反對的。況且女子本是最美的東西。最美的東西，就不能實用，因為那就是文化！美術的瓷器是掛在牆上鑒賞的，大的花瓶是放在大客廳裡看的，好花是種在好的花園裡的，所以女子自然要錢養，要大汽車裝，要大洋樓藏，要人參來補，要雞、要魚、要雞蛋、牛奶、白脫、菠菜，維他命A、B、C、D、E、F、G來滋養，要男子磨最好的金剛鑽來打扮，打最好樣子的衣裳給她穿，燒最美味的菜給她吃，不要讓她凍壞、熱壞、跑壞、累壞、悶壞，是不是？所以女子要嫁給男子，應當訂這樣詳詳細細的合同，法律是為什麼的？最基本的就是維持這個秩序。小姐，不瞞你說，我覺得男子本來是醜惡的，所以貪污刮錢都沒有什麼！我因此也有點積蓄，為女子，為我未來的太太。

女：你真是一個最同情女子的男子了，那真是女界的福音。幾千年女子所受的壓迫欺騙都被你揭穿了。

男：但是女子還是可憐的！也難怪，幾年來被愚女政策弄得古怪，他們都肯為買賣的事情訂合同，有許多同銀行訂苛刻的合同，有許多同學校訂苛刻的合同，譬如你，就願為一百八十元錢一月，肯同我訂這樣苛刻條件的合同，實在說，這些都是公正的法律被男子利用了。男子同女子合作一切用合同，合同，獨獨對於結婚用虛無縹緲的戀愛而不用公正的法律手續，你看多麼可惡。所以如果女子覺悟起來，在結婚上同男子用正式法律手續訂合同，那麼世界才是女子的。但是可憐的女子，實在被男子麻醉壓迫壞了。所以雖然我是最同情女權的人也沒有辦法。因為像你這樣聰敏美麗的女子都在相信戀愛，我一片忠誠的理想恐怕一百年內不會實現。你看，我把洋房、花園、汽車、金剛鑽、人參，以及雞蛋、牛肉乾、鴨肫肝，以及巧克力一切條件都訂在合同上，（衣袋裡拿出一張合同）只等一個女子來簽字，但是四年來竟沒有一個女子有這個勇氣。一切男子中心社會中教育下出來的女子都有勇氣在英文書記苛刻待遇的合同上簽字，獨獨沒有勇氣簽這張合同。所以，我現在只好灰心了。我要把這個合同燒去，我要把我所有的一切變賣，辦我理想的女子教育。（欲扯合同）

女：（阻止他扯）不，不……

男：為什麼不？

女：那是你幾年來理想的結晶呢。

男：小姐，你的話一點不錯。但是我對於世界已經絕望了。假如世界還可以值得我留戀的話，那麼，我認為世界上最美最聰敏的女子一定會有勇氣在這張合同上簽字。小姐，你肯簽嗎？（拿合同與筆給她）你有這勇氣嗎？

女：（接合同，拿筆）……

男：女子到底終是男子的主人。

——幕下——

一九三九，四稿。

費宮人

第一幕

時：明思宗時。
地：宮中的一個小花園。
人：宮女甲、乙、丙、丁、魏宮人、周后、費貞娥。又宮女二人。
景：園中佈置著假山花草……等。右通外殿皇宮，左通坤寧宮（周后住處）。

（幕啟時，宮女們在臺右採花遊玩。大家微聲的唱宮詞。宮詞：「花非花，霧非霧，夜半來，天明去，來如春夢幾多時，去似朝雲無覓處。」）

宮女甲：你們看，這朵花是不是很美麗？
宮女乙：是的，同你一樣好看！
宮女丙：百合花，這裡是百合花！（丙手拿一枝百合花）

宮女甲：你看它（從丙手裡拿過花來）多麼鮮豔，溫柔，多麼美妙呀，真是同你一樣（對乙），怪不得太子稱你為百合花。妹妹（對丙），你知道太子稱她為百合花嗎？
宮女乙：不要胡說，知道你是二皇爺的。
宮女甲：二皇爺的什麼？我們又不是百合花！
宮女乙：誰不知道二皇爺在夜裡讀書的時候，娘娘總是叫你送東西去，什麼乳精千層酥啦，什麼豆花蜜蓮糕啦……
宮女甲：你再胡說，我要扯你嘴啦。（說著，就過去打鬧，乙避開）
宮女丙：二位姊姊，不要鬧了，一個是太子的百合花，一個是二皇爺的姐千層酥，分得清清楚楚，還有什麼可鬧呢。
宮女丁：（從假山後出來）那麼你就做三皇爺的萬里香好了。
宮女甲：萬里香，萬里香！
宮女丙：胡說八道，我可要不高興的。
宮女丁：難道我是撒謊嗎？有一次到三皇爺那裡去，我問你怎麼去了這許多時候？你不是告訴我三皇爺叫你點一支萬里香嗎？
宮女丙：我要生氣的啦。（並不生氣，有一點嬌羞）
宮女乙：是的，是的，我想起來啦，那天早晨我問你袖子裡藏著什麼，這樣的香？你不是也告訴我你頭夜替三皇爺點過萬里香麼？
宮女丙：你再說，你再說。（逼過去，推乙）
宮女乙：（後退，因被石子絆，倒地）

宮女甲、丁、丙：（笑，大家過去扶乙）
宮女丙：（把乙扶起了）這叫做報應。
宮女甲、乙、丙、丁：（大家一齊笑）

（笑聲未了，魏宮人上）

宮女丁：魏姐姐，魏姐姐，快來看她們……
魏宮人：（非常嚴肅地走進來，打破了他們的歡樂空氣）
宮女甲、乙、丙、丁：（都目瞪口呆）
魏宮人：皇上在大發脾氣啦，他一下子把皇后推在地下。
宮女甲：把娘娘推倒地下？
宮女乙：把娘娘推倒地下？
宮女丙：真的？把娘娘推倒地下？
宮女丁：皇上的脾氣實在太躁了！
魏宮人：可不是，皇上的脾氣越來越不好了！
宮女甲：現在娘娘怎麼啦！
魏宮人：皇上發脾氣，誰還敢說什麼？現在貞娥妹妹伴著娘娘，大該就要回宮來了吧。我們快去把娘娘的宮裡佈置佈置，你們把這些鮮花帶去，把花瓶裡的花換一換。

（大家下，舞臺空半分鐘。二宮女引路，費宮人伴周后自右上）

周后：（悲戚地）

費：娘娘，皇上的脾氣其是太躁了！不過娘娘總要以玉體為重，不要太氣憤才好。況且，據婢子看來，皇上這一月來脾氣越來越壞，恐怕與國事有關的，所以我想如果娘娘多安慰安慰他，多體貼體貼他，脾氣或者會好一點。

周后：（有所悟）國事？

費：是的，照婢子看來，皇上夜夜忙到這樣晚，早晨一早起來又時時一個人在院裡躑躅，我想他心上的國事，一定很煩重。

周后：唔！國事一定很煩重。

費：娘娘，這裡有點風，還是請進宮去休息吧。

周后：國事很煩重。

（魏宮入，宮女甲、乙、丙、丁自左上）

魏宮人：喔，娘娘。

宮女甲、乙、丙、丁：娘娘。

魏宮入：娘娘，太子公主們候在宮中請安。

周后：你們隨便吧，我想安靜一點，有貞娥陪侍就夠了。

（周后賫宮人下）

宮女甲：娘娘真是有點可憐呀。

宮女乙：皇上怎麼會這樣暴躁。

宮女丁：男人們總是這樣不好，他們日子一多，就不管什麼恩情了。

宮女丙：這一月來，娘娘受他的脾氣，也不知有幾次了。

宮女甲：可不是？娘娘也容易生氣，一氣就三天四天不吃飯的。

宮女丁：所以囉，娘娘實在瘦了不少。

魏宮人：這次不知道又要多少天不吃飯了。

宮女丙：我想我們想一個法子去勸勸她，好不好？

宮女丁：勸她？這實在是一件太不容易的事情了。

宮女乙：上次我們想了多少法子。太子、皇子、公主大家都急得沒有辦法，大家都勸解，不是都沒有辦法嗎？，

魏宮人：我想還是請太子到皇爺地方講講，請皇上去勸解勸解，解鈴還須繫鈴人。

宮女丙：也只有這一個辦法。但是總不是永久的辦法。

宮女甲：永久的辦法，就是要皇上不發脾氣。

宮女丁：皇上發脾氣可怕，娘娘的生氣，不是也更可怕嗎？

宮女甲：娘娘總因為皇上的發脾氣才生氣的。

宮女丁：可是皇上也因為娘娘太容易生氣，所以也更加容易發脾氣了。

魏宮人：我想我們一方面請太子勸勸皇上，一方面也請公主勸勸娘娘，那不是一個好辦法嗎？

宮女乙：勸娘娘的事情我想還是你，公主只知道一個人繡花，讀書，不很會管閒事的。

宮女丁：宮中為皇上發脾氣，為娘娘生氣，好幾個月大家都不安了，只有公主一個人，她還能靜靜的繡繡花，讀讀書，吟吟詩，這是她的福相。究竟是公主，所以她有這個福相。

魏宮人：如果公主真不能管這份閒事，我想還是交給貞娥妹妹吧。貞娥妹妹，人聰明，又有見識，她來了不到幾個月，娘娘已經非常喜歡她了。

宮女丙：嗄，貞娥姊嗎？她倒是很有見識的，不過她常常喜歡管宮外事情，不知是什麼意思。

魏宮人：是的，上次她到外而去問王伯伯，回來告訴我什麼流寇在外面鬧得很急。

宮女丁：流寇鬧得厲害？這個我在老家時候就聽見人說起過；但是於這裡有什麼關係呢？

魏宮人：據她說皇上每天煩惱的就是為這個，所以她是很同情皇上的。

宮女丁：那麼叫她勸娘娘是再好沒有了。

費：（自右上）

宮女甲、乙：費姊姊，費姊姊。

魏宮人：你來的正好，我們正有話同你講呢。

宮女丙：現在娘娘怎樣了？

費：娘娘現在同公主正在談話呢。

宮女丁：公主有沒有在勸娘娘？

費：我不知道，大概總會勸的。

宮女甲：我們恐怕娘娘一生氣又要好幾天了。

宮女乙：恐怕公主勸他也沒有什麼用吧。

魏宮人：貞娥妹妹，你想這幾個月宮中佈滿不快樂的空氣到底是什麼緣故？本來我們一天到晚是嘻嘻哈哈，現在弄得一天到晚提心吊膽，這又是什麼緣故？我們覺得總是近來皇上的脾氣太不好了。

宮女丁：皇上的脾氣太大，娘娘也是太容易生氣了，所以弄得宮中天天好像陰悶著似的，一點快樂的空氣都沒有。

魏宮人：以前娘娘對我們有說有笑，叫我們採花，叫我們玩，夜裡還鬥鬥牌，喝喝酒，做做詩，現在見了我們連話都沒有了，你想這不是皇上的不好？所以我們想請太子去勸勸皇上，只要皇上肯對娘娘好一點，我們不是大家都可以歡樂了麼？

宮女丙：太子如果勸醒了皇上，並且再有一個人能夠勸勸娘娘，那麼我們心裡頭也可以放下一塊石頭了。

魏宮人：不過勸娘娘的人，我們起初想當然最好是公主，可是公主性情生成是不會勸人的，所以我們想來想去還是你，你又會做詩做做文，假如你沒有機會勸她，有和娘娘做詩的時候，可以寫一點進去，暗示暗示她。不曉得你以為怎麼樣？

費：勸娘娘事情，我也是怎麼想，剛才陪她來的時候，我已經勸她了，娘娘氣也平了點，剛才我叫她們燒了一點人參茶，她總算是肯吃了。不過皇上的脾氣再發的時候，恐怕她還是免不了要生氣的。

宮女丁：所以我們想請太子去勸勸皇上，叫他不要太發脾氣。

費：不過皇上的脾氣恐怕不是太子所能勸好的。

宮女甲：那麼你以為叫誰去勸好？
費：但是皇上的脾氣不是人所能勸得好的。
宮女丁：那麼你說用些什麼法子呢？
費：法子，有什麼法子可以想呢？
宮女丙：費姊姊，那麼皇上為什麼要發脾氣呢？
費：一個人心裡不快活，脾氣就不好啦！
宮女甲：像皇上這樣，還有什麼事情不快活呢？
費：你們不知道皇上並不只是宮中的皇帝，而是一國的皇帝。現在聽說外面流寇造反，搗亂得非常厲害；有一個什麼姓張的打破了蘄州，一個姓李的占據了襄陽，他們殺人，搶糧，鬧得天翻地覆，百姓都在逃難，飯都沒有吃，有許多也都變成了流寇。總之，百姓一天沒有飯吃，天下就一天不太平，天下一天不太平，皇上心就一天不能快樂，皇上心不快活，脾氣自然不會好，他的脾氣不好，宮中自然也不會快活；所以歸根結蒂，還是百姓無飯吃的緣故。
宮女甲：流寇那麼搗亂，為什麼皇上不派兵去打呢？
費：那般帶兵的官抓錢的時候厲害，可是打仗起來是再沒有用不過啦。並且平時對百姓太凶，作威作福，打仗起來百姓也不肯幫他們了。
宮女乙：你怎麼會知道這些事呢？
費：你們到宮裡時候早，所以不知道外面的事情，我幾個月前不就在自已老家？在那面我們天天聽到這些消息，聽到百姓的怨天怨地，聽到流寇的猖獗，聽到大家怪皇上糊塗不為百姓謀利益。一到了宮裡這些消息就一點都聽不到了。所以我前些天特地問王伯伯，他忙得非凡，也沒有工夫詳細告訴我；不過你曉得他的忙，就是說國家已經非常嚴重了。

宮女甲：難道流寇也會打紫禁城裡來嗎？

費：那怎麼說得定，不過照現在的情形，皇上面上的愁容一天一天加濃，脾氣一天一天得不好，我覺得流寇一定是越來越厲害了。所以大家也只好苦點，能夠永遠這樣也就不錯，恐怕還有更可怕的事情發生了。

宮女乙：那麼照你說，皇上是用不著去勸的了。

費：勸他是沒有什麼的，不過恐怕不會有什麼用。皇上如果可以隨便被我們叫他不管國事，那麼就不是好皇帝了。

魏宮人：那麼這樣的好皇帝，為什麼百姓會說他不好呢？

費：但是百姓離皇帝遠，哪裡曉得皇帝的種種，連絡皇帝傳達皇帝的是一般文武百官。但是現在文武百官，好的少壞的多，所以大家就以為皇帝不好了。

宮女甲：要是真的流寇到了這裡，那我們將怎麼辦呢？

費：可不是？這就是我們該想到的事情了。

宮女甲：怪不得你常常到外面去打聽消息。

宮女乙：原來你是比我們預先知道許多我們不知道的事情了。

魏宮人：要是真的出什麼錯，我情願死掉的，總不願被別人捉去。

宮女甲、乙：魏姊姊，你的話是的，我們一同死。

費：死自然免不了一死，不過我們總要救個平常對我們好的入，殺過敵人才值得。

魏宮人：這話怎麼講？

費：我是說，我們現在大家聚在一起，有什麼消息，有什麼事情就商量，等到萬一不得了的時候，我們把娘娘與公主救出，把敵人殺死兩個再死。
宮女丁：這有道理，不過我們怎麼辦得到呢？
費：慢慢想法子，我們一方面打聽消息，一方面我們大家商量。現在我想到外面打聽打聽，如果見了王伯伯，我就詳細得問問他。
魏宮人；我同你一道去。
宮女丁、丙：我也一道去。
宮女甲、乙：我也一道去。
費：何必一道去，大驚小怪的，讓別人知道了不好，還是我一個人去好了，回來再告訴你們。

（費剛要離開，左傳娘娘駕到）

聲：娘娘駕到。

（費折回，后上，二宮女伴著）

大家：娘娘安。
后：貞娥，剛才長平公主來，我忽然想到她實在需要你這樣一個人，所以我想叫你到壽寧宮去和她作伴去。她性情非常好，一定會同你很好的，你明天就搬過去吧。

費：是的，娘娘。
后：現在我到外殿去，你伴我一同去好了。
聲：（自右）聖駕，聖駕。

（后與費止步）

聲：（自右）聖駕，聖駕。
眾：（微鞠候駕）

——幕緩緩的下——

第二幕

時：離上幕不久。
地：壽寧宮的一間廳堂。
人：長平公主，費貞娥。
景：是夜，長平公主在讀詩，費貞娥在旁伺侯。臺上肅靜，一燈如豆。

（外面敲更聲過，更顯出非常陰淒）

公主：貞娥，今年的春天好像特別長似的。
費：公主，春天長倒是好的，不過我怕明年的春天要沒有了。
公主：你這孩子，春天怎麼會沒有？其實長短也是一樣的。不過因為天氣和煦得久，心裡的感想多，就感到春天特別長了。
費：往年的春天總容易使人感到懶，容易使人感到鬆懈，今年的春天就好像迫著我的心一陣陣緊張。
公主：我在春天總是不會怎麼懶的，越到春天我感想越多，夜裡也越不想睡覺，我有許多詩可做，我也想讀古人的詩詞。（讀詞）：「深院靜，小庭空，斷續寒砧斷續風，無奈夜長人不寐，數聲和月到簾櫳。」貞娥，你知道這首詞是李後主做的麼？李後主真是一個偉大的詞人。
費：李後主的確是一個偉大的詞人，但因為環境時代生得不好，所以也做了亡國之君了。
公主：不過你說這首詞像現在我們今天的情境像不像？
費：不像。
公主：你或許不知道，我們雖然聽不見什麼寒砧，但剛才敲更的聲音不正是更造成了這個情境麼？
費：公主，我有什麼不知道，這情境太像了，但是我不願意它像。
公主：貞娥，聽娘娘說，你也是喜歡讀詞做詩的，怎麼到我這來了許久，沒有做一首詩，也沒有伴我讀一次詩呢。

費：公主，實在現在不是讀書做詩的時候了。

公主：（笑）你這孩子，讀書有什麼時候不時候；照你說春天太懶不讀書，夏天太熱不讀書，那麼什麼時候讀書呢？

費：公主，我是說時勢太亂，所以不是讀書的時候。

公主：時勢太亂，為什麼不讀書？你知道，戰國時候的蘇秦嗎？那時候時勢夠多亂，他讀了書所以就執六國相了。以前的聖賢所謂：格物、致知、正心、修身、齊家、治國平天下，所以就是男孩子要平天下，也還是要從讀書起。我們女孩子讀書與時勢有什麼關係呢？

費：公主，假如現在有人攻打京城呢？難道公主也是一點不管，而自己讀書嗎？

公主：（驚）攻打京城！

費：公主，實在不瞞你說，近來聽說流寇快迫京城了，王承恩伯伯已經做了守城提督。

公主：真的嗎？貞娥？

費：怎麼不真。

公主：那麼我怎麼一點不曉得？你告訴我，你是怎麼曉得的？

費：我看皇上臉上的愁容一天天加濃，就知道一定是國事迫急之故，所以我就偷偷的去問王承恩伯伯。他起初不告訴我什麼，說我這種小孩子何必問這些事，後來看我一次一次去問他，他也知道我雖然是一個小女孩，同他心裡是一樣的迫急，所以他就告訴我了。他現在已做守城提督，看來時勢已經很迫急了。

公主：那麼怎麼辦呢？（頹然啜泣）

費：公主，你哭也沒有用，國家如果真的有禍，整個的民族都亡了，我們個人還貪什麼生存。

公主：（啜泣）

聲：貞娥妹妹！貞娥妹妹！

費：誰呀！進來吧。

魏宮人：（進）公主，請安，恕我唐突。

公主：（啜泣）

魏宮人：貞娥……

費：（止之）公主，請安睡吧，時候已經不早了。（扶公主入內）

公主：貞娥……

費：公主，請你不要難過。

（魏持燭入，離臺漆黑半分鐘。魏出，貞娥亦出）

魏宮人：貞娥，我在外面好像聽到一聲遠遠的很大的聲響，不知會不會是……

費：姊姊，真的嗎？（跑到窗口去聽去，又拿公主的書入）

聲：貞娥姊姊，貞娥姊姊。

魏宮人：誰？

聲：是我呀！

魏宮人：呀！進來吧。

宮女丁：（進）哦，魏姊姊，我到坤寧宮去，西邊天上看見一陣火光，不知是什麼東西，很旺很旺。
魏宮人：真的嗎？
宮女丁：不知道會不會是貞娥姊姊說的事情發生了！
魏宮入：剛才我也聽見一個很大的聲響。

（貞娥出，她們沒有注意到）

宮女丁：真的嗎？那麼我所看見的火光難道真是……
費：什麼事？
宮女丁：我在西邊看見一陣火光，很旺很旺的。
費：有這樣事？（跑到窗邊去，看不見，回）我們到外面去看看去。（剛要走，敲門聲）
聲：貞娥妹妹。
費：（去開門）
宮女甲：娘娘聽見一聲很大的聲響，叫我來問問公主，不知你們這裡有沒有聽見。
費：公主已經睡了，我們到外面去望望看吧。

（礮響）

費：（跑到窗口）哦，這不是火光！

（又是隱約的礮響）

宮女甲：我們到底怎麼辦好呢？

魏宮人：要是萬一什麼，我們自然就照我們商量好的做。

費：這樣才好，我一個救公主，你們好好保護娘娘。

宮女甲：我現在回去了，怕娘娘等急。（宮女甲下）

（外面火光礮響更明顯）

公主：（自內出）貞娥，怎麼回事？這是什麼聲音？

費：恐怕是……是……

公主：（啜泣）那麼我們怎麼辦？

費：公主，請安靜一點，我們要靜靜等著，皇上總會有主意給我們的。

公主：（啜泣）我去尋皇上去好不好？

費：這怎麼尋得到他呢？他現在一定更加忙了，不知在什麼地方。

（礮聲甚急）

公主：……

費：（到窗口去看去）哦，公主，外面下大雨了，風也很大。

公主：貞娥，我想，我們到坤寧宮見娘娘去吧。

（外面鐘聲）

費：一定皇上在召集大臣了。

公主：我們快到坤寧宮去。

費：（急取衣披公主身，侍出）

（宮女丙，丁上）

宮女丙：公主，不得了，娘娘已經縊死了。

費：什麼？

公主：（哭出來）

宮女丁：娘娘已經縊死了！

公主：（不知所措，哭）

費：真的？那麼皇上呢？

宮女丙：皇上不知道。

費：沒有到坤寧宮去？
宮女丁：剛才已經來過，同娘娘說，外城已經攻破，說萬一什麼，叫娘娘自己處置自己。
公主：（哭）
宮女丙：皇上給了娘娘一幅帛，就去了，現在不知在什麼地方。
聲：周后，你果然聽我話了！好！好！（停）文武百官都跑了，宮女難道也都跑了嗎？

（崇禎上）

崇禎：兒呀，這是最後的時候了！
公主：爸爸！……（哭）
崇禎：都是你爸爸不好，用了那班文武百官，他們個個只知道自己作樂，到要用著他們的時候，一個都沒有了。唉！
公主：（哭）
崇禎：像你這樣的人，應該生在太平時代的，現在你母親……

（王承恩帶太子、永王、定王上）

王：萬歲，前門的警燈已經都亮了，請萬歲快打發他們先走吧。
太子、永王、定王：（掩面泣，前後跪）父皇……

崇禎：我做了亡國的皇帝，要你們活著做什麼？（拔劍欲殺）

王：萬歲，這是萬萬行不得的。他們究是萬歲的後裔；雖然今天失敗，但光武也有中興的一天。

（跪下，手托崇禎手腕）照臣的愚見還是叫他們化裝跑了，將來一定會有復仇的一天。

崇禎：那麼你們還穿這樣的衣服？

王：臣已經預備好了衣服。（他出去同小太監捧衣服進）

崇禎：起來，快換衣服吧。

（太子，永王，定王起立）

太子：（跪到崇禎前）父皇……（哭）

王：現在已經不是哭的時候了。

（永王，定王，啜泣著穿衣服，王承恩拿衣服給太子穿）

崇禎：（為太子圍腰帶）國家會到今天最後一天，百姓已經吃盡了苦，都是我的罪過，但我也算是盡我的心力了。現在你母親已經殉國，我也要同你們永訣。你們今天是太子，明天是小百姓，一路上總要自已當心，不要露出真情。見年老的稱呼伯伯公公，年輕的稱呼哥哥弟弟，以後你們始總協力同心臥薪嘗膽，為國家報仇。好，去吧。

太子、永王、定王：（都戀戀不忍去）

（外面戰鼓甚急）

王：快去吧，已經不是哭的時候了。

崇禎：去吧。只要記住我現在的教訓，你們就是孝子。

王：（催促太子們）太子，走吧，要是你們一不小心，更對不住你們的父皇了。

太子、永王、定王：爸爸，（對長平公主）妹妹。

（太子、永王、定王走）

崇禎：好，現在什麼都好了！（乏極坐下）

王：萬歲，我們也該……

崇禎：（對長平公主）現在你還活著做什麼？

（抽劍欲斬長平，貞娥救長平，劍僅及袖）

公主：（驚駭倒地）父皇，我願意死。（哭暈）

崇禎：唉！

費：王伯伯，你救了太子，我當救公主。公主我們換了衣服再……

王：萬歲，已經是時候了，我們該……

崇禎：好好！（拉著王承恩出）

公主：（哭醒）父皇……

費：皇上已經去啦，你快同我換衣服，換好衣服你快出去。

公主：（哭）

費：現在已經不是哭的時候了。快換衣服吧！

（貞娥解公主衣）

公主：貞娥，你陪我跑，怎麼樣？

費：公主，這是不能夠的，賊寇一進來，尋你尋不著一定要查察起來，所以由我來化裝成你，讓他們捉著就是了。

公主：那麼……那麼……

（外面火光連天）

費：公主，快些吧，已經沒有猶豫的時候。

（把自己衣服交公主穿。自己穿公主服）

費：（衣已穿好，他把細軟首飾交公主）公主，快走吧，快走吧。
公主：貞娥，貞娥……
費：（送公主到門口）公主，走吧。再見，再見。
公主：貞娥，貞娥，我怕，我一個人怕。

（何新帶著太監二人上）

何新：萬歲，萬歲！（一見沒有崇禎）皇上呢？
費：皇上已經出去了。
何新：上那兒去了？
費：不知道，大概去殉國去了。
何新：那麼王總督呢？
費：一同去的。有什麼消息嗎？
何新：（將出）內城已經攻破了。
費：快把公主救救出去吧，我們已經換好了衣裳。
何新：公主，快快。（一面叫太監背她）

（何新，太監背公主出）
（外面火光殺聲連天）

費：（到窗口看看）唉。（她悄悄的出去，門開著，隨風忽開忽合）

（燭光被風吹滅，時窗外天色已經發白，礮火稍寂，吶喊聲隱約可聞）

——幕緩緩的下——

第三幕

時：明思宗十七年。

地：一所煤山右邊上的殿。

人：宮女甲、乙、丙、丁、戊，魏宮人，費貞娥，李自成，韓虎，李自成的兵丁們賊一、賊二。

景：殿後為大柱，下為御河。殿左有龍椅，此處本為帝皇休憩之所。

（幕開時，宮女甲、乙、丙、丁們在慌張，外面吶喊聲正濃）

魏宮人：現在我們到底怎麼辦呢？

宮女丙：貞娥姊姊也不知那裡去了。她要是在，一定有好的辦法。

魏宮人：她或許伴著長平公主跑了。

宮女丁：現在不知道賊到底從那一個門進來，如果從東門進來，我們從西門跑；如果從西門進來，我們從東門跑；這豈不是好！

宮女甲：那只有我們大家先闖闖看。

魏宮人：我想還是派一個人去探聽探聽，如果大伙兒去，遇見賊不是跑都跑不掉嗎？

宮女乙：要是賊進來了，這裡不是也沒有逃處嗎？

魏宮人：要是賊已經進來，我們哪裡還有辦法，與其被賊們捉去，還不如跳在那河裡（指柱外）好。生路雖沒有，死路總還是有的；如果不在這裡，被他們捉了去，不是連死路都沒有了？

宮女丁：這話倒是對的，那麼魏姊姊，還是你先去探聽探聽吧，我們在這裡等。

大家：好，好。

魏宮人：你們一定等著，我去打聽賊的來路，順便去尋貞娥妹妹看，或者別處宮女我也叫她們到這裡來。

宮女丙：好，魏姊姊，那麼你小心一點。

宮女丁：小心一點呀。

（魏出）

宮女甲：長平公主不知道到哪裡去了？

宮女乙：大概是跑了吧？

宮女丙：（突然地）你們看，這吊在那裡的是誰？

宮女甲：哪裡？
宮女丙：那邊，你看，那邊山坡上第四株樹。
宮女甲：啊！我想別是長平公主吧？
宮女丁：呀！你們看，樹下還躺著一個人。
宮女戊：那別是貞娥？
宮女乙：這倒是說不定的，貞娥妹妹是有烈性的，一看救不了長平公主，賊人又打進了，就叫公主縊死，自己也勒死了。
宮女丙：不是，這吊著的一定是男人。
宮女甲：那麼是誰呢？難道是二皇爺麼？
宮女乙：難道是太子？
宮女丙：難道是三皇爺麼？
宮女丁：我想地下的一定是王承恩伯伯。
宮女戊：那麼吊在樹上的難道是皇上麼？
宮女甲：也許是的，那麼二皇爺他們呢？
宮女乙：要是真是皇帝我們怎麼辦呢？
宮女戊：怎麼魏姊姊還不來啊？
宮女丙：難道被賊寇捕去了？
宮女甲：別是她自己走了，不來管我們了。
宮女丁：魏姊姊不是這麼撒謊的人。或許他們西路圍著賊人，到東路去探聽了。

宮女甲：我們出去，到東路探聽探聽；好不好？
宮女戊：也許遇見一個太監什麼，我們就可以跟他們跑出去。
宮女丁：這是不可以的，回頭魏姊姊不是要尋不著我們了麼，而且那麼些人出去，碰見賊不是跑不掉了？
宮女丙：我想還是再去二個人探聽探聽，我們等著。
大家：好，好。
宮女戊：那麼就是你們，（指甲、乙）二位去吧。
宮女甲：我想，還是你們（指丙、丁）去吧。
宮女乙：大家蹤手。
大家：好好。（蹤手，結果丙、丁二人為白，應由她倆去）
宮女丙、丁：也好，不過你們千萬不要離開這裡啊。
宮女戊：快一點回來啊。

（宮女丙、丁出去不多時，魏宮人同宮女五六位上）

魏宮人：啊！不得了，四面都是賊人了！
宮女乙：那麼我們怎麼辦呢！
宮女己：什麼都完了，聽說皇上已經縊死了。
魏宮人：皇上已經縊死了？

宮女戊：那麼那面（指縊死處）一定是皇上了。
魏宮人：唉！那我們還有什麼辦法呢。
宮女丁：貞娥姊姊不知到底那裡去了？
宮女丙：要是她在，也許另外有別的主張。
宮女乙：我想我們還是躲在山腳下吧。
宮女丙：這不是容易被他們捉去嗎？
魏宮人：你們聽。

（大家聽，歌聲嘈雜，自遠而近）

歌聲：「我們大王做皇帝，我們是開國大元老，我們把吃的往嘴裡送，把穿的往身上套，有什麼宮女美人兒，我要一個個的抱，一個個的嬲，我要一個個的抱，一個個的嬲。」
宮女丁：魏姊姊，這是誰在唱歌。
魏宮人：這一定是賊，賊已經都來了。
賊一：（帶兵士四個上）我要一個個的抱，（手拿著酒瓶）我要一個個的抱。
魏宮人：大家跳吧！（大家跳）
賊一：快替我抓住。

（宮女們都跳下，未被擒住）

賊一：（追到柱邊）啊！多麼可惜。（罵小兵）混蛋．你們酒都喝醉啦，連一個女人都抓不住。（踢小兵）快去尋去，替我尋幾個來。

（二小兵下）

賊二：（喝著酒，唱著歌上）「不要金，不要銀，也不要我的小性命，我一隻手是酒瓶，還有一隻手我要摟女人。」

賊一：喂，老四，大王叫我們抓崇禎皇帝，你不去抓，怎麼倒在這裡喝酒呢？

賊二：你怎麼在這兒喝酒？

賊一：你怎麼還唱這樣難聽的歌？

賊二：你難道不要女人麼？

賊一：大王做了皇帝，我們還怕沒有女人麼？

賊二：大王做皇帝，你為什麼要有女人？

賊一：他做皇帝，我就是開國功臣，就可以做大官，做了大官，我就有錢，有錢難道會沒有女人嗎？

（二小兵帶著貞娥上）

小兵一：好容易抓來了一個，她還藏在枯井裡。
賊二：啊！好極啦！好極啦！
賊一：（過去拉貞娥）這是我的。
賊二：什麼，這是你的？
賊一：這是我叫他（指兵）去找的。
賊二：什麼？你的？
賊一：自然啦，他（指兵）是誰的兵？
賊二：是你的。
賊一：所以她也就是我的。
賊二：那為什麼不是他（指小兵）的呢？
賊一：混蛋，他是我的小兵。
賊二：那麼你是誰的小兵呢？
賊一：我難道是你的小兵？
賊二：你是大王的小兵。
賊一：我是大王的將官，大王做了皇帝，好的女人多的是，這自然是我的了。
賊二：你不久做大官，發了財，好的女人多的是，這自然是我的。
賊一：我的，怎麼是你的呢？
賊二：你的，我們倆打一仗，誰贏就是誰的。
賊一：我們問她，他願意跟誰，就是誰的。

賊二：喂，女人！那麼你願意跟誰？

費：（不響）

賊一：你願意跟誰？反正我們兩條英雄，隨便你挑。

費：我是大明公主，你們還是把我獻給你們大王吧。

賊一：公主？

賊二：公主？

賊一：老四，公主這個名字倒是聽見過，不過到底是什麼玩意兒呢？

賊二：公主，公主就是皇帝的女兒。

賊一：喂，公主，你是皇帝的女兒，現在你爸爸做不成皇帝，難道你還可以做公主？

賊二：公主，皇帝女兒，這倒是第一次見到，喂，你跟我好不好？

賊一：好乖乖，跟我吧。皇帝的女兒！哈哈哈哈！

（人外面人聲噪雜）

小兵：（望外）大王來啦。

賊一、二：（驚起迎接）

李：（帶隨從上）

賊一：大王！大王！

賊二：大王！大王！

李：今天起你們要叫我陛下，知道嗎？
賊一：是是。
賊二：是是。
李：這是誰？
賊一：大王，這是——
李：陛下，怎麼又叫錯。
賊二：是是，跪下。
李：陛下，什麼「跪下」。
賊一：陛下，這是我抓來的一個女人，特地留給大王，喔，陛下，留給陛下的。
李：啊！容貌倒不錯。喂，你是誰？
費：我是長平公主。
李：你是公主？那麼你的父皇呢？
費：父皇殉國了！
李：殉國？在那裡？
費：就縊死在那（指）煤山上面。
李：（望）呵呵，縊死了！喂，公主，你爸爸死了，你打算怎麼樣呢？
費：亡國的人，有怎麼樣？隨便你處置好了。
李：那麼就嫁我好了，我可以立你為后。
賊一：（望望賊二）

賊二：（望望賊一）

（一小兵上）

小兵：啟奏大王，韓——
賊二：什麼大王，叫跪下。

（小兵跪下）

賊一：什麼跪下，是陛下。
小兵：大王。——
賊一：你叫陛下。
小兵：喔，陛下，韓將軍來了。
李：韓將軍來了，快請他上來。

（小兵下，伴韓虎上）

李：喔，韓將軍，我能夠坐這把龍椅，將軍功勞是第一位。（奉上一觥酒）
韓：（拿酒）這是大王天福。

李：將軍辛苦已極，現在進宮，要什麼就拿什麼好了。
韓：大王，怎麼偌大宮殿，尋不見一個宮女。
賊一：有許多都從那裡跳下去了。
韓：（看見貞娥）喔，這一位，哈哈，這一位倒不錯，實在不錯。
李：這是，這是……（隨從甲示意給李）喔，這是公主。
韓：公主呵，怪不得這樣好看。那麼大王，就把這個給我吧。
李：（隨從示意給李）。這……這……這……這是公主，你要就只好正式娶了她。
韓：大王，那自然。
李：好，不過你最好叫我陛下。
韓：大王賞我公主，我什麼都聽大王了，喔，陛下，陛下。
費：從你也可以，不過我要先祭我的父皇。
韓：那是我的丈人。在哪裡？我去拜見拜見。
李：不是縊死在那裡？
韓：好好，去去，我們拜一拜就結婚去。我打仗已經打倦了。
李：（奉酒一觥）將軍早點休息去吧。（韓拉公主下）
李：你們這班傻瓜，女子難道只有一個嗎？快替我找去。

（賊一、賊二下）

李：（對隨從）為什麼叫我把那樣美麗的公主讓給韓虎？

隨從甲：陛下何必爭這區區一個女子，女子好的很多，將軍好的只有一個，陛下把女子讓他，他以後自然更服從你了。

李：是的，我也想到這一層，所以就讓給他了，不過……

隨從甲：韓虎這傢伙好色好酒，陛下何不賞他全軍酒，讓他更加感激陛下呢。

李：這話不錯，傳令全軍賞酒。

（小兵下）

李：怎麼女人還不找來？喂，先叫拿好酒來。

小兵：酒。（酒上）

李：（與隨從軍官，各帶杯呼盧）

李：今天我登了皇位，你們都痛快喝酒，大樂三天。

隨從乙：自然囉，陛下登位，天下都太平無事，我們可以永遠大樂，豈只三天。

（窗外歌聲齊起）

（歌：「我們闖到東，東邊官兵跑，我們闖到西，西邊官兵跑。只要大王登了皇帝座，黃金元寶，你一籮，我一籮，白臉娘子，你一個，我一個。」）

聲：大王萬歲，大王萬歲！

李：（開窗）我今天登了皇位，你們以後要叫我陛下。

聲：陛下萬歲！陛下萬歲！

（賊一、賊二帶宮女丙、丁上）

賊一：大王……

隨從甲：叫陛下。

賊一：陛下，好不容易找到了二個。

賊二：差一點落在小毛子手上，我說大王要，他們才放手。

賊一：你怎麼又是大王大王的，要說陛下。

李：你們倆是宮中什麼人。

宮女丙：我們是宮女。

李：宮女，宮女，（注視她們）倒長得不錯。好極啦。來，陪我喝酒，晚上就陪大王陛下睡，好不好？

隨從甲：不要說大王。

宮女丁：我們是大明——

宮女丙：（使眼色阻止丁）蒙大王不叫我們死，我們服侍大王，有什麼不肯呢。

李：那麼喝酒吧。

（外面歌聲起）

（歌：「我們闖到東，東邊官兵跑，我們闖到西，西邊官兵跑，只要大王登了皇座，黃金元寶，你一籮，我一籮。白臉女子，你一個，我一個。」）

李：（鼓掌對宮女）你看我的軍隊多麼雄壯啊？

宮女丙：這是打仗時候的歌，不是娛樂時候的歌。我想，我們唱一隻宮詞給大王聽可好？

李：好極啦。好極啦。

宮女丙、丁（唱）：「花非花，霧非霧，夜半來，天明去，來如春夢幾多時，去似朝雲無覓處。」

李等：（一齊鼓掌）呵呵……哈哈……

李：好極啦！好極啦！做皇帝真舒服啊！

宮女丙：我們還會跳宮舞。

李：快跳，快跳，跳給你大王看。

隨從：不要說大王大王的。

（宮女丙、丁跳舞，跳到臺後，向御河跳下）

李：啊，啊。

李：怎麼？怎麼？

（外聲大噪，有兵自外上）

兵：報告大王。

賊一：不許說大王大王的，要說陛下，陛下。

兵：韓將軍在行婚禮了，請陛下駕。

（外面樂聲作）

李：你說我要去？

隨從甲：陛下，自然要去的，我們也要去喝一杯喜酒。

（外面盛樂歡歌，李下，眾隨下）

第四幕

時：同上之夜。

地：宮中的一間。

人：韓虎，費貞娥，侍僕，李自成，隨從，衛士等。

景：韓之洞房。

（幕開時，二老嫗侍費宮人脫裝）

費：你們是新來的，還是軍中一直跟隨他們的？

嫗甲：我們跟隨軍中已經一年了。

費：你們的家在那裡？

嫗甲：我們是襄陽人。

費：那麼你們家裡還有什麼人，難道不想家麼？

嫗乙：想家？公主，我們家也沒有，還想什麼家呢？她（指嫗甲）有一個兒子，我有兩個兒子都在這裡當嘍囉。一個已經打仗打死了。

費：那麼你們這樣活著是不是快活呢？

嫗甲：公主，我們這樣的人還有什麼快活不快活，不過混一點飯吃吧了。

嫗乙：哪有公主這樣好福氣呢？

費：不過我也同情你們。你知道我們大家是女人，女人家，你想不都是苦命的？

嫗甲：公主，女人家總是靠丈夫，丈夫富貴也富貴，丈夫不爭氣也就沒有出頭的日子了。

費：那麼你的丈夫呢？

嫗甲：我的丈夫，多年前死掉了，我守寡守了二十多年。唉，你說命苦不命苦。（哭）

嫗乙：丈夫真還是死了好，像我那樣，一直同丈夫窮在一起。後來丈夫出門發了財，他就同別的女人好，不再來管我了。你想，我這命夠多苦。好容易養大了兒子，又不爭氣，當土匪，現在一個已經死了。

費：那麼現在你們大王得了天下，你們兒子就可以升官，你們不是可以享點福了。

嫗甲：享福，享福的份是沒有的，你想當小兵的能做什麼官？

費：那為什麼要當兵呢？

嫗甲：公主，你不曉得，我們鄉下人，靠天吃飯，誰不願意做個好百姓。可是這幾年來，不是水災，就是旱災，錢糧又那麼重，我們一付不出，就要捉去，捉去了打，打完了關，關完了放出來，還要我們還錢糧。我們有什麼辦法呢？一年一年的，欠人家錢，還不出，打官司，又是打，又是封門。一個人總是陪了一條命沒有路走，只好做土匪了。做土匪不過拚一條命，死就死，活就活，死不也死得痛快，活不也活個痛快麼？

嫗乙：可是現在土匪也做山頭了，總算不再是土匪了。公主，你看好百姓不做土匪的很多，可是他們都死的死，亡的亡，性命早就沒有了，倒是做土匪，現在也不是土匪，還活著。當初我兒子要去當土匪，我不知道哭了多少回，後來真真被官廳逼得沒有辦法，我也認了。現在想想到幸虧做土匪。

費：（啜泣）

嫗甲：公主，你哭麼？歡歡喜喜為什麼哭起來。

嫗乙：公主，你怕了麼？

嫗甲：可不是，像她這樣嬌弱的公主，你怎麼可以說土匪土匪的去駭她。

嫗乙：是不是我駭了你，公主；但是公主，土匪也是人，有什麼可怕呢？我們都是好人，沒有辦法才跟土匪的，況且現在大王做皇帝，我們也不是土匪了。

費：（啜泣）

嫗甲：公主，快不要哭吧，歡歡喜喜的，有什麼可哭。
費：我怕，我怕。
嫗乙：公主，你真怕土匪麼？那麼我真是多嘴。
費：不，我不是怕土匪，我怕回頭，回頭……
嫗甲：啊，韓將軍麼？公主，這也是沒有辦法，女人家總要過這一下子的。韓將軍殺人殺得多，可是待女人倒是很好的。像公主這樣，他一定會好好待你！而且現在大王做了皇帝，他就是大元帥了。
嫗乙：公主，假如你怕，你可以同他多等幾天再什麼。他愛喝酒，現在一定已經被大家灌了許多，等他來了，你再給他一瓶酒喝，他就呼呼地睡著了。
嫗甲：公主，不要哭了，（對嫗乙）你去倒點水來，讓公主打扮打扮，你看她的眼睛已經哭紅了。

（嫗乙下，嫗甲拿燭臺到公主桌前）

嫗甲：公主，你真是一個美人兒，性情又好。我能一輩子服侍你也夠有福氣了。
費：回頭我叫你拿酒，你千萬多拿一點酒來，因為我實在怕。（哭）
嫗甲：放心，放心，我拿許多酒來。他不醉，你就老叫他喝就是了。

（嫗乙上，把水果放在公主桌前）

嫗乙：公主，他們外面還在喝酒呢。
費：（又哭）我實在怕，回頭我怎麼……
嫗甲：你把他灌醉到床上，不是什麼事情都完了麼，我會來照顧你的。

（外面有人聲）

嫗乙：大概是韓將軍來了。
嫗甲：公主，不要難過；他看見你哭會不高興的。啊，他來了。

（可是來的是李自成同他的隨從）

嫗甲、乙：啊，大王，大王。
李自成：（帶酒意）以後你們不要叫大王，要叫陛下了。
嫗甲：背下？啊，背下，背下。
李：新娘子呢？啊！公主，韓虎還在喝酒，我也喝得不少，不過我想念著你，所以特地來看看你。
費：（若有所思）
李：你在想什麼？啊，不高興，像是不高興。

費：……

李：那麼有什麼不高興呢？你同我說，你什麼都可同我說。你在想什麼？

費：我在想，在想為什麼陛下不叫我服侍陛下，而叫我服侍韓虎。

李：你願意服侍我麼？那你就……

隨從甲：不過，陛下，他們已經行過婚禮，而且陛下的聖旨已經頒過了。

李：啊！公主，你嫁給韓虎也一樣，你要什麼還可以向我拿。韓虎這傢伙就是愛喝酒，打仗到是能幹的。聽說你會讀書做詩。那好極了，他不會文，你可以幫助他；你是懂得許多禮節，他是粗坯，什麼都不懂，許多事情，你要教他。對我要忠，要有禮節。現在我是皇帝了，說話也要像一個樣子，像一個樣子。你知道，啊，你會文，那好極了，他有什麼事應當寫奏章，我聽說奏章是要寫的。你一定曉得，以後你就可以替他寫，哈哈，寫奏章哈哈，我是做皇帝了。

隨從乙：陛下，你酒喝多了，今天也夠辛苦，早點安寢吧；叫韓將軍也可以進洞房了。（拉李下）

李：好好，再會，公主，再會。明天我來看你，哈哈，明天你來上朝，來上朝。

（李下）

嫗乙：我以為是韓將軍來了，原來是大王。

嫗甲：大王這次倒大氣，不再同韓將軍爭了。

嫗乙：做了皇帝自然要大氣；而且皇帝會有宮娥彩女，將來害怕會沒有麼？

（門外人聲）

嫗甲：啊，這次可真來了。

嫗乙：我想他一定已經喝醉的了。

（王、孫、白諸頭目帶一陣醉笑聲上）

王：看新娘子，看新娘子。

孫：新娘子，新娘子呢？

白：啊，公主娘娘，今天你做了韓將軍的老婆，就是我們的嫂嫂了，啊，不過今天，總是新娘子。啊，長的是不錯。

王：不錯，豈只不錯，簡直是美人。你看她眼睛，多麼靈活，一條光，比我的寶劍還亮；還有那面孔，你看有多麼嫩，我真怕韓大哥的鬍子會把她觸破了。

孫：難道嫁給你這個白面將軍？美人總愛英雄，韓大哥到底是英雄，你看他酒量夠多大。

白：啊，這雙手可真白，你看，韓大哥真有福氣，哈哈……

孫：唉！我們不知道什麼時候可以有老婆。

王：我說，好嫂嫂，你看，大王麼，要做皇帝了，我們一個個是將軍了。嫂嫂，你想，韓大哥來娶了你這樣一位好嫂嫂，那麼我們這麼些好漢呢？好嫂嫂，你有姊姊妹妹沒有？請你告訴我們在哪裡？我們請她們出來，同我們一個個結了婚，豈不是好。

白：好嫂嫂，這話是不錯的，你一定還有表姊表妹，我們不會辜負她的，我們做了將軍，同以前是完全不同了，不同了。你的姊姊妹妹，同我們拜了堂，成了親，一同享受榮華富貴，豈不是好。

費：⋯⋯

孫：好嫂嫂，你怎麼不理，你害羞嗎？不要害羞，我們同韓大哥都是哥兒們。

白：好嫂嫂，我想你這點慈悲一定肯放，我們光棍兒，出刀入鎗的，過了一輩子，現在好容易幫大王打平了天下，自然應當娶了像公主一樣的老婆了。

王：她現在不說話，明天一定會肯的，明天我們問韓大哥討就是了。

大家：（笑）

（外面人聲）

孫：啊，一定是韓大哥來了。

（韓帶醉上）

白：啊！韓大哥，我們在看新娘呢，我們問新娘可有姊妹們替我們做做媒。

韓：哈哈，那自然咯，自然咯。啊！新娘子，我今天真是快活極了，以前我常聽說公主公主的，連看都沒有看見過，現在麼我好同公主同房了。哈哈哈哈……來酒來酒。

費：拿酒給將軍。

（嫗甲拿酒上）

白、王、孫：韓大哥，早點安寢快樂吧，明天見了。

韓：不要走，大家乾一杯再走。

白：你同新娘子乾吧。

韓：乾一杯，乾一杯，一定要乾一杯。

（嫗乙捧酒給他們）

孫：好好，乾一杯，祝你們早生貴子！

大家：哈哈哈哈，早生貴子。（一飲而盡）

白：好好，韓大哥，早點安寢吧。

大家：哈哈……

（白、王、孫下）

韓：哈哈，今天可真快活！（對二嫗）你們出去吧。

（二嫗下）

韓：現在我們可以睡了，小乖乖。

費：（坐著不動）

韓：（解下劍，脫去外衣）怎麼還坐著？嗨，你坐著真像一尊觀世音菩薩，好看極了；大王真是不錯，把你賞給我了。哈哈，我可以同你睡了。快來，睡吧，天都快亮了。（費不理他）為什麼不理我？嗨，是不是怪我來晚了？今天是喜日，兄弟們喝喝酒，鬧鬧，這是應該的。以後我每天可以陪你早睡的。

費：（哭）

韓：哭了，為什麼哭？誰欺負你了？

費：我哭，哭我父皇。

韓：哭你爸爸，你爸爸死了，又不會活了，哭也沒有用，有我這樣的丈夫，爸爸也沒有什麼用，是不是？聽大王說你是通文達理的，那麼你曉得不曉得在家從父，出嫁從夫？

費：（不理）

韓：哈哈，在家從父，出嫁從夫，你一定曉得的，我不識字的人都曉得，你怎麼會不曉得？好好，起來，脫衣服，脫衣服。（稍停）怎麼？你不起來，你自已不脫，我來替你脫。哈哈，他們說你是斯斯文文讀書的，叫我不要太粗莽，那麼還是你自已脫吧？

費：……

韓：你這種派頭大概是讀書讀來的。讀書，讀書是太平時候的玩意，打仗時候還讀什麼書？你看，我不認識字，可是我做了大將軍，大王也不識字，可是做了皇帝；你讀了許多書，有什麼用呢？大王的隨從也通文達理，他們只是做做下手，聽聽大王差遣罷。嗨，打仗的時候要兵多，要勇，要氣力大，要和手下兵士合得來，要不怕死；像你們那樣扭扭捏捏，只知道書本，所以就打不過我們了。你看我的胳膊，刀也進去過，鎗也進去過，但是我不管，你看我做了大將軍。我做大將軍，你想，天下就太平了，你也可以通文達理了，是不是？好娘子，早點睡吧。還是我來替你脫衣裳。（拉費）

費：將軍，你坐著，我同你說，我是大明的公主，所以我要照我大明的規矩。

韓：照大明的規矩可以，難道你大明的規矩夫妻不是一同睡麼？

費：你坐，我看你有點喝醉了。

韓：（坐下）喝醉，我從來不會喝醉，再喝一百斤酒也不會喝醉。

費：那麼請你照我大明的規矩做。

韓：什麼規矩呢？

費：做新郎的人要喝乾新娘備好的酒。

韓：那容易，那容易。

費：拿酒，拿酒。

（嫗甲、嫗乙拿酒上）

韓：（捧酒大飲）哈哈……好酒好酒。（一飲而盡）好，現在可以睡了。（對嫗甲、乙）你們去。
費：還有一樽，還有一樽。
老嫗甲：這才是成雙成對的。
韓：（又飲畢）現在真的要睡了，你們去，你們去。

（嫗甲、乙下）

費：韓將軍，你知道你做將軍的規矩嗎？
韓：做將軍又有什麼規矩？
費：明天大王上朝，問起來我好不好，你怎麼說呢？
韓：自然是好的了。
費：那麼你應當不應當謝謝他。
韓：自然要謝謝他。
費：你知道將軍謝皇帝要寫個奏章的嗎？
韓：奏章？啊，我聽說過，聽說過，可是我不會寫字呢。
費：那麼我替你寫好了。
韓：這真是好太太，明天寫吧。
費：我現在就替你寫，你先睡，我寫好了自己會睡的。

韓：好好，我在床上等你。

（韓依床睡）

費：（假作書寫）

（韓鼾聲大作）

（費躡手躡足地過去，探探右門，聽嫗甲、乙是否睡著。乃用手拔出韓劍，刺入韓的咽喉，韓死。費又在桌上寫字條後，用帛將自己勒死，頭伏桌上。時天色已白，嫗甲輕輕的進來）

嫗甲：公主，公主，你還沒有睡麼？（走近來，忽見地上有血）啊呀！

嫗乙：（上）什麼事？

嫗甲：你看，這不是血？

嫗乙：血？（看看費，又到床上看看韓）啊！韓將軍死了，快去叫大王去。

（嫗甲、乙下。舞臺寂靜，亮光從窗外照入，室內漸亮）

（嫗甲、乙偕李與隨從甲、乙上）

李：（跑進看韓）啊！真的死了。一定是公主刺死他的。公主不喜歡他，喜歡我，所以把他刺死了。哈哈……喂，公主，公主！你真是公主，把他刺死，你自己睡著了。

隨從甲：居然把韓將軍刺死，那還了得！

李：天下已經打定，韓虎也可以死了。哈哈，公主，公主，你喜歡我，是不是？不要怕，不要害羞，讓我們今天……

隨從甲：陛下，這裡留著一張字條。

李：它怎麼說著？

隨從甲：她本來想刺死陛下的，因為你把她嫁給韓虎，所以就便宜你了。

李：哈哈，韓虎倒霉！韓虎倒霉！

隨從甲：這樣一位虎將死了，唉！

隨從乙：韓將軍真可惜！

李：真可惜，可不是？這樣好看的公主！

——幕下——

無業公會

時：在有那無業公會的時代。

地：無業公會的會址。

景：無業公會並不像「少爺公會」、「將軍公會」等有高樓大廈，裡面也沒有「俱樂部」般的陳設，連必要的旗號，遺像等，都被用光吃光；這間較大的會址也許是國家撥的。起初如何，我們無從知道，幕開時，我們是只看見泥地，灰塵，以及從沒窗戶的洞裡射進去的光線而已。我們可以看出所有的東西都已當賣的精光，橫七八豎的有十來個人在那地上坐著，躺著，靠著，走著，嘆著，哼著，大家都是半裸的身子，破爛的衣履，麻袋裹著的骨頭，以及餓倒了的嗓子。十來個人裡，有工人，有農夫，有教授，有詩人，有苦力，有老，有少，有大，有小，單單沒有女人。他們有幾個好像在想心事，有幾個捧著腦袋，有幾個在嘆氣，但大家都冷得發抖，一句話都不說。左右邊特別擠成一堆，好像那邊是暖和些似的；果然，當有一個人起來時，門板的尖角露了出來。坐在門板上當然比坐在水泥地上，破磚上要暖和些。

（站起來的是窮詩人）

甲：呆坐著是有錢人的生活。我們來發發牢騷吧！
乙：還是唸你的詩給我們聽吧！
丙：聽你的詩，像以前稍有窩窩頭吃的時候的性交，暫時能使我忘了餓，忘了冷。
丁：（在丙旁）不過性交是傷神傷力的，聽他的詩是不傷什麼的。
戊：他是革命詩人呢。他的詩能夠振作我們的精神的。
己：除了吃，沒有東西能夠振作精神的。
甲：別胡說啦，今天不唸詩，來，大家一同做詩吧！
戊：誰同你做詩，我們又不是詩人！
甲：誰都是詩人，只要他痛快地發揮他的真的情感、感覺、思想——雖然有好壞，然而詩總是詩。
丁：好的詩，像你似的，昨天總算領到五毛錢的稿費；壞詩又幹什麼用呢？
甲：你不知道，作詩的時候，對於飢寒的感覺比聽詩的時候還要遲鈍呢！人一做詩，什麼東西都忘啦！
丙：比性交怎麼樣？
乙：你怎麼老是性交性交的。
甲：你別性交性交的。老實告訴你，我是童貞的詩人呢。
丙：童貞？
甲：是的，我還沒有結過婚。
丁：詩人，看你每天寫詩的時候，皺著眉頭，恐怕比性交還傷神呢！
甲：我是童貞的詩人，老實說，我還沒有嘗過性交的滋味！

丙：（興奮地）噯，這個滋味……

乙：喂，別說啦！他是童貞的詩人呢。

戊：詩人，我是最了解詩人的啊！寫詩是寫詩時候傷神，寫出了，真是高興極啦！對不對？

甲：你真聰明，怎麼知道的？

戊：起先我做工的時候，隔壁住著一個詩人，他半夜裡時常跳著嚷起來。我問他為什麼他媽的要半夜裡鬧？他說是他寫出詩啦，高興的什麼都不知道了。可是他很好，很知道自己的不對，時常從板壁縫裡塞一兩毛，有時候五六毛錢來補他的過失；所以我是非常知道詩人的，詩人是一種窮人，也是一種好人，詩寫詩的時候傷神，寫出來了快活的一種人。

丙：這同性交剛相反，性交是性交的時候快活，性交完可真傷神！

乙：別性交性交的，他是童貞的詩人呢！

甲：寫詩的勁兒就是那樣，寫出一句得意的詩，真時會高興得忘了吃三天的飯。

丁：不得意的詩呢？

甲：那也有半天可以高興。

丁：那我們就做吧。

戊：慢一慢。喂，有什麼方法沒有呢？

乙：那誰先作呢？

甲：沒有什麼方法！

甲：不要規定好啦，現在我告訴你們，我們大家都是沒有職業，窮，苦，對不對？

大家：不錯呀！

甲：所以我們共同的情感也是「窮」同「苦」，而且，我們大家，不都感到餓同冷麼？我們就以這個做中心好啦！現在我就來開始吧……還有，大家都不限制，想說什麼就說什麼，誰有話就說，至於詞藻音調不好的地方，那由我來改。好，我先開始。

庚：（在較遠的地方一個人在憂鬱，無意識地從靜默中忽然自己嘆起氣來）唉！母親生我的牙齒原來是為打戰的呀！

甲：好詩！好詩！這就是好詩！現在我們把它當第一句，我要把他的意思排一排，可以同我想說的連起來：

「母親！可是為打戰，你才生我的牙齒，越想賣錢的朋友，越是寫不出詩！」

己：「肚子已空得三天拉不出矢！」

甲：好極了！好詩！好詩！

戊：「呼吸的微弱，我疑心我已經賣掉了鼻子！」

甲：好極啦！那個「賣」字真是「真情畢露」，我改都不用改，我們的心都奏同樣的曲調哩！

丙：「雞巴祇做了撒冷尿來用。」

乙：別那麼著，他是童貞的詩人呢！

甲：不要緊，不要緊！那正是他真情的流露，而且這句深刻的很，「冷」字，真不是別的公會裡的人所能了解，就連頂偉大的藝術家，連有名的科學家都不會了解的。

戊：不對，不行！我們喝的雖然是涼水，不過溺不全是冷的。

甲：就是文學的誇大性，象徵的筆法，難得的感情，難得的意識！

辛：（是附近一位默然無言的人，沉鬱的臉抬起來）什麼難得的意識！二十年前，我那時靠著遺產，很闊的活著。在某一夏天，我冰淇淋吃得太多的時候，也曾做過這樣的句子。

甲：你說說看。

辛：（得意地回憶著）「好痛快的冰淇淋呀！尿都變成冷的了！」

甲：你這個，想像上雖然也有趣，但二者完全是不同的。闊人在電扇旁說：我感到冷啦！同冬天窮人的叫冷怎麼會相同呢？一個是樂極生悲，一個是無樂而悲；一個是自找的，一個是社會不平的賜予。你的冷，僅僅是吃得太多冰淇淋的冷；而他的冷，就描寫得深一層，他只是一個「祗」字一個「冷」字，就寫到背後的一個喝的是冷水和丟了太太的青年呢！

巳：得啦，我想起詩了！

甲：什麼？

巳：「肚子餓得像炮彈炸裂空洞。」

甲：好極啦！誰再說？

壬：（沉默著的）「拿得動鐵鎚的手餓得不會動。」

癸：（沉默著的）「為什麼全腦子好像都爬著飢餓的蟲？」

辛：「問你革命詩人中用不中用！」

子：（癡坐在更遠的地方，突然大聲地說）我們還是再賣東西吧！做他媽的什麼屁詩！

乙：你的詩怎麼不能使人忘掉飢餓呢？

甲：革命詩人第一步就時是提起別人的飢餓，使他來尋方法。這二句完全是描寫餓的詩的力量，這完全是藝術的力量。

丑：還有什麼東西可以賣呢？大家想想看！
甲：（指坐著的板）就賣這塊門板吧！
辛：不，不，這到晚上我還要當鋪蓋呢！
丁：我主張把它燒啦，我們來烤火。
辛：也許還可以有東西在火上烤著吃呢。
子：東西？我們連臭蟲都吃完啦！還吃什麼？
戊：臭蟲，門板裡也許還有呢！
大家：對呀！（大家都俯身找臭蟲吃）
丙：別吃得太乾淨，留一公一母讓他們戀愛生小臭蟲。
乙：別說啦！他是童貞的詩人呢！

（找不著臭蟲，大家都站起來，失望地坐下，甲按著肚子來回的走）

庚：「侯門一入深如海，
　　親愛的臭蟲啊！
　　從此蕭郎是路人！」
丁：原來臭蟲也是公侯門前的東西啊！
丙：怪不得女子也是公侯門前的東西。
乙：這不是做詩，別多說！他是童貞的詩人呢！

辛：（拍丙一下）這話怎麼講？
丙：我有太太的時候，臭蟲捉它都不走！現在太太跟人走啦，臭蟲也會都跑啦！
庚：你當時怎麼不捉住留一點？
乙：留得住臭蟲，還不去留太太，我的太太的玩意兒真好！
丙：別說啦，他是童貞的詩人呢！
子：我們完了！就說河裡的魚，都已經劃作私人的財產，我們還能想什麼別的。
丑：有了！我們在泥地掘蟲子吃吧！
大家：對啊！

（大家一哄而掘。甲在來回地走。約隔一分鐘，有小孩哭著進）

大家：（圍上去）你也要加入無業公會麼？
丙：（擠進去）是男孩還是女孩？
乙：別問啦！他是童貞的詩人呢！

（小孩哭）

丙：（近孩身旁，觀察）啊！男孩子！（失望地）啊！女子是不會無業的呀！
小孩：（哭著說）一隻狗把我手裡的餅搶去了！

甲：（跳起來）第二步詩出來的時候到了！狗都向人要東西吃呢，你們難道只會向地下掘麼？

大家：對，對呀！去拿去，去拿去！（走出）（臺外，臺後，呼聲四起）

大家：還有我們，還有我們！

（臺外噪聲如雷，只有小孩在臺上流淚）

——幕——

一九三一稿，後改作。

多餘的一夜

地：鄉村。
時：夜。
人：母，女，余先生（流浪詩人），曹夢蘭（女愛人），鄉農（不上場）。
景：屋內，簡潔的布置，有床一，似乎是她家的休息室。

（幕開時，母女同在；母親在縫衣，女兒在讀詞）

女：「怕郎猜道，奴面不如花面好……」
母：逢微，現在年紀也大啦！娘呢，也老啦！你真該挑一個如意郎君啦！
女：媽頂討厭啦！一天到晚如意郎君，如意郎君。
母：我同你講，你說討厭，討厭；自已「怕郎猜道，怕郎猜道」的這樣大聲的唸，倒不害臊啦！
女：（作嬌）唔……
母：逢微，這種事情，女人家總是害羞的。要不是你父親死的時候，再三再四要我把婚姻事情讓你自己作主，我早就給你辦好啦！

女：爸爸，爸爸要是現在還在，我一定還可以繼續在大學讀書呢。
母：都是在大學讀書讀書的，弄得不是嫌這個男子不漂亮，就是嫌那個男子學問糟。
女：這種事情不用提啦！男子裡頭，我看，只有爸爸是是好的。起先在學校裡，雖然全是女同學，但是同學裡頭說出來的男子，都是壞的。
母：我想人是不必太漂亮，誠實麼總要誠實一點的。像曹家老三，家裡也還過得去，他也在大學裡唸過書。這幾個月，同你時常來往，如果覺得還好呢，就由我來作個主，結了婚也就算啦！

（敲門聲）

母：又是曹老三來啦！你看，說到曹操，曹操就到。
女：（傾聽）
母：還呆著幹嘛？快去開門吧！

（女下）

女：（在外）誰呀？（跑進來）媽，是一個過路的男子，要在這兒借宿一夜。讓他進來嗎？
母：那哪兒行呢，這兒又沒有別的的男人。
女：那讓我去推托他吧！（剛出，正碰余進來）

女：……

余：老太太，我是一個迷路的人，今天上午就因為逛山，忘了遠不遠啦！現在，天已經黑得認不出山路來，月亮也沒有，好像是要下雨啦！所以想在貴處借一宵，明天我就可以回去啦！

母：怪可憐的！坐一會吧！（余坐）輕輕的年紀，怎麼這麼瘦弱？不認識路，怎麼可以胡跑呢？

余：老太太，一個跑慣的人，是很難停下的。即使想停下，命運也不允許！

母：跑也應當跑熟路，生的地方，一個人走總有危險的。

余：老太太，跑慣了的人，時常在不知不覺之中又流浪到陌生的地方去了！

母：難道你母親放心讓你這樣的跑嗎？

余：母親！（悲戚之狀畢露）說起母親，我真要哭啦！也是在這樣一個晚上，也是同這差不多的屋子，母親也是在那兒縫著衣服，說我不該同表妹接近，而且還疑心了我們，而且要我在一禮拜以內同一個我所不認識的女子結婚；於是我就跑啦！我就流浪啦！一個人，幾本書，南方，北方的一連跑了幾年。去年我想起了母親；但是也是在這樣的時候，同今夜一樣……唉！這兒太像我的家啦！我敲了同這兒差不多的大門，才知道母親已經因為想我而死啦！弟弟也到外省去啦！唉！我真……真……（嗚咽而哭）唉！一說起來更像啦！這兒一張床，這兒是桌子；而且我是就睡在這張床上的。夜裡，天要是冷啦，母親總是要拿著被來替我添蓋的，晚睡些，她又要來催啦！現在，一個人，漂東泊西，誰來管你？於是我的身體就成了這樣的瘦！啊！太像啦！那兒是放著一條凳子，尤其是那凳子的腳，那真是像極啦，難道我是在夢中？老太太，你告訴我，我是在夢中嗎？

女：（到母身旁）媽，我有些怕！

母：倒是怪可憐的，有什麼怕呢？

余：對啦！我真不應該，在陌生人的家裡，會這樣的感傷起來。對不起，小姐！

母：這是我的女兒，歲數倒不小啦，可是時常有小孩子脾氣。（少停）先生貴姓？

余：賤姓余。

母：余？

余：是的。

母：那和我母家同姓。

余：我還沒有請教過您呢。

母：我們姓白。

余：當我一進門，我幾乎疑心你是我的母親啦！

母：我要是有一個像你這麼大的兒子，那我將平添了多少得快樂？

余：失了母親的人，是比沒有母親的人要更加難受呢！（看到詞集，隨手翻閱）

母：這是我女兒在讀的。

余：啊！白小姐，在這樣美麗的地方，唱出這樣淒豔的的詞句來；假若外面有流浪者經過，也許是剛剛離開母親，別了愛人，那將被你引起了多少的思緒，激動了多少感情？在他停下細聽時，你又耽誤了他多少的旅程？

女：我真是第一次聽到這樣詩造成的話。余先生，我相信這樣的話，也會耽誤了外面過客的旅程呢！

余：今天的迷路對我是值得的。在這樣美麗的田野，闖到這樣恬靜的家庭，見到同我家相仿的

布置，啊！老太太，見了你好像是在仙界夢見了我母親似的。恕我胡說吧，我真想叫你一聲媽，伏在你膝上痛哭一場呢！（唏噓）

母：（也難受起來）余先生，你的行動，說起來也怪，會這樣像她的父親。她父親在年輕的時候，時常想起什麼就會哭起來。據說讀書人，尤其是會作詩的人都是這樣的。余先生大概也是讀書的，會做詩的吧？

女：余先生說出來的話都是帶詩意的。

母：余先生，逢微這個孩子，也愛作詩。她父親在的時候，就教她作詩，後來到了學校裡唸了點外國書，又做起新詩來啦！有時候她拿來讀給我聽，我雖然不太懂，不過聲音倒是怪好聽的。余先生是個讀書人，沒有什麼關係，要是願意的話，這兒可以多住幾天；明天我把這間屋子收拾一下，你反正沒有家，這兒也很冷靜，唸唸書，作作詩是很好的。

余：一個跑倦了的人，在仙國一般的地方，會到同我母親一樣的老太太，蒙她誠懇以待，這在我心裡當如何的感激？不過，老太太，我是個賣文章的人，安居在這兒，我還寫什麼文章？我是要常在宇宙之中去探真理的，哪能夠停居在鄉村一隅呢？何況……何況……

女：何況什麼？

余：何況你們這裡沒有別人。

母：總要稍住幾天，我是不會同你客氣的。說了半天話，余先生，你吃過飯了沒有？

余：吃過啦！我是帶了麵包來走的。

母：逢微，你去拿點餑餑出來吧，現在也該餓啦！

（女至櫃取出，置桌上）

母：隨便吃一些吧。這種鄉下東西，你們在外面難得吃的。

余：（吃）記得母親在的時候，她時常給我做這些東西吃，晚上總是給我預備著的。自從與母親生離而成死別，想不到今天，會在這兒碰見您，賜我這種母愛的滋味！

母：時候已經不早，余先生跑了一天，也該早點息息啦！逢微，你先去把我屋子裡的蠟燭點上，我就來。

（女下）

余：我真感謝你，老太太，你也真該去息啦！

母：安心的睡覺吧，余先生！（下場）

余：（吸煙，在屋內來回的走著；時風從窗隙處傳進來，余開窗望外。忽然雷電交作）真的像同母親久別重逢似的，窗外的雨會一些也沒聽見！啊！母親！要是真的在家哩，你一定又要來為我添蓋被舖，至少也要問我「冷不冷」、「窗戶關了沒有」一類的話了。（吸煙，煙已滅。乃就燭燃煙，不慎，燭滅了）一個多麼清靜的夜！（憑窗遠眺）

（門輕輕地開了，女上，手持燭，拿著毯子）

余：（急轉身，驚愕）白小姐！

女：余先生，外面在下雨了，我怕你會涼，所以拿一條毯子來。

余：（接毯子）對於一個陌生的借宿的生人，賜以這樣可愛的盛意，我真是將如何的來感謝你！

女：余先生，人類原是互助的；十足地享受母愛的我，對於無母的旅人我將起多少的同情？

余：假如人類真是互助的，那我怎會來到這個地方？人類的團結固然是在愛，然而人類的分離也是從愛而起的。

女：不過人因為離不開團結，所以要愛，於是就時常是顧不到分離啦！

余：但是既然知道從愛裡一定要產出衝突與分離的事情，為什麼一定要來團結呢？

女：這是人類的本性。比方你，是和母親衝突而棄家的，為什麼你卻又要想她呢？

余：……

女：事實上，人類未進化到相當境地的時候，這種家庭的要求是必須的。

余：但是。我已經失去家庭了！

女：一個各處流浪，離開了人類，斷絕了社會，像你這樣的人，不但不是你母親親的冀望，而且也辜負了你天賦的一切呢！

余：（掉頭捧首）唉！更淒切的事情出現了！（毅然）姑娘，坦白寫說吧：一隻人人棄絕的狗，假如你厚待了牠，它的感謝是超過其他的狗的。一個貧窮的流浪的人，他是很少獲得別人的愛護的；姑娘，你居然肯熱誠的待他，那他是會離不開你的！

女：一位有天才的詩人，具有真情的男子，在他孤獨的流浪生活中，埋沒了他的一切；余先生，只要是關心文化的人都不免不忍的。何況……何況……

（外面有腳步聲，嘈雜聲）

鄉農：（門外）是在拐彎地方，一晃就不見啦！我想一定是進了你們屋裡啦！

夢蘭：（門外）所以我叫他們一塊兒來看看，回頭沒偷著我們，倒偷了你們啦！

女：晚上，我在一個借宿人的屋裡，在他們眼裡是很不方便的。（欲出，走向門）

夢蘭：（門外）沒準就在這間屋子裡。（說著隨進。女於聞聲時即藏櫃後。夢蘭見余即呼，略帶怕狀）啊！賊在那兒！賊！賊！

母：夢蘭，這不是賊，這是剛才借宿在這兒的客人。

夢蘭：對不起，對不起！

余：（因女在，心煩不安）

母：余先生，別害怕，他們因為趕一個賊，恐怕躲在這兒，所以來找找。

夢蘭：伯母，我想我們還是找找吧，別是已經藏了進來，等會嚇了這位先生！

（開始到處尋找）

余：（更加不安）白太太，我想是不用找了，因為我始終是還沒有睡呢！

母：喔！那麼，夢蘭……

夢蘭：（已經找到櫃後，見女）啊！逢薇！你怎麼在這兒？（驚）

母：（亦驚）啊！逢薇！你怎麼在這兒？
女：因為天下雨啦，我拿一條毯子給他。
母：一個生人；究竟又不是我的兒子；又是晚上，你怎麼可以一個人進來呢？
夢蘭：（從靜的悲哀中發出聲來）這些事回頭再說吧，伯母！（走至門，向門外）老王，老李，沒什麼事啦，你們先去吧，我一會兒就回來。
鄉農：（門外）是啦！
余：白太太，請你不要起別的疑心……
母：奇怪！
余：一個像你這樣的母親，一個像她那樣的女兒，對於一個流浪來的沒有母親的借宿的人，引起了無限的同情，這是可能的，在秋雨送寒的夜裡，想到了母愛的偉大，孤兒的可憐，何況又是一個借宿的旅人，於是就送一條毯子來。這種因為了普遍的人類愛的衝動而忘了禮教的束縛，白太太，你說這有什麼不對？況且在她進來的時候，我還沒有睡，我們所說的幾句話，也都是很大聲的。（少停）越是相愛的人，越是不能解除這種誤會；這種誤會到後來是會演成慘劇的；就好像我同母親似的，結果是她想我而死，我也想她而死！
夢蘭：（信而就女，女泣）別難受了，逢微，我相信你。余先生，我慚愧我自己心裡對你們的猜疑了！
余：這位先生，白小姐，她是很愛你的吧？那麼，在這個意外的鄉村，優雅的環境哩，能和白太太同住在那兒，那是一個多麼甜美的家庭！（少停）唉，今夜的迷路真是太不值得，我原來是一個例外的人，多餘的人，在你們平靜的生活中，給了一個打擊！這在我是如何的難過啊！

母：（亦信余）余先生……

余：（望窗外）雨好像已經停啦，月亮也出來啦，我也可以走啦！（拿詞本）這本詞，白小姐，你送給我吧！至於要留一隻到處合不來的狗，那是會累你的！白太太，先生，再見吧！你們要忘去今天這回事，相信我的話，相信白小姐的人格！人的成立，人類的團結，原來是建設在相信裡的。……無論我在何處，我總是為你們祝福的！（迅速而出）

女：余先生！（追出）余先生！余先生！

夢蘭，母：余先生，（追出）余先生！

——幕——

一九三一，二，一，晨六時。

跳著的東西

時：無論什麼時代的春。

地：也許是比平常都市要清靜的都市，或者是離都市很近的鄉村。

景：客廳。

（幕啟時，青年等著，看壁上的畫。突然無意識的唱，腳敲著拍）

青年：（唱）上帝對我究竟沒有騙，夢中的香吻到底格外甜！

妹：（出）我家裡全出去啦！

青年：你姊姊呢？

妹：她也出去啦！

青年：她昨天同我約好的，你再去問她在家不在家？

（妹下）

青年：（對著衣鏡看自己的風度，嫣然自得）又唱：我不知道你是誰，我只知道你的美，我只知道你眼如秋水。我只知道你有微顰的眉，我不知道為什麼一眼就洞悉你的心內，我只知道你的心內有無窮靈慧。我不知道你的姓，我只知道你有個白翅膀的心，我只知道夢見你的心飛近我的身，飛近我的嘴，吻我的唇，飛近我的耳，奏弄你的心琴。

妹：（出）姊姊說今天不見客。

青年：到底是不在家呢，還是不見客？

妹：也許是不在家。

青年：不在家，不在家為什麼有聲音呢？（指門）

妹：什麼聲音？

青年：心跳的聲音。

妹：心跳的聲音？（笑）

青年：真的，心跳的聲音。

妹：是你自己的心在跳吧？

青年：我明明只有一個心，怎麼會有兩個心跳的聲音？

青年：是的。

妹：一個是我的吧。

青年：你同我是不一樣的；門裡的聲音才是一樣的。

妹：先生，她不在家，你還是回去吧！

青年：不在家，怎麼會有心跳的聲音？

妹：就算有心跳的聲音，隔著門也聽不出來。你也好像是知識階級，怎麼連這點物理學都不懂？
青年：啊，你真聰明！念過物理學？
妹：自然念過。
妹：物理學以外還有心理學？
青年：不過，我是學心理學的。
青年：是啊！
妹：心理學裡頭說過，心跳隔了一道門還聽得見嗎？
青年：說起來話長，你坐著聽我談吧！
妹：我倒沒聽見過心理學。
青年：心理學的範圍很廣，剛才是關於戀愛心理學的。
妹：戀愛心理學？
青年：戀愛心理學是講戀愛時候的心理的。一對戀人，兩個心是完全知道的；比方你姊姊昨天晚上心裡想著我，我夢裡就看見她的心來叫我啦。
妹：這我倒想試試看。
青年：這是自然的，試是不能試的。你幾歲啦？
妹：十三。
青年：你將來會知道的。現在你可以去問問你姊姊，剛才是不是心跳啦？是不是跳了十二萬二千一百八十一次半？
妹：（笑）……

青年：去啊！

（妹下。青年看窗外，又唱：秋水般的眼睛應當注意，這樣的春光如何能白過去？湖水上面佈滿了春意，燕子在水面追逐她的舞侶；柳絮不放鬆溫和的空氣，靈慧的姑娘為何在深閨悶居？）

姊：（幕後）叫他回去好啦！

妹：（出）全是你，叫我問的問的，害她發脾氣啦！她叫你出去！

青年：沒有叫你出去嗎？

妹：叫我出去幹嘛？

青年：你姊姊愛你嗎？

妹：頂愛我啦！

青年：她因為愛我，所以叫我出去；頂愛你，怎麼不叫你出去呢？

妹：她不見你，還說愛你？

青年：這又是關於戀愛心理學的。她看見天氣這麼好……你看，鳥唱著，柳絮舞著；所以不派我去做事，叫我出去玩去。

妹：你是來辦事的？

青年：我是來辦她心裡的事的。

妹：啊！所以你是學過心理學的。

青年：（驚奇地）啊！楊柳在水面上跳 ballet 呢，快叫你姊姊出來看！

（妹下）

青年：（又唱）過了春天就沒有春天的嬌媚，沒有一樣東西不是長著翅膀在飛；全宇宙的美都沉醉在春景，姑娘，你為何拘束著你白翅膀的心？人生本沒有什麼一定，誰知道明天有沒有生命？當楊柳跳舞在流水上頭，姑娘，妳可曾想到那柳衰水凝的時候？

姊：（幕後）別去理他。（聲音顯然與前兩樣了）

妹：（出）先生，你究竟是幹嘛來的？為什麼姊姊不願見你呢？

青年：我是討債來的。

妹：她欠你錢？

青年：不，是欠我一樣東西。

妹：什麼東西？

青年：跳著的東西。

妹：什麼跳著的東西？是柳絮？是楊柳？

青年：你能夠猜到這兒已經夠聰明的了，怪不得你姊姊愛你，常常帶你出去玩！但是還沒有猜著。……和我一同去玩去怎麼樣？玩回來你就猜著了。

妹：這我要問我姊姊去。

青年：那就快問去！

姊：（幕後）唔……去吧！（心動地）

妹：（出）去吧！（走）我一定要猜著那跳著的東西。

青年：（飛吻）當我身伴著春光跳舞的時候，我的心是長守在你這個樓頭。小妹妹，走吧！跳著的東西，一定猜的著的。

（二人同下；舞台空少頃。姊上，唱）

姊：春天的景是動的情，柳絮狂飛，水流不停；燕子齊飛兮鳥齊鳴，我如何放得定這顆心！誰個留得住光陰？多麼靜也不能使光陰靜！我如何按得住這聰明的心，不讓它跳動在美麗的春情！

妹妹，我也去！我同你一塊去！（下）

（幕外有鳥叫的聲音）

妹：（幕外）這小麻雀不是跳著的東西嗎？她難道欠你這個小麻雀？這不是跳著的東西嗎？

——幕——

一九三一年為某歌舞劇社稿。

軍事利器

第一幕

地：我姑且說是火車上。
時：有那麼一個黃昏。
人：比方說三個搭客——作者與一個不知國籍的老婆婆，以及一個比利時的中年人。

老婆婆：……
我：你似乎很愛同異國青年談話的。
老婆婆：也不盡然。我覺得英國的青年太狡詐，法國的青年太流滑，德國的青年太機械，美國的青年太幼稚。可以毫不拘束誠懇地隨便談談的，我在荷蘭青年身上發現他們誠篤與豐富，我在丹麥青年身上發現他們的樸實，在挪威青年身上發現他們的自然，在猶太青年身上發現他們的沉毅，在捷克青年身上發現他們的靈敏，在你們中國青年身上發現你們的博大與淡漠。

我：這樣的評語我還是第一次聽到，我覺得太籠統，也太簡短。

老婆婆：但是我說的是事實，並不是評語。假如我有這許多兒子，近英國氣的讓他去學政治，近法國氣的讓他去學藝術，近德國氣的去學工程或從軍，近美國氣的讓他去做電影明星；有荷蘭風的去學商或者去做領事，有丹麥風的去學農，有挪威風的去做漁人或航海，有捷克風的去做實業家，有猶太風的去研究科學；至於中國式的孩子，只配做冥想的哲學家與詩人。

我：但是各國都有各色的人才。

老婆婆：這是勉強造成的，所以世界弄得很凌亂，時時要打仗。

我：打仗，你說德國氣的青年合適去從軍，是不是說他們最善於打仗？

老婆婆：不見得善於，合宜於打仗就是。

我：我不相信人是有合宜於打仗的。人類總還是愛好妻子與乖孩子。

老婆婆：為此，所以人類要同鄰居打仗。因為德、法人民都愛好妻子與乖孩子，所以他們是世仇。

我：但是以勝利而論，似乎是屬於合宜於打仗的，可是……

中年：我看這次德國一定要勝利。

老婆婆：不見得。

中年：德國的軍器現在已經遠超法國之上了。

老婆婆：但是法國富有，戰爭的最後勝負決定就在金錢上，金錢可以買軍器，上次大戰，德國的軍器也被賣到協約國的。

中年：可是這次不同了，軍器的發明與運用，非常祕密，有的軍器，辦到也難運用。

老婆婆：但是法國軍器也不弱，而且英國、美國都將是法國的同盟國。
中年：英國看誰勝利了就會是誰的同盟國。
老婆婆：美國……法國……金錢……人……
我：天已經黑了，你們打算到飯車去吃飯麼？
老婆婆：是的，我肚子也有點餓了。
中年：不過，你知道，德國……還有我想……
我：快進德國境了，我們大家實際地去看看最好。
老婆婆：德國有什麼可看，我在德國只想睡覺。
中年：我覺得德國的女子真是健康，活潑，美麗。
我：那麼我要先去吃飯，飯後就可以看到健康、活潑、美麗的優秀女子了。

第二幕

地：大概是德國的一個家庭。
時：假定是兒子們都不在的一個傍晚。
人：彷彿是一對五十歲左右的夫婦與作者。

我：……
老婦：那麼德國給你的印象是怎麼樣呢？

我：德國給我的印象，同一切給我的印象一樣，有好的方面與壞的方面。
老夫：那麼你倒批評批評看。
我：批評不敢當，我不過來了五天，又不會看德國的書報，我說的印象，只是自己直覺到的事物。
老婦：是呀！我到反覺得素白的印象可靠，批評就已經用你自己的尺來量別人的東西了。
我：但是印象還是別人的東西到我自己的尺上的。
老婦：不管怎麼樣，你說就是，我們橫豎愛聽。
老夫：中國人的德國印象，一定是值得我們一聽的。
我：我只能說我的印象很好。
老夫：很好？很好是好的方面，那麼是不是還有很壞的壞的方面？
我：我只想把好的方面對你說，壞的方面讓我帶到法國去說，似乎比較方便。（我把話用笑調和得非常不認真）
老婦：你說，你說，你儘管自自由由地說，反正我的兒子都不在，沒有人同你作對。
我：你兒子？
老夫：是的，你見了他們不要多同他們說話；同我們老年人，自自由由說說不要緊。
我：我覺得德國人的確比中國人年輕。
老婦：年輕麼？
我：不錯，年輕！世界上最年輕的民族好像是美國，他們生活得熱熱鬧鬧，撒謊，吵架，像是七、八歲的孩子；法國人就像十七、八歲的少年，爭論，講女人，學新奇的玩藝，盯梢；英國人則像四十歲的中年，幹幹練練在做事；中國人則已到七、八十歲的老境，馬馬虎虎地過日子，因為他們已經看穿了世事；而德國，德國正如二、三十歲的青年，認認真真在體驗人生。

老夫：你不要過分誇張了。

我：我不是誇張，我說德國認認真真在體驗人生，但是一點不懂人生。

老婦：你說得對，德國人現在一點不懂得人生，只知道國家。

老夫：國家，他們也不明瞭國家。大家拼命節約，吃樹皮麵包，番茄，不吃牛油豬肉，結果槍炮多了，國家強了。於是找仗打，打完了又窮，最後再要從麵包省起……

老婦：你又發什麼瘋？說輕一點好不好？

老夫：你以為我發瘋麼？我難道怕誰？歐戰的時候我在前線四年，什麼苦沒有吃過，什麼槍彈沒有見過，我難道怕誰？

老婦：你不要發牢騷好不好？

（窗外有風掃過）

老夫：啊？難道有人偷聽著麼？（他聲音裡也滲著恐懼）

老婦：莫非是……

我：不是，是風。

老婦：先生，你說，還是你告訴我們一點你們國家的情形吧。

老夫：你們在別人侵略下也是很苦吧！

我：自然中國人一點不懂得國家，在大家懂得國家的世界中，中國是吃虧。我倒以為德國是懂得國家的，但是不懂得民族；中國人最不懂得國家，但是最懂得民族。所以中國是一個弱的國家，但是一個強的民族。

老婦：德國現在正在推行民族的單位呢。

我：但是德國民族只是做了一個國家的婢僕。而中國不然，所以像中國這樣一個國家，其實還不如說是一個家族。

老夫：家族？

我：家族，不錯。中國是一個大家族。中國老年人，兒子來養；中國的孩子，父親來養，國家不給津貼，所以中國的兒子敬愛父母，中國的老年人痛惜兒子。中國人要是窮了，親戚朋友都幫他忙；一個人要是富了，不用說，先要幫親友的忙。

老夫：那麼中國人既然是一家一樣，為什麼還連年內戰呢？

我：內戰，是的。這就是親疏不同；南方北方等於兩個兄弟，兄弟不是也要吵架嗎？但是如果外姓人來欺侮來，使哥哥弟弟反而聯合起來了。所以我說中國人不懂國家。

老婦：你說的真對，德國，（她把聲音放低了）德國人不懂得民族，因為根本不懂家族。比方像我們這樣，有三個兒子，可是現在都不是我們的，個個都屬於國家。

老夫：什麼屬於國家？都屬於黨，黨你懂麼？一個屬於青年團，一個屬於少年團，一個屬於兒童團。他們一星期回來一趟，回來時，批評我們老夫婦這樣不合新法令，那樣不合新紀律……

老婦：我那天倒掉半杯咖啡，他們就說我糟蹋了一個槍彈。他有一次批評報紙的評論，大兒子就要到黨裡去告發。還有……

老夫：你說輕一點，好不好？

老婦：你為什麼不把窗門關住？

（老夫去關窗門）

老夫：（戰戰兢兢地過來，低聲地說）街上有一個人，不知道是不是什麼團員，好像在竊聽我們似的。

老婦：真的麼？（她戰戰兢兢地跑過去看，忽然笑著，過來說）是王聾子，你真是瞎了眼睛，王聾子都不認識了。

老夫：王聾子麼？

老婦：這王聾子，他是上次大戰時候槍聲震聾的。

老夫：打仗，啊！那真是，好好的人，一個一個倒下去，倒下去。

我：你倒是運氣。

老夫：的確運氣。有一次一個炮彈落在我地方不遠，我暈了過去，整個的人被土埋起來了。醒來摸摸自己在土裡，還以為自己死了成了鬼。真是！

我：但是現在你們不又準備打仗了？

老夫：都是瘋子，他們懂得什麼是打仗？我打過仗，打過四年仗！你看！（他把他的腿給我看）這是創疤！你看，要是再上兩尺怎麼樣？我不早就死了！

我：你以為世界還要打仗嗎？

老夫：要打，自然要打。我兒子們每天在想有一天顯顯身手，發瘋，年輕人都在發瘋，不相信老人話。

我：聽說德國的軍器現在進步得不得了。

老夫：軍器，第一次大戰我們的軍器難道壞過！

（這時候，鐘敲了十下）

老婦：睡吧，先生，你也應該早點去睡了。

我：好，明天見。

老夫：明天見，明天見。

第三幕

地：大概是同上家庭的後園。

時：自然是星期日。

人：彷彿是我同老夫婦的三個兒子。

大兒：你看我打三槍，槍槍都打中牆上的紅星。

（他打了三槍，中了三槍）

小兒：（鼓掌）好，大哥真是能手。

中兒：這誰不會。

（他也打三槍，中了三槍）

我：二位都是好手。

大兒：我們德國人個個都是好手。

我：自然，第一次大戰已經證明你們了。

中兒：第一次大戰？我們顯本事就在第二次。

大兒：第一次大戰我還沒有出世，要是我像現在這樣大，世界早不是這個樣子。

我：這幾年來德國真是進步得厲害。

中兒：自然，世界中已經沒有德國的敵手了。

我：你是說軍器方面麼？

大兒：軍器，我們的軍器已經超過英法二十一世紀的理想。兵工廠生產量超過英國三倍。對付坦克車我們有吸鐵子彈。你大概不懂這個發明，他可以黏在坦克車上鑽進裡面去爆炸。防空我們用掩護氣球。大炮，哈哈，第一次大戰我們一炮到巴黎，第二次我們一炮要打到倫敦。

我：這真了不得。

小兒：你們中國，不是很弱麼？只要我們三個人一去，包你變強。

中兒：中國同日本作對，沒有道理；別聽蘇聯吹牛，他們會什麼？

大兒：日本的厲害就是聯絡德國，模仿德國，中國也只要聯絡德國，模仿德國。我們德國是世界模範的民族。

我：你以為第二次大戰還遠麼？

大兒：大戰，大家服從我們，就不會有大戰，否則隨時都可以有大戰。你看我們，我們都武裝著，只等一個集合號，我們就到了前線。

我：你不怕大炮麼？

中兒：我們有更大的大炮。

我：飛機呢？

大兒：飛機，只有別人怕我們。

小兒：（揮著小劍）我只等一打仗做軍官。

我：……

大兒：你以為別國的軍器會比我們好麼？

我：但是我也不相信你們的軍器比別國好，因為軍器終是流動的，黃金可以購置的。但是我相信你們三個人就是最了不得的軍器。

大兒：我一個人至少要抵百門三十生丁大炮。

我：不止百門。

中兒：我要抵千門二十八生丁大炮。

我：不止，不止。

小兒：我至少也要抵一萬架飛機。

我：至少是十萬架。

小兒：真的麼？

我：自然，你們是德國最凶的軍事利器。

大兒：不錯，你的確是個了解德國的人。

中兒：你知道我們德國的兒童個個都像我們一樣的呢！

我：有這許多利器，德國還怕什麼！不過犧牲這許多利器去換一個世界的霸權與光榮的虛名，還是可惜的。

中兒：你這話是什麼意思？

我：因為我覺得你們都是德國美女的丈夫，德國將來聰明兒童的父親。（我帶著笑說）

小兒：……

中兒：……

大兒：……

我：（看錶）啊！是吃飯的時候了。

第四幕

人：假定是作者同一個比方說是蘇聯的軍事專家。

時：總是在上面的事件以後。

地：隨便指定地球上那一點。

我：……（講完了上面三個故事我問）到底在現代軍事上，所謂利器是在軍備M1（munitions）上，還是在富有M2（money）上，還是在兵士M3（men）上呢？這三樣在軍事上是怎麼一個關係？還有現在的軍器到底進步到怎麼樣的階段了？

軍事專家：（演說的姿勢）很早有人估計，以為第二次大戰一定要大量地用電光，毒氣，細菌之類了。轟炸機將由無線電駕駛，氣氛炮，將使飛機失效，死光或者會已成功。而且，一開戰，很短的時期就可以分出勝負的。但是這些都沒有到實用的階段，而第二次大戰已經迫於眉睫。在西班牙，雛形的大戰已經試驗過了。於是軍事專家們都覺得過去的估計不過是一種猜想；實際上第二次大戰的軍器比於上次大戰不過是量的擴充與強化，沒有了不得質的發明，而要在短時期分出勝負也不是容易的事情。

戰爭的三個M：人，金錢，軍火，假如軍火是無國際的，鑒於上次大戰時，軍火商超國際的貿易。那麼金錢該是最大的條件。

而且，速戰速決可以依賴軍火，長期戰爭則有賴於金錢與人。假如軍事專家估計第二次大戰是長期的話不錯，那麼，德國以軍火自傲有點靠不住，比較靠得住的還是人。自信力，勇敢，單純，迷信是人的軍器的成功。但是人總是生物，穿著制服拿著刀槍平常時候是威風得很，可是在飢寒交迫之時，忠誠迷信單純的宗教信徒，也會扯破神像來罵上天不靈的。

有許多人相信三M中之人，在中國似乎不成問題的，可是現在事實上問題還在人。第一，中國人雖多，下級軍官太少，能幹的上級軍官也不多；第二，政治人員也不夠，組織力不夠強；第三，醫生不夠，已有的，因為所學都是不同的系別，所用的藥不同，或即使用了同一樣藥，也因用不同的名字，以致很難有全盤統一的機構與預算。所以一說到人，在戰爭時也聯帶著許多問題。比較兩國力量，是不容易的事情。兒童們雖可以狂妄自信，可是當局者還是虛張聲勢，自覺摸不出對方的斤兩，如果自信操必勝之權，那何必扭扭捏捏，一口把世界吞下，豈不一乾二淨。如果這種兒童充了當局，自然不免輕舉妄動，輕敵驕己，結果弄得失敗，害子孫吃紙屑窩窩頭。

總之，估計對方的強弱，以為可以欺侮是一件不容易的事情。估計一錯，就會陷於泥濘之中而不能自拔的；拿破侖的失敗，也只差在這個毫釐之較呢……

我：謝謝你。可是你說的我都知道。我想你一定是倦了，我們去睡覺吧，辰光似乎已經不早了。

——幕下——

一九三九，二，二三。

租押頂賣

時：一九四〇年冬。
地：中國上海。
人：張太太，張路影小姐，莫愁水先生，莫愁水太太，林湖平先生，王媽。
景：三上三下房子的一間客廳，後面絨簾啟處，隱約可以看見飯廳，內有門通樓梯。布置精美，沙發比列，無線電在左，電話在右，旁有門通外。

（幕開時，張路影小姐在桌上寫召頂條子，她已經寫好幾張，散在桌上。張太太自外進）

張太太：路影，路影，你寫好了沒有？
路影：我寫好五張。
張太太：才寫好五張？好，那麼你先唸給我聽聽。
路影：（唸）茲有三上三下三層大洋房一所，一切摩登設備俱全，柚木家具兩堂，沙發十八隻，零星家具二十一件，粉刷全新，地址安全，交通便利，光線充足。出大門左首八步有老虎竈，右首十步有大餅攤，對馬路有理髮鋪、有菜館、有報攤、有小百貨公司、有洗衣鋪、有糖果鋪；巡捕房就在後面，救火會也不很遠，附近還有大醫院，中西藥鋪兩面站。殯儀館隔兩條街，棺材鋪轉三個彎，前後鄰居都高尚，中學小學在兩旁，還有小菜場只隔九條弄堂。兩路公共汽車到大馬路，十三路無軌電車到外灘，要問來往便當不便當，附近都是汽車行。現因主人急欲離滬，廉價出頂，頂費兩萬二，請打電話三三三三三接洽，是所至禱。

張太太：寫得倒是很清楚，不過你為什麼不把我們的洗澡間寫上一點。還有我們的電話號子，就憑這個這樣容易記的號子，也值三千五千的挖費。

路影：媽，假如這房子頂出去了，可要讓我買一件皮大衣。

張太太：皮大衣，對了，你應當有一件皮大衣。但是現在也不必買了，我正在替你挑丈夫，挑中了，先叫他送一件來。

路影：媽，你說什麼？

張太太：我說我正在為你挑丈夫。

路影：這個可是我自己的事情，我不要。

張太太：自然是你自己的事情。但是你自己沒有經驗，從哪裡去挑呢？

路影：我不要。

張太太：不要？這是笑話了。媽也是大姑娘出身，有什麼不曉得，哪有十九歲的大姑娘，還會不要丈夫呢？這裡沒有別人，你儘管對媽說，你要什麼樣的人，媽同你去挑。

路影：我現在還早，我要的時候，我自己會挑。

張太太：還早？怎麼還早？難道等老了才嫁人麼？老實告訴你，女人不是紅木家具，是沙發，彈簣一壞就沒有人要了！嫁人要在年輕的時候，賣花要在將開的時候。要是花鋪裡的老闆，把好花都藏起來，等它謝了的時候才肯賣掉，那這個鋪子一定早就關門了。

路影：我說還早，是我還沒有挑著。

張太太：所以你告訴我，要什麼樣的人，我替你去挑。

路影：我的意思剛剛相反，我想最好媽告訴我什麼樣的人做丈夫好，由我自己去挑。

張太太：做丈夫的男子，啊，第一自然要有錢。你要皮大衣，他有錢，立刻就可以買來；你要金剛鑽，他有錢，立刻就可以買來……你老早說自己挑，自己挑，但是一直也沒有挑到，過年是二十歲了！二十歲的女孩子，出門沒有個男子掛在胳膊上，多寒傖！

路影：是呀，所以我先要一件皮大衣。

張太太：皮大衣，這同皮大衣有什麼關係？

路影：你想，什麼事情可以不放本錢？你要我找有錢的丈夫，自然我先要有派頭。到外面交際起來，有皮大衣同沒有皮大衣，身價就差很多了。哪一個有錢的男人肯同一個衣服不好的女人一同去玩呢？

張太太：那麼說，你找不到好男人，倒是為娘不好。好，我買給你。省得將來你嫁了壞人，說是我害了你。那麼你要做什麼皮呢？

路影：灰背，自然還是灰背，或者玄狐也好。

張太太：現在這個可是買不起！你也不打聽打聽現在價錢漲了多少？

路影：也不過五、六千塊錢，要是媽不賭輸，兩三件都做到了。

張太太：是呀，要是不賭輸，我房子還不出頂呢！說來說去還是你不好。

路影：我不好？又不是我叫你去賭的。

張太太：雖然不是你叫我去賭的，但是這房客總是你接頭的。

路影：雖然是我接頭的，但是我問過你的。

張太太：你問我的時候，我不是說租給開賭場的總不好嗎？但是你偏說沒有關係。

路影：我說沒有關係，你說不出什麼別的毛病。況且後來的決定還是你呀。你叫他們出三倍房租，他們答應了，你高興得不得了，就租給了他們。

張太太：但是合同是你簽的。

路影：合同雖然是我簽的，但是是你自己叫我簽的。而且合同裡都是租房子的話，並沒有叫你一定要去賭。

張太太：可是哪有三層樓是賭場，住在二層樓的人可以不去賭的事情。而且第一次賭還是為你的皮大衣。

路影：為我的皮大衣？

張太太：是呀，你說你要做皮大衣，我想來想去還是去賭賭試試，也許賭贏了可以買一件皮大衣給你。

路影：你自己要賭錢，何必推給我呢？

張太太：自然我不好，但是我當初的確這樣想，誰知道一賭就賭上了。

路影：就算你是為我的皮大衣，那麼起初贏了一千多塊錢，為什麼還去賭呢？

張太太：那時候，你不是每天拉我到靜安寺路去看那面櫥窗裡的一件玄狐大衣麼？那件大衣要三千多元。所以我想贏滿了這個數目。哪裡曉得以後就一直是輸呢，把你父親遺下來的一點錢都輸光了！

路影：但是我還是沒有皮大衣呀！

張太大：幸好我們屋子值錢，頂費就有兩萬多，比你父親一輩子賺的錢還多。啊，你寫的頂費是兩萬幾？

路影：兩萬二。

張太太：太少，太少——你快改兩萬四。幸虧沒有貼出去，否則就難加了。

路影：但是你已經加了兩千了，昨天你登的報上廣告不還是兩萬麼？

張太太：是呀。昨天晚上我聽說米價漲了，金子也漲了。那麼什麼東西都貴了，所以我加上兩千。可是剛才我出去買白糖，白糖又漲了，我一打聽金價，聽說也漲了許多，所以我趕快到大馬路去看家具，家具比以前漲了好幾倍，我們這樣的沙發，現在要三百塊一把了。那麼我們為什麼不再漲一點，漲兩千總不算多吧。

路影：那麼索性湊足二萬五。那加上的三千塊錢，就讓我買一件皮大衣。

張太太：就這樣，就這樣，你快寫好了，叫王媽去貼去。要寫十張，你知道麼？

路影：今天一定可以寫好，晚上就可以貼出去了。

（王媽上）

王媽：太太，外面有人來看屋子。

張太太：看屋子？怎麼，我招頂條子還沒有寫好，就有人來看屋子？

路影：媽，你怎麼忘了昨天你登過報，這一定是看了報紙來的。
張太太：那麼快叫他進來！（王媽欲出，但她又叫住她）啊，你看這個人有錢沒有錢？
王媽：我想沒有什麼錢，連汽車夫都沒有。
張太太：坐汽車來的嗎？
王媽：是呀，但是自己開車子。
張太太：好，好，快叫他進來。
路影：是男人，女人？
王媽：一個男人。
路影：只一個人？漂亮麼？
王媽：男人自然是漂亮的啦。

（路影對鏡子弄弄頭髮，弄弄衣服）

張太太：快去叫他進來吧。

（王媽下）

路影：媽，你快把我後面頭髮弄弄好。唉，可惜沒有皮大衣！真可惜沒有皮大衣！

（一個漂亮的男子進來，那就是莫愁水先生）

莫愁水：你們這房子出頂麼？

張太太：是的，先生。

路影：先生，請坐。

張太太：先生，你是看報紙的廣告來的嗎？

莫愁水：是的，太太。

路影：先生，貴姓？

莫愁水：我姓莫。

張太太：啊，莫先生。報紙廣告上頂費是兩萬塊，但是現在我們要頂兩萬五。

莫愁水：怎麼，兩萬五？

張太太：因為，你看，什麼東西都漲價了，家具，我去看過，還有還有……

莫愁水：漲價也沒有這麼快呀，他從袋裡拿出報紙，這是昨天的廣告，到今天不過一天，也沒有漲那麼些呀？

路影：不，莫先生，廣告是叫別人去登的，所以有點錯。

莫愁水：那麼頂費是兩萬五？

張太大：是的。不瞞你說，我們的家具都是柚木的。你看，都是這樣新。還有，我們的電話號子是三三三三三三，就憑這個電話也要頂三千、五千。

莫愁水：這不是什麼好號子，要是五五五五五五，那才是好號子。

路影：這是怎麼回事？

莫愁水：因為我的命運是逢五必吉。五歲那年，我父親做了兩個銀行的經理，十四歲那年他投機失敗，十五歲那年，他又發了大財，二十四歲那年我失戀，二十五歲那年，凡是女人都喜歡我。那麼有些什麼東西出頂呢。

路影：這裡有賬，你聽，（她從桌上拿一張大紙唸）柚木家具兩堂，沙發十八隻，大菜檯一張，高背椅八隻，小鐵床三張，碗櫃一隻……

張太太：這些你回頭都可以看，此外，我們房子間間都有紗窗，廚房裡有磁竈，還有絲絨帳幃，西洋窗簾……一切都給你。

莫愁水：（拿路影小姐手上的賬單來看）不錯，不錯，東西不少，我要頂就照這個點就是了。（四面看看）啊，房子不壞，開間也不算小，只是太低一點。

路影：不低，房子不算低，因為你先生長得高，所以看起來就低了。

張太太：房子低一點，冬天比較暖和。

莫愁水：那麼交通呢？

路影：交通可方便，（她拿桌上招租紅紙條唸）「兩路公共汽車直到大馬路，十三路無軌電車直到外灘，要問來往便當不便當，附近都是汽車行……」

莫愁水：好極啦！好極啦！那麼藥鋪近不近？

路影：（又唸）「……附近還有大醫院，中西藥鋪兩面站。殯儀館隔兩條街，棺材鋪轉三個彎……」

張太太：別唸，別唸……

莫愁水：好極啦，好極啦。不瞞您說，我太太頂會生病，一年到頭吃藥，所以藥鋪一定要近一點……

路影：怎麼你有太太？

莫愁水：是的，她就在附近買東西，回頭就來。

路影：啊，原來你有太太！

莫愁水：是個生病鬼，所以藥鋪醫院最要緊。啊，還有，還有那娛樂的地方遠不遠呢？

張太太：有兩路公共汽車，十三路無軌電車，還有去哪裡不方便呢？

莫愁水：可是我的娛樂有點不同。

張太太：是什麼？

莫愁水：我要賭錢。

張太太：你問賭場，是不是？

莫愁水：對呀，附近有沒有？

張太太：（笑）近極了，這裡三層樓就是，你頂到這房子，還可以租給他們，他們房租很大，你可以白住……

莫愁水：怎麼？你說三層樓有賭場？

張太太：是的。

莫愁水：那好極了，我先要去試試。你陪我去，怎麼樣？

張太太：自然自然。

莫愁水：啊，張小姐，回頭我太太來，請您招呼她一下，費您心。

張太太：您放心，您放心。

（張太太陪莫愁水先生從飯廳下）

路影：他有太太，他已經有太太了！

（路影坐下寫招租條，王媽上）

王媽：有一位太太來找她的丈夫，說她的丈夫在這裡看房子。

路影：請她進來。

（王媽下。路影又對著鏡子裡理理頭髮，拉拉衣服，王媽與莫愁水太太上。莫太太穿著皮大衣，服裝入時）

路影：莫太太。

莫太太：啊，我的丈夫呢？

路影：在樓上，同我媽在一起，回頭就下來，您請坐。

莫太大：是不是你們的房子出頂？

路影：是的。

莫太太：（四面看看）屋子倒是不壞，不過不瞞您說，我們想搬家的原因，還是為我們有一個小孩。
路影：有一個小孩？
莫太太：有一個小孩。有了這個小孩，做母親的第一要鄰居高尚；我們住的地方，四面都是打麻將聲音，我想對小孩子一定不好，所以要搬出來。
路影：那真是難得的母親。
莫太太：做母親都是一樣，您小姐大概還沒有出嫁，不知道做母親的心。其實天下母親總是一條心，當初孟夫子的母親三番五次地頂房子搬家，為的是什麼？還不是為孟夫子將來做聖人，我們雖不想兒子做聖人，也終要是個好孩子。所以最好離學校近一點。
路影：那麼，太太，您頂這個房子再好沒有了，這裡是（她唸招租條子）「前後鄰居都高尚，中學小學在兩旁，還有小菜場只隔九條弄堂」。
莫太太：小菜場只隔九條弄堂，那好極了。小菜場一遠，買來小菜一定不會太新鮮。但是最要緊還是老虎竈，沒有老虎竈，自己燒水，早上總是來不及，而且還費煤。
路影：這裡是「出門左首八步就是老虎竈」。
莫太太：那真是理想的地方。啊，怎麼我丈夫還不下來？
路影：他就會下來。啊，莫太太，您這件皮大衣實在漂亮，一定很貴的。
莫太太：我以前做的時候，大概九百塊錢，現在恐怕要四千多塊錢了。近來東西實在貴得厲害！
路影：可不是，不過做了女人，皮大衣這件東西實在省不來，又暖和，又風頭。女人身上許多東西總是漂亮了不實用，實用了不漂亮，比方說胭脂香水吧，漂亮是漂亮極了，但是不實用……

莫太太：這為什麼不實用？男人就喜歡這些東西呀！

（莫愁水偕張太太上）

莫愁水：啊，你已經來啦。

莫太太：怎麼，你在哪兒啊？這許多工夫……

莫愁水：全是您不好，這麼晚來，害我輸了錢。

莫太太：輸了錢，輸了多少？

莫愁水：全輸光了。

莫太太：怎麼，三千塊錢全輸光了？

莫愁水：可不是，預備頂房子的錢全輸光了。這怎麼辦？回頭我父親知道了怎麼辦？啊，張太太你一定要借我錢，讓我去翻本。

張太太：借你錢？我同你陌陌生生怎麼借錢？

莫愁水：但是你不借不行。

張太太：不借不行？

莫愁水：不借，我要報告巡捕房，說你們串通了騙我錢。

張太太：但是我沒有錢啊。

莫愁水：沒有錢，那麼把你贏的一千塊錢借給我。

路影：媽，你贏了一千塊錢？那麼我可以買皮大衣了？
張太太：借給你，借給你，那麼拿什麼東西押呢？
莫愁水：押？
路影：媽，就叫他用這件皮大衣押吧。
莫太太：怎麼？
莫愁水：Darling，就押給她，我們去翻本去，回頭就可以贖回來的。（他拿皮大衣給張太太）
張太太：可是只押一天，你今天不贖，明天就是我們的了。（她把錢給莫愁水）

（莫愁水拉著太太從內下。路影搶過大衣穿上）

路影：媽，合適極了，你看我漂亮不漂亮？
張太太：啊！漂亮極了，那才真是我的女兒，現在總可以去好好兒找個丈夫了。
路影：明天我就穿出去，讓別人看看，（她走了幾步）真是，這件衣服真是同我自己的一樣。

（王媽上）

王媽：太太，有人來看房子。
張太太：請他進來。
路影：是男人，女人？

王媽：自然是男人。
張太太：有汽車麼？
王媽：很大的一部。

（王媽下。路影要脫大衣，又不想脫，焦急似的亂走）

張太太：你急什麼，好好兒坐著，大衣放在旁邊好了。

（張太太拉女兒到沙發上。林湖平上）

林湖平：啊，張太太、張小姐是麼？
張太太：不敢，不敢，先生貴姓？
林湖平：我姓林。你們的房子出頂是不是？
路影：請坐，請坐。
林湖平：頂兩萬塊錢是不是？
張太太：不，這是廣告上的價錢，現在我們要頂兩萬五？
林湖平：兩萬五，兩萬五！那麼你們有些什麼東西呢？
路影：這是賬單，您先生自己看吧？（她把賬單給林）
林湖平：（林接賬單唸）柚木家具兩堂，沙發十八隻，大菜檯一張，高背椅八張，小鐵床三張，碗櫥一隻，紅木麻雀桌一張，麻雀椅四把，寫字檯一張，寫字椅一把……唔……唔，唔，絲絨帳幃、西洋窗簾、紗窗、磁竈……不錯，東西倒是不少，不過兩萬五總好像貴一點。

張太太：還有些東西沒有寫在賬裡，比方說電話的，這裡電話是三三三三三，就憑這個號碼，不要值三千五千的挖費？還有浴缸，我們有兩隻，一隻是自己裝的。

林湖平：啊，說起浴缸，這浴缸到底有多大？

張太太：浴缸總是浴缸的樣子啦。

林湖平：是雙人浴缸還人單人浴缸？

張太太：雙人浴缸？

林湖平：雙人浴缸可以同時兩個人洗澡的。

張太太：要是這樣說，我們的浴缸可是三人浴缸呢。

林湖平：三人浴缸？

張太太：不騙你，要是我女兒這樣，可不是有三個人可以洗。

林湖平：那好極了。不瞞你說，我雖然只有一個人，但是要結婚，所以要雙人浴缸。

張太太：但是洗澡平常總是分開洗的。

林湖平：那還娶什麼太太？要是分開洗澡的話，難道說娶了太太，也只用一張單人床！老爺白天睡，太太晚上睡麼？

路影：你要娶太太？

林湖平：哪一個男人可以不娶太太？啊，張太太。你們房子的頂費是兩萬五，兩萬五是一個很大的數目，要不是非常時期，不是可以買一所很好的房子了？到底你們還帶著一點什麼東西？

張太太：帶點什麼東西！？

林湖平：譬如說，連你的小姐頂在一起。

張太太：你這是什麼話？

路影：看你倒是有知識的人，怎麼這樣沒有人格，簡直是侮辱女性！

林湖平：對不起，小姐。張太太，不過我的情形實在有一點不同。我的家裡很有錢，大哥娶了太太，自己租房子去住；二哥娶了太太，自己租房子去住；我的大弟弟娶了太太，自己租房子去住；我的小弟弟也娶了太太，也自己租房子去住。他們每月花父親很多的錢。只有我住在父親一起，花錢少，又不自由，我很想自己出來住，但是父親說，一定要有了太太方才可以分出去住。但是娶太太實在有點麻煩，娶了太太找不到房子，我對不起太太；找到房子，要是沒有太太，又不行。所以我想來想去，最好找一所房子，寧使頂費大一點，裡面要有一位漂亮的小姐也一同出頂才好。

張太太：話是不錯，不過好人家的小姐哪裡肯……

林湖平：張太太，不瞞您說，我倒以為有知識有思想的女子一定願意這樣。老實說，我不願意結婚的緣故，實在還因為一定要同我結婚才嫁我的女人，總是沒有思想的。她們都是為我家裡的錢。您想，結婚本來是快活的事情，但是她們要我們先陪許許多多親戚朋友快活，不讓你自己快活……

路影：那麼你要頂房子一定要頂一個太太了。

林湖平：所以說，假如……

路影：同太太住在這裡？

林湖平：自然。

張太太：假如有丈母娘呢？

林湖平：自然也住在一起了，丈母娘本來是世界上最可愛的人物。要是您小姐願意的話……

路影：媽，怎麼樣？

張太太：你覺得怎麼樣？（對林）好是極好，不過……

林湖平：不過什麼？張太太，你不要太相信世界上的什麼，他們都是騙人的。什麼喜事一定要怎麼辦，喪事一定要怎麼辦，這些都是人造的。你想以前沒有頂房子的事情，現在在頂，大家在頂。房子都可以出頂，為什麼小姐不可以出頂？這就是一個風氣，誰漂亮，誰聰明，誰就先幹，要是你小姐今天出頂，明天報紙上都要登起來，什麼「亭子間一間，鐵床一架，連摩登小姐一個，廉價出頂」，或者說「洋房一幢，連太太一個，只頂一萬塊錢」。

張太太：好，我就頂給你，但是你要先付定錢。

林湖平：那自然了。

路影：不過，話雖那麼說，但是近代的婚姻，都要經過戀愛的階段呀。

林湖平：戀愛的階段，對的。這個容易辦。現在就讓我們出去好了。（他拿皮大衣替路影穿）

路影：怎麼？

林湖平：你難道不知道戀愛是什麼嗎？戀愛就是拿大衣給你穿，帶你出去，兩個人喝喝茶，吃吃飯，跳跳舞，公園裡遛遛，看看電影，你把我當作男主角，我把你當作女主角，你叫我Darling，我叫你Sweetheart，此外難道還有別的花樣麼？

路影：（想了一想）也許沒有別的花樣了。

林湖平：那麼為什麼不走呢？

（林為路影穿大衣的時候，莫愁水與莫太太上）

莫愁水：啊，贏回來了，贏回來了。張太太，現在我們可以談頂房子的事情了。

莫太太：怎麼，你穿我大衣要出去麼？愁水，快先給她們一千塊錢，贖回大衣。

（莫愁水付張太太一千塊錢，莫太太剝路影身上大衣）

張太太：（受錢）但是房子已經頂給這位先生了。

林湖平：怎麼，這大衣不是你女兒的？

張太太：不錯，是那位太太的。

林湖平：呵，這大衣至少要值五千塊，那麼我的頂費可只有兩萬元了。

路影：怎麼？

林湖平：兩萬五千頂費，減去五千，不是兩萬塊麼？

張太太：什麼？那我可要收回，頂給這位先生了。

路影：媽，可是他不是已經有太太了麼？

莫太太：什麼，有了太太就不頂麼？

路影：莫太太，租房子，有小孩子不租是普通的事情，自然頂房子也可以有太太不頂了。
莫太太：不頂拉倒，愁水，我們走。
莫愁水：走，走！運氣不壞，還贏點錢，咱們去玩它一個通宵吧。
莫太太：好，好。

（莫氏夫婦下）

林湖平：那麼，張太太，你兩萬元頂不頂？
張太太：頂，既然是自己人，還爭這點兒錢麼？但是請你先付點定錢。
林湖平：好，我先付你一張三千塊錢，（他開支票）其餘的錢明天交給你，還是交給你女兒？
張太太：自然交給我。
路影：交給你？
張太太：什麼？難道交給你？
路影：自然要交給我。
林湖平：Sweetheart，不要爭，我自然要交給我的sweetheart，我們第一要買一件皮大衣。
路影：不錯。（她走過去接支票）媽，那三千塊錢就先給我買皮大衣好了。
張太太：什麼？
路影：不然我怎麼可以出去交際？
張太太：那麼你不會叫你丈夫去買麼？（她過來搶錢）

林湖平：（攔住張太太）一家人，爭什麼，三千塊錢，藏在誰那裡都是一樣。

路影：不是，我是怕她去賭去呀。

林湖平：賭去，那不好，那不好。那還是交給我，同那兩萬塊錢替你存在一塊兒。（他拿錢）那麼我們先出去一會兒，過過這個戀愛的階段。丈母娘，晚上請你替我們布置一個房間。

（林湖平拉著路影下）

路影：媽，回頭見。

張太太：（突然號哭）啊喲，你這沒有良心的畜生，我十個月懷胎，抱你背你，養了你那麼大，你軋上姘頭就丟了娘，啊喲，小畜生呀小畜生……

——幕徐下——

一九四一，二，二六稿。

男婚女嫁

時：一九四一年。
地：中國上海。
人：高百年，高太太莫悌，高小姐翠庭，張媽，鮑千里，鮑太太卓君，鮑亦偉，鮑小姐端蘿，趙光均，沈菊亭。

第一幕

景：高公館的一間客廳，相當富麗，到處放著高小姐的照相，有沙發，有電話，有大鏡的酒排櫃，櫃上也放著高小姐的幾張十寸八寸的照相，以及圓桌等雜物。右門通內，左門通外。

（幕開時，鮑千里在客廳裡站著，手裡拿著一張照相，看了又看的，最後納入懷中，他走過去，無意中看到高小姐的照相）

千里：哼，（又看到高小姐的照相）哼！

（千里走到酒吧櫃邊，又看看高小姐的照相）

千里：哼！

（於是千里把高小姐的照相翻一個面，拿出自己懷裡的照相來看）

千里：哼，我的才像是高貴的小姐呢。

（千里把他手裡的照相靠在高小姐照相架上）

千里：啊，這樣才配這間客廳！

（千里看看客廳的四周，又看看照相，最後他把高小姐的照相翻轉來，把自己的那張照相在旁邊比了比，於是搖搖頭，慢慢把照相納入自己的懷中，就在這時候，高百年上）

百年：啊，怎麼回事，你想偷我的東西麼？

千里：老爺！

百年：你偷我什麼東西？

千里：我沒有偷什麼呀，老爺。
百年：沒有？那麼你往懷裡藏什麼？
千里：我藏我自己的東西呀。
百年：自己東西？你自己有什麼東西？快拿出來讓我看。
千里：我說是我自己的東西呀。
百年：你自己的什麼東西？
千里：照相。
百年：啊，你別是偷我女兒的照相了。（他趕快看看散在各處高小姐的照相）啊，那麼你是偷什麼照相呢？快，快拿出給我看！
千里：（他慢慢地從懷裡拿出照相）是我女兒的照相呀。
百年：（從千里手裡搶過照相）你那樣也有女兒麼？
千里：我不過窮一點，難道說連女兒都不配有了麼？
百年：（看照相）啊，長得漂亮，實在漂亮呀。
千里：自然囉，是我的女兒呀。
百年：這倒看你不出，你會養這樣漂亮的女兒。
千里：這就是我為什麼在您這兒做聽差的緣故。
百年：這話我可不懂了。
千里：不瞞老爺說，我當初涉世不深，挑太太只挑好看，挑了一個好看的太太，雖然會養漂亮的女兒，但是沒有錢，沒有錢，我就只好做聽差。要是像老爺一樣聰敏，挑一個難看得沒有人要而有錢的太太，那同你不是一樣了麼？

百年：你這是什麼話？這樣沒有規矩。

千里：老爺，我說的是實話，要是老爺不要聽我的實在話，那我就不說了。

百年：千里，別的話不說，你的女兒可實在好看，（看著照相又說）唉，實在好看。啊，千里，借我用一用好不好？

千里：什麼？

百年：（看看照相說）我說你小姐借我用一用好不好？

千里：老爺，你這是什麼話！我雖然窮，小姐還是小姐呀。

百年：我給你錢。

千里：老爺，我希望您規矩一點。

百年：我有什麼不規矩？

千里：你看了我女兒的照相，就想借來用一用，這難道是做老爺的話麼？

百年：這有什麼不對？

千里：那麼，我們叫太太出來評一評，你說你要借我的女兒用一用！

百年：這個，啊，這個是你誤會了。我是說借你女兒的照相用一用？

千里：借我女兒的照相用一用？

百年：是的，不瞞你說，現在我正托人替我女兒說親。啊，那是一家非常有錢的人家，光是地產就占了上海三十分之一的地皮，還有汽車，少說說也有五十幾輛。要是說成了，不但我女兒可以享福一輩子，就是我老頭子也可以靠她一生一世。但是媒人說先要看照相，照相，你想我女兒這樣難看的相貌，怎麼拿得出去，所以照了十七八次，我還是不敢拿出去。要是你肯把你女兒的照相借我用一用，那麼我想什麼都沒有問題了。

千里：那麼老爺預備出多少錢來租呢？

百年：我給你二十塊錢。

千里：二十塊錢，那你把照相還我吧。（他從百年手裡搶過照相）

百年：二十塊錢還少麼？只要借一天工夫。

千里：老爺，你真是不懂我的苦衷。不瞞你說，養一個漂亮女兒不是容易的事。第一要找漂亮的太太，找到了還要待她好，自己不怕吃苦。

百年：這是怎麼回事？

千里：要她心境快樂呀，要是太太心境不好，養出小孩還會好看麼？而且養出女兒，還要好好地侍候女兒，不讓她摔跤，要是臉上有了疤，還能好看麼？

百年：那麼，照你說……

千里：而且，還有，女兒吃東西要講究呀，怕她太胖，怕她太瘦，怕她太長，怕她太短，還有，太陽不曬不健康，太陽曬多了又怕曬黑。總之，老爺，說起來一言難盡！你只要想一想，我要是不想生一個漂亮的女兒，就可以同老爺一樣，用不著在這裡做聽差，這個代價是多少？

百年：話雖是這麼說，但是我可只是借你的照相用一用。

千里：但是老爺，說親這種事情，可重要。一個女兒說出去，一半靠嫁妝一半靠相貌，有錢人家的孩子說親，多半就要相貌好的女孩子，那麼這個情形可重大了。而且要是親說成了，老爺不是發大財了麼？

百年：但是我借你照相，只借一天就夠了。

千里：一天？這種東西本來只用一天。比方說，女人衣服吧，我們用幾十元錢就可以做一件，一件衣服可以穿好幾年，但是女人們的結婚禮服，你看，借一個鐘頭就要一兩百塊錢了。

百年：那麼你說要多少錢呢？

千里：三千塊錢怎麼樣？

百年：三千塊錢？

千里：三千塊錢不多呀，要不是老爺，別人出我一萬元錢我都不借的。

百年：那麼我不要了，我不會到照相館去租去。

千里：老爺，不是我小人多嘴，借照相館的照相可是靠不住的事情。你想，男家既然是有錢人家，那麼上海灘上還有什麼交際明星漂亮小姐他們會不認識呢？而且要是你到照相館要辦一張漂亮姑娘的照相，說不定給你一張好萊塢電影明星，那麼他們怎麼會不認識？要是再湊巧的話，照相館辦給你的一張，碰巧是男家的姐姐妹妹，這不是大笑話麼？

百年：這話倒是不錯。聽說那家人家，兒子雖然只有一個，小姐倒有二十幾個，那自然就會有二十多張漂亮照相，要是把這個租了來，叫媒人拿去，可真要鬧大笑話了！好，那麼就三千塊錢，可是算賣給我呀。

千里：好，就那麼辦。

百年：那麼把照相給我。

千里：先給我錢啦。

百年：錢還會少你麼？
千里：話是不錯，但是，交情是交情，生意是生意。
百年：好。

（百年拿出支票簽字，交給千里。千里接了支票欲下）

百年：千里。
千里：是，老爺。
百年：回頭這個媒人就要來，你當心看好門，要是回頭打門沒有人應，人家不說你糊塗，倒說我們高家用傭人沒有氣派。
千里：是，老爺。

（千里下。高百年把千里女兒的照相看了又看）

百年：真是漂亮！不要說還有我給女孩做媒的用處，就是給我自己看看，三千塊錢也值得呀。

（百年把照相放在酒吧櫃上，得意地遠遠近近地看）

翠庭：（聲）爸爸，爸爸！

百年：啊，我來啦。

（百年匆匆下，照相就遺忘在酒吧櫃上。這時高太太莫悌從外上，手裡拿了許多東西，臂上挾了許多東西，她把東西拋在桌上，又拋在酒吧櫃上，這時候，她突然看見了鮑千里女兒的照相，看了一看，忽然大聲地叫起來）

莫悌：啊喲，（想了一想）這一定是他，是他……（大聲叫）百年，百年！

（百年上）

百年：呀，太太，您回來了。買了這許多東西。

莫悌：（哭）啊喲，叫我不要做人了。

百年：怎麼？什麼事？是誰欺侮了你？

莫悌：你這沒有良心的東西！

百年：怎麼？我，我怎麼啦？

莫悌：你自己做的事情還不知道麼？

百年：我做了什麼事？

莫悌：你做了好事。你這沒良心的東西，你忘了你自己是個窮光蛋，要不是娶了我，你能這樣舒舒服服做人麼？我還替你管家，替你生女兒，你倒有良心這樣！

百年：怎麼，我沒有怎麼呀！
莫悌：你還說沒有什麼？
百年：啊，我知道啦。但是這是沒有什麼辦法的。昨天我多輸了點錢。
莫悌：你不說昨天贏錢麼？
百年：啊，昨天我本來不要打牌，可是王家一定要我打，我想這也是你的面子，所以打得晚一點，錢就輸了。
莫悌：好！你還騙我，你這沒良心的東西！（哭）啊喲，我做人太苦了，我要去跳黃浦了。

（翠庭上）

翠庭：媽，媽！怎麼啦？
莫悌：啊喲，翠庭呀，我可不能做人了！
翠庭：怎麼啦，媽？
莫悌：你爸爸，你爸爸這個沒良心的東西。
翠庭：爸爸，到底怎麼回事？你什麼地方得罪了媽媽？
百年：沒有呀，我就是多輸一點錢，但是有時候我也會贏呀！
莫悌：你還要撒謊，啊喲，我活不下去了，我要去跳黃浦了！
翠庭：媽，媽！
莫悌：我一定要去，我一定要去。

百年：有話好好兒說，好不好？到底還有什麼事？
莫悌：這樣子我還做什麼人？
翠庭：爸爸，難道你昨天晚上又在舞場裡同舞女鬼混。
百年：昨天我在王家打牌呀，你可以打電話到王家去問。
莫悌：王家，哼，你們男人都是一塊料，自然會幫你撒謊了。
百年：莫悌，怎麼你一定要冤枉我？
莫悌：我不冤枉你，你昨天晚上說贏錢，剛才你說輸錢，我知道你一定把錢花在舞女身上了。
百年：這是冤枉，這是冤枉！自從上次對你發咒以後，我一直沒有去過。
莫悌：你還要撒謊，昨天明明你是去的。
百年：我要去過我是王八蛋。
莫悌：你本來就是王八蛋。
翠庭：媽，也許真是冤枉他了。
莫悌：冤枉他，哼，你倒也會相信他，你看，（她拿出鮑千里女兒的照相）這是什麼？這不是狐狸精是什麼？
翠庭：啊喲，簡直是狐狸精！
百年：什麼？照相，我道是什麼，原來是千里女兒的照相。
翠庭：什麼千里的女兒？
莫悌：啊喲？你真是色膽包天，怎麼弄到傭人女兒的身上去了。
百年：我道是什麼，這樣大驚小怪。快不要急，讓我講給你聽。我們不是挽沈菊亭沈先生為翠庭做媒麼？

莫悌：是呀！

百年：但是沈菊亭說是要拿一張照相給男家看看。偏偏這個女婿是剛從外國回來的，一定要頂美麗的姑娘才要。那麼你想，我們的翠庭這副尊容拿得出去嗎？

莫悌：是呀！

百年：所以我們要到外頭借一張照相，暫時替替了。

莫悌：那很對呀！

百年：但是外頭辦照相，不是電影明星，就是上海交際花，這些，哪有有錢人家闊少爺不認識的呢？碰巧千里竟有這樣漂亮的女兒，我把它租來暫時替一替不是很好麼？

莫悌：啊，真是好看，千里這懶東西竟有這樣漂亮的女兒，我要賞他！

百年：不用啦，我已經付了他租錢。

莫悌：租錢，多少錢？

百年：三千塊錢。

莫悌：三千塊錢！你竟不來同我商量？

翠庭：三千塊錢租一張照相！

百年：你們又要女人見識啦，這是便宜的。不瞞您說，王家的少爺，在一個女人身上花了五萬塊錢，連半張照相都沒有拿到。我告訴你，女人的價錢現在真是一年比一年高了，好萊塢的女電影明星，不是比美國大總統薪水還要大嗎？也怪不得她們，養一個漂亮女人也實在不容易，而且養大了也沒有幾年可以出風頭，十七歲還沒有成熟，二十四五歲已經老了，是不是？

莫悌：但是三千塊錢租一張照相，總太貴了，就是買一張好萊塢大明星照相也沒有這樣貴呀。

百年：這情形就不同了。好萊塢的明星不是靠租照相的，照相是她們的廣告呀。一個人吃一行就賺那一行錢，別方面就只好奉送了。比方說香煙公司可以奉送你煙匣，但是煙匣公司不就要賣錢麼？我們總要把眼光放大一點，要是嫁了過去，三十萬也很容易撈回來呀。

翠庭：但是如果他們要了，娶過去不是這個人，不是要出事麼？

百年：結了婚還怕他幹嘛？他要是不喜歡你，咱們離婚。好在他們有錢，敲他們一百萬兩百萬，你要嫁什麼樣的人不還可以嫁呀。

莫悌：話是不錯，但是結婚的時候怎麼辦呢？

百年：只要他看了照相喜歡，一喜歡，我就有辦法，我可以說我們是舊派人家，把紅布頭上一戴，結婚的時候就不會被發現。

莫悌：不錯，到底你們男人有見識。

百年：但是你還不相信我。

莫悌：不過，三千塊錢，你同我先商量商量也不要緊。

百年：我哪裡知道你什麼時候回來，媒人一會兒就要來拿照相，不先弄好怎麼辦？偏偏這張照相，害了你吃一場大醋。

莫悌：吃醋，吃醋也是同你親熱呀。

（千里上）

千里：老爺，沈菊亭沈老爺來拜訪老爺。
百年：請他進來，請他進來。

（千里由外下，翠庭由內下）

百年：快把這些照相拿進去。

（莫悌收拾室內翠庭照相下，百年把鮑千里女兒的四寸照相放在那面，看了一看，菊亭上）

千里：啊，老沈，老沈。
菊亭：老高，怎麼樣，照相預備好了麼？
百年：早預備好了，你看，（他過去拿給菊亭）還成嗎？
菊亭：啊，漂亮極了！漂亮極了！你真有這樣漂亮的女兒麼？
百年：自然，女兒哪有假的？
菊亭：可以請出來見見麼？
百年：自然可以，不過她有點怕羞，你是媒翁，將來還怕不會看見嗎？
菊亭：（看照相）真是漂亮，真是漂亮，又不像爸，又不像媽！
百年：是麼？不瞞您說，養一個漂亮女兒也不是一件容易的事情。

菊亭：我想也是偶然的機會吧。

百年：這也不見得。但是謀事在人，成事在天。優生學，一半也靠優生學。

菊亭：但是只要養出一個就是好福氣了。

百年：可是藏一個漂亮小姐比囤一萬包米還難。在鄉下怕人搶，到上海怕人釣，真是夠麻煩。啊，你想這張照相趙家少爺會喜歡嗎？

菊亭：一定喜歡，我想他一定喜歡。但是話也難說，那天我到趙家去，來做媒的人會同買平糶米一樣，一大串地在會客室等著，外面馬路上擺滿了汽車。這也難怪，有五千多萬家產，獨養兒子，人又謙虛，又好看，又能幹，又有學問。聽說是什麼牛津大學的文學博士呢，你想誰家的女兒不想嫁給他，可惜我沒有女兒，要是有十個，就給他十個，有一百個，就給他一百，這不比什麼樣投機都可靠麼？要是我太太不死，把我太太冒充我女兒嫁給趙家也很好呀。

百年：可是，要是你太太在世的話，現在也該老了。

菊亭：但是她死的時候可年輕呀！真是偏偏她只養一個兒子，而天下的醫生又都是飯桶，不會把男人改造成女人。

百年：要是真有醫生會把男人改造成女人，把你自己改造成女人嫁給趙家少爺不好麼？還要為兒子改什麼？

菊亭：但是我也老了，難道還可以返老還童麼？

百年：那麼還是幫我們忙吧。啊，趙家有沒有問到我們家裡的情形？

菊亭：自然問了。但是這可為難了我。他們母親喜歡錢，我自然說你也很有錢囉。但是他們老頭子講道德文章，問你財是怎麼發的？

百年：你告訴他我買金子啊。

菊亭：這怎麼可以？你不管國家命令收藏金條，這在道德上講起來是犯法的，他一定要看不起你。

百年：那麼你說我囤米好了。

菊亭：啊，這更不可以了，那是擾亂社會呀，叫窮人都餓死，他還瞧得起你麼？

百年：那麼你怎麼說的？

菊亭：我說你做出口買賣，把土貨運到外國去賣，賺了不少錢。

百年：印象很好。

菊亭：自然很好。

百年：啊，那好極了，我真感謝你，一切全仗你老兄的鼎力。

菊亭：老朋友還講這些麼？不過不瞞你說，這件事也不是我一個人能力所及，在趙府走動的人，我又不得不有點聯絡，這幾天我每天為這件事請客，錢也花得不少啦。我已經沒有能力再墊。所以最好你能夠給我一萬元錢。

百年：一萬元錢？

菊亭：是呀，一件事情要成功真不容易。大公館上上下下的人也實在太多，傭人們又會多嘴，趙太太耳朵又軟，所以都要照應到。我想當初紅樓夢林黛玉所以嫁不到賈寶玉，恐怕也就少幾萬元在賈府上下打點打點吧。

百年：是是，你這話有理。我立刻給你。

（百年簽支票給菊亭。菊亭接支票藏起）

百年：你把這照相也好好藏起來吧。

菊亭：（藏起照相）啊，不過照相是給趙家少爺的母親。他自己呢，要親自來看看。

百年：要親自看看？

菊亭：怎麼，這也是現在普通事情呀，況且少爺在外國留學，自然是新派的了，他不要先做做朋友，談談戀愛，已經是非常顧到中國的道德了。

百年：是啊，但是……但是……我太太是很舊式，不願意女兒被別人看。

（莫悌上）

莫悌：啊，沈先生。百年，你怎麼說我舊式，我難道怕羞不見沈先生麼？

菊亭：是呀！莫太太也一定不怕女兒被別人看見。

莫悌：那自然，那自然，現在二十世紀，怎麼會有這種頑固的思想。

百年：但是……但是……（局促地躊躇了許久）啊，老沈，咱們是老朋友啦，不妨同你直說，不瞞您說，這張照相不是我自己的女兒。

菊亭：不是你自己的女兒？

百年：不是呀，我的女兒不好看啊，所以我借了一張聽差女兒的照相。

菊亭：照相是你聽差的女兒，那我可沒有法子做媒了。
莫悌：什麼？但是你不是說只要照相麼？
菊亭：照相是的，趙家太太要看。但是趙家少爺，是外國留學生，自然是個新派的人物，所以他要看看本人了。
莫悌：但是這樣騙人的事情，我可怕幹。
菊亭：那也很容易辦，我們叫千里把他女兒叫來，見一見不就得了麼？
百年：老沈，老沈，老朋友了，無論如何你要幫忙，幫忙。我總知道就是了。
菊亭：不是我不肯幫忙，事實上有點不容易，雖然現在騙過了，結了婚怎麼辦？
百年：結了婚不合適，大不了離婚，一筆贍養費終可以有啦。
菊亭：贍養費可沒有這樣便當。啊，讓我想。
莫悌：沈先生，要是這件事成功了，我們把女兒做你過房女兒好不好？將來你也可以靠靠老呀。
菊亭：這個我感謝極啦，那麼話一句呀。
百年：自然算數。
菊亭：那麼……其實一個人好看難看也沒有什麼標準。我想只要在趙府裡上上下下多用點錢，一娶進新娘，大家說好看，我想新郎也會糊塗的。
莫悌：這話有理，這話有理！本來我的女兒也不能算太難看，大家一說，自然更好看了。
菊亭：是是，那麼再給我一萬元。
莫悌：一萬塊錢？
菊亭：高太太，您放心好啦。事情一成功，聘金就有二十萬呢。

莫悌：聘金就有二十萬？好好，百年，簽一張一萬塊錢支票給沈先生好啦！（百年簽支票給沈菊亭）

菊亭：（接支票）好，就這麼辦，那麼新娘什麼時候給我做過房女兒。

百年：明天好不好？

菊亭：好。那麼趙少爺要見面，約他什麼時候來呢？

百年：總是這幾天好啦。我同我聽差商量好了再打電話給你。

菊亭：好，那麼我去啦。高太太，再見。

莫悌：再見，再見。

（沈菊亭下）

莫悌：現在只要找千里來一說好了。

百年：千里，千里！

（千里上）

千里：老爺。

百年：千里，現在真要借你小姐用一用了。

千里：老爺說什麼？

百年：因為那位趙少爺是外國留學的新派，照相還不夠，一定要見見面。
千里：那麼你是說要我女兒來代替小姐讓他見一見了？
百年：是啊。
千里：這個我倒是沒有問題，不過我太太同小姐可難弄。
百年：怎麼？啊，千里，那麼我想你瞞著太太，把你小姐騙來好啦，反正只要看一看。
千里：瞞我太太，啊，這怎麼可以呢？做丈夫怎麼可以騙太太！（對莫悌）太太，是不是？
莫悌：是呀！丈夫怎麼可以騙太太，千里，你真是好丈夫。百年，你看，千里是一個聽差，都這樣懂得道理……
千里：是呀，太太。男人本來是女人的奴隸，每個男人都應當對自己太太忠實是不是？
莫悌：說得有理，但是你老爺可最不忠實。
千里：所以我想最好送一點錢給我太太，讓她也快活快活。不瞞太太說，沒有錢時女人實在苦呀。
莫悌：有理，有理。
百年：那麼我給你一千塊錢。
千里：一千塊錢，不瞞您老爺說，我太太這個人心眼兒可大，一千塊她連眼睛都不開。
莫悌：怎麼？
千里：這都是長得好看害了她，當初她做舞女的時候，有人叫她坐坐，就要給她幾千塊錢。
百年：那麼我給她三千塊錢呢？
千里：她的事情我可怕……要是我的事情，老爺，不用你給我三千塊，就是我倒給你三千塊我也願意幹。
百年：那麼四千塊呢？
千里：太少，太少。她不會答應你的。
莫悌：千里，你對你太太倒是很孝順。不過你也得去商量商量啊。
千里：太太，不瞞您說，我太太可沒有太太這樣慈悲，用這點數目去商量，還不讓她打出來。如果太太一定要小人去試，我想至少也要有一萬元錢才好去碰碰釘子，就算被罵一頓，打總可以省掉了。
莫悌：千里，你對你太太實在不錯！
千里：太太本來是我們男人的寶貝。
莫悌：你這話太好了，你真是一個好丈夫！
百年：那麼就給你一萬塊錢。你現在就去。

（百年簽支票）

千里：不過成功不成功可難保，要是不成功，我只好把錢拿回來，請老爺太太不要怪我。

（百年把支票給千里）

百年：好，那麼你快去辦去。

（千里下）

莫悌：百年，你看，人家的丈夫怎麼樣？一心一意只知道愛太太，尊敬太太。哪有像你這樣常常沒有良心。

（百年下）

莫悌：唉，做千里的太太才真有福氣呀！

——幕下——

第二幕

景：同上幕，不過重新布置了一番，並且換上了新窗簾，新檯布，高小姐的照相都已拿掉，酒吧櫃上放著鮮花一大瓶。是兩天以後的事。

（幕開時，外面人聲喧鬧。高太太自內上，頭髮未理，衣飾不整）

莫悌：千里！千里！

（千里上）

千里：太太，您起來啦？

莫悌：外面是誰呀，把我吵醒啦。

千里：是我女兒來啦。

莫悌：是你女兒來啦？（高興地）百年！百年！千里的女兒來啦。

（百年上）

百年：千里的女兒來啦？在哪裡？

千里：在外面。

莫悌：我先去洗臉，還要叫翠庭起來。

百年：翠庭還沒有起來？趙家少爺要來，她還不起來，真是懶惰！快叫他起來，洗一個澡，打扮得漂亮一點。

莫悌：是啦；是啦。

（高太太與高采烈地下）

千里：老爺，女兒我接來啦，但是我太太不知道。
百年：你太太不知道？
千里：是的，老爺，她知道了要不許我帶來的。
百年：但是我不是給你錢了麼？
千里：是呀，這錢我給了我的女兒。
百年：你不說你要用錢去運動你太太麼？
千里：我後來一想不好，因為一萬塊錢實在太少，她有點看不上眼。
百年：一萬塊錢她看不上眼？
千里：是呀，老爺你不知道，娶了個又好看又窮的太太真夠苦了。
百年：你還沒有娶過雖然有錢，可是很難看的太太呢，這個滋味可難受呀，千里，你說你太太既然是女人，難道不喜歡錢麼？
千里：就因為長得好看一點呀。她常說，哼，要錢，有什麼難，以前年輕的時候，向男人瞟瞟眼，他們就會把成千的鈔票送來，要是拉拉手，幾萬塊錢不是眼睛一瞬的事情嗎？再要是同睡一夜，汽車洋房不立刻就有了麼？
百年：你太太有這樣大魔力麼？
千里：老爺，說起來真是慚愧，我娶了她以後，我的家產全被她花完了。十來年前，有一次我同她吵架，我說她只知道花錢，她一生氣跑出去做了兩年舞女，不但把我的家產全賺了回來，還積了十幾萬塊錢。

百年：那不是好極了麼？

千里：但是我是男人呀，寧使窮一點，總不願意做活烏龜呀。所以我勸她回來，現在錢又被她花完了，我只好來做聽差。

百年：那也不夠養活她呀。

千里：但是現在我女兒會賺錢了，她會養她母親，我也管不了這許多。

百年：你小姐也做舞女麼？

千里：不，不，她做交際明星。

百年：交際明星，是幹什麼的？

千里：誰知道，總是賺錢的事情吧。

百年：這樣說來，你可比我舒服得多了。有一個漂亮的太太，又不要養，這簡直是仙人。你看我，我雖然娶了一個有錢的太太，但是滿街都是好看的女人，我偷看一下都不行，以前偷偷地跳舞，但是那真是苦，被太太罵呀，打呀，不知道吃了多少苦。

千里：但是你總有錢呀。

百年：有錢有什麼用，還不是都為別人打算，比方這次就為我的女兒。

千里：但是太太好看有什麼用？我可寧使太太難看一點，只要有錢，就不會做活烏龜，也不必做人家的聽差了。

百年：啊！我們要是換一個地位就好了！啊，千里，你說你的太太有這樣大的魔力，那麼她以前是哪裡的舞女呀？

千里：我也不知道，聽說叫什麼台而加諾舞廳。

百年：啊，台而加諾舞廳，這個我熟極了。不知她當時叫什麼名字？

千里：叫張垂露。

百年：張垂露，啊！張垂露，就是張垂露？哈哈，哈哈……（他從皮夾裡拿出一張照相）這樣說，我同你還有親戚關係呢。這是不是她？

千里：啊，老爺，就是她，這就是我的太太，您怎麼有她的照相呢？

百年：啊，張垂露，我為她少說說也花了五萬多元錢，那時候我投機得利，騙了我的太太，這照相就是她給我的。（他珍貴地藏起來）

千里：啊，老爺，你看，娶一個漂亮太太多苦呀。

（莫悌翠庭打扮得整整齊齊，漂漂亮亮上）

莫悌：怎麼，千里，你還不叫你的女兒進來？

百年：啊，已經兩點鐘，千里，你快去等去，我想趙家少爺也快來了吧。

莫悌：先帶你女兒進來。

千里：是，太太。

（千里下）

翠庭：爸爸，你看我打扮得漂亮不漂亮？

百年：漂亮極了，漂亮極了，同你媽一樣漂亮！
莫悌：千里的女兒雖然還好看，我想舉動總不會有我們女兒這樣大家氣，你想這怎麼辦？
百年：這不要緊。又不要她說話，她們倆只要靜靜地坐在那面，我來招待趙少爺好了。
莫悌：這辦法不錯，她們倆坐在一起，我們只說是姊妹兩個好了。

（千里偕其女端蘿上，端蘿打扮入時，舉止活潑，這驚呆了高老爺高太太同高小姐）

千里：這位是高老爺，這位是高太太，還有這位是高小姐。
端蘿：高先生！（微微一鞠躬）高太太！（又微微一鞠躬）高小姐！（又微微一鞠躬）
百年：不錯，打扮得也不錯。千里，想不到你的小姐這樣摩登。
千里：啊，那都是我太太的教育。
莫悌：千里，你真是好丈夫，知道推崇自己的太太。啊，（對端蘿起敬地）小姐，請坐。

（端蘿坐在翠庭旁邊）

百年：回頭客人來了，你們兩個都不要動，不要看人，不要說話，端端正正地坐著。知道麼？
翠庭：知道了，爸爸。
百年：客廳算布置好了麼？
莫悌：千里，鮮花呢？

千里：這不是鮮花麼？
莫悌：啊，快搬到圓桌上面。
（千里把花瓶拿到桌上）
莫悌：啊，還有糖果，啊！張媽，張媽，快把糖果拿出求。
張媽：（聲）是囉，太太。
（張媽捧一盤水果糖點上，一碟一碟地放在圓桌上）
莫悌：白木耳預備好了麼？
張媽：是，太太。
莫悌：桂圓湯？
張媽：也預備好了，太太。
莫悌：啊，還有窗簾。
（莫悌跑過去把窗簾拉直。外面電鈴響）
百年：千里，快去開門。

（千里下。莫悌過去拉直了檯布）

莫悌：（對女兒與端蘿）你們當心一點。啊，你看你衣服……（她又跑到翠庭座前，拉好了她的衣服）

（這時候千里陪沈菊亭上）

莫悌：是沈先生。
百年：啊，是老沈。
翠庭：啊，是乾爸爸。
菊亭：（親熱地）好啊？我的女兒！你今天打扮得真漂亮。請坐請坐，怎麼什麼都預備好了麼？
百年：怎麼，你沒有同趙少爺來嗎？
菊亭：他打電話叫我先來這裡等他。

（窗外汽車聲）

百年：是他來了麼？
菊亭：不，他要來可有三輛汽車，八個保鏢呢。

百年：千里，千里。

（千里上）

百年：啊，還有八個保鏢，你快去預備好茶點。這是二十塊錢？你快叫車去買去。

千里：是，老爺。

（千里下）

菊亭：（四面看看）布置得不錯，很自然，很大方。

百年：老沈，請坐。

（沈坐下）

百年：你看我們怎麼稱呼這個趙少爺呢？

菊亭：自然是「趙少爺」了。

百年：難道我的女兒也叫趙少爺？

菊亭：客氣總不會錯，客氣總不會錯。

（這時外面汽車大吼，電鈴聲大鳴）

百年：啊，來啦？

莫悌：啊，他來啦？

翠庭：來啦！

菊亭：是他來啦。

（這時千里侍趙光均上。大家恭立。獨端蘿靜坐，百年不時做記號暗示她站起來，但她視若無睹，置之不理）

菊亭：趙少爺。

光均：沈先生。

菊亭：趙少爺，這位是高先生，高太太，二位小姐。

百年：趙少爺。

莫悌：趙少爺。

翠庭：趙少爺。

端蘿：（不理）……

（百年暗示端蘿，她置之不理）

光均：久仰久仰。

百年：趙少爺，請坐請坐。（遞煙）抽煙嗎？

（張媽獻茶）

光均：謝謝。（受煙，但即走過去轉遞給端蘿）抽煙嗎？

（百年暗示端蘿，端蘿不理，受煙）

端蘿：謝謝你。

（光均從袋中取打火機，為端蘿、百年點煙）

端蘿：謝謝你。

百年：怎麼勞你點火。

光均：我既然來啦，我們大家是朋友，不要客氣。沈先生，是不是？

菊亭：是的是的。高先生也是我的老朋友。

光均：高小姐的照相，我母親看了很喜歡，說是又摩登，又文靜，真是難得，所以光均能夠同高小姐做一個朋友，真是光榮極啦。而且奇怪，高小姐的面孔像有點認識似的。

端蘿：趙先生，你太客氣啦。沈先生問我要不要你的照相，我說用不著，我想男人總是男人。

（百年不斷用暗示禁止端蘿說話，但是端蘿不理，逕自說下去）

端蘿：可是今天一見趙先生，覺得的確同別的男人不同。

光均：慚愧慚愧。

端蘿：聽說趙先生新從外國回來，我想趙先生一定可以指教我許多啦。

（在他們談話中間，百年總不斷用暗示禁止端蘿說話，但端蘿不理，也不顧，反侃侃地與趙光均談話）

光均：客氣客氣。既然光均可以同高小姐做朋友，以後正要討教討教。

端蘿：我對於西洋社會，實在弄不明白，比方這個戀愛問題，我就覺得有點奇怪，西洋人總是講戀愛神聖，可是社會上老鬧著離婚。

光均：是呀，這是西洋人不懂得愛情。

端蘿：我起先看看小說，也相信戀愛神聖這類話，但是後來多交交男朋友，覺得全是假的。男人總是千篇一律，一見面不是說你好看，就是說你漂亮，再說說就說什麼地方見過你啦，好像以先認識似的啦。全是假話！

光均：是的，是的。
端蘿：所以我再不相信戀愛這個把戲啦。我以為要結婚就結婚，還要什麼見啦，做朋友啦，這些真是多此一舉。
（百年、莫悌都贊成這話，但仍暗示端蘿不要多說話）
光均：不錯，不錯，所謂做朋友，其實也不過求多了解一點就是啦。
端蘿：所以我聽說趙先生從外國回來，不想交朋友，不想講戀愛，一直就接受媒人做媒，真是佩服極了。我覺得天下正有與我同樣感想的男人。
（座中都驚愕起來，大家都不知所措。以後端蘿每句話使大家越聽越驚愕）
光均：對極啦，要是大家坦坦白白的，不是一談就行了麼？
端蘿：是呀，做了十年朋友，就是大家做了十年夫妻，大家虛偽欺騙，到老了死了還是沒有法子了解，對不對？沈先生，你以為怎麼樣？
菊亭：有理，有理。
光均：你說得對極了。
端蘿：你真是同我不約而同，我先以為我的主張一定沒有人贊成，有許多人說我落伍，有許多人說我過激。現在有趙先生這樣有學問的人竟同我一樣，那我真可以驕傲了。老實說，兩個人只要在結婚上主張相同，別的還要什麼呢？照我的意思，太太無非要安慰丈夫，侍候丈夫，使丈夫快樂，丈夫也無非要照顧太太，保護太太，使太太快樂。事情實在很簡單，是不是？這點東西，男男女女只要學一禮拜就可以學會的。偏偏世界上痴男怨女庸人自擾地鬧不清楚，實在可憐。

（座眾都驚愕到極點，大家不知怎麼才好）

光均：（鼓掌）對極了。

端蘿：而且比方像趙先生這樣，滿肚子學問，回國來正要為社會做點事，可是女人們偏要這樣那樣的同你講戀愛，麻煩了十年才結婚，那不是什麼都毀了麼？所以假如趙先生以為我的話是對的……

光均：我以為對極啦。

端蘿：那麼只要趙先生喜歡我，我們很可以坦白地談一談。

光均：我喜歡你極啦。

端蘿：那於我已經夠啦。別的我都沒有關係。什麼錢呀，什麼以前有沒有別的女朋友呀……好在你的人在我的面前，我不是什麼都看到了麼？

光均：那麼，咱們就訂婚結婚吧。

端蘿：可是我也要坦白告訴你，第一我是一個窮光蛋的女兒。

（百年夫婦，大驚失色，但無法作聲，互相注視而已）

光均：這沒有什麼，金錢本來是最無為的東西，最髒的東西。

端蘿：自然趙先生是文學家，而且家裡也有錢，怎麼會拜金起來呢，但是我是不得不申明的。第二，我當然也交過不少男朋友，也許不是處女了。

光均：這又算什麼，我難道還有封建時代的低能思想？

端蘿：當然趙先生受了近代思想的洗禮，怎麼還會這樣的不開通，但是我總要坦坦白白說出來才對。第三我可以告訴趙先生的，是你給我的第一個印象實在太好了。老實說，幾年來，中中外外上上下下男朋友交得不少了，從來沒有看見趙先生這樣高貴、漂亮的人物，我相信我會終身愛你。你相信麼？

（四座大驚失色）

光均：我自然相信。

端蘿：所以我是喜歡坦白的，要是兩方面願意，咱們就立刻結婚；否則也不必多講，省得你耽誤我的青春，我耽誤你的事業。

光灼：對極啦，那咱們今天就結婚。啊，沈先生……

（四座都大驚失色）

端蘿：還有，不瞞你說，第四，我並不是高先生高太太的女兒。

（四座失色，但這時鮑卓君偕兒子鮑亦偉上，鮑千里跟上）

卓君：不錯，我女兒果然在這裡！端蘿，你在這裡幹嘛？

端蘿：媽，你怎麼會來？

卓君：我聽說你……

端蘿：現在不要說啦，我正要同趙先生結婚。

卓君：結婚（忽然見高百年）啊，百年，你怎麼也在這裡？

百年：垂露啊！哈哈，又碰見你啦，這是我的家呀。

（眾驚愕已極）

卓君：現在我女兒結婚啦，我要告訴你，這個女兒還是你生的呢。

百年：是我生的？

端蘿：是他生的？

莫悌：什麼，你們倆？這像什麼話？啊喲！（哭）我可要跳黃浦了。你們看我的命多苦呀！

千里：高太太，不要傷心吧，我同你一樣可憐。想明白一點，做人同戲一樣，何必這樣認真啦！

百年：千里，既然這樣，你要有錢的，我要好看的，咱們換一個太太，怎麼樣？
莫悌：好極啦，我不要你這樣沒有良心的東西。
千里：我隨便我的太太。
莫悌：你真是好丈夫。好，鮑太太，假使你肯同我換丈夫，我貼你一萬塊錢。
卓君：咱們換就換，一萬塊錢我可不稀罕。這樣漂亮的女兒不正是我們倆養的嗎？
百年：是呀，我多有福氣呀！而且，這樣好的女婿也是我們的了。啊，趙少爺，這才是你真的丈母娘呢。
卓君：端蘿！這才真是你的爸爸。
端蘿：那我真是你的女兒了，爸爸！
千里：那麼，這兒子可是我養的？
卓君：他的確是你養的。
千里：那麼，亦偉，你記住，你千萬再不要像你父親這樣，娶漂亮美麗的太太了！你看你父親多苦呀！
菊亭：怎麼啦？你們換太太麼？
端蘿：為什麼不說換丈夫？
菊亭：那麼你們換定了沒有？
翠庭：（可憐地）那麼我呢，媽？
亦偉：我來娶你。爸爸叫我千萬不要娶漂亮的太太，我想這話是對的。

（亦偉跑到翠庭那邊，安慰翠庭，翠庭也破涕為笑）
菊亭：那麼誰嫁給我呀？
莫悌：有張媽，她是一個年輕的孤孀呢。（她叫）張媽！張媽！
（張媽上）
莫悌：張媽，你嫁給沈老爺好不好？
張媽：（高興得失措地）我……我……
菊亭：這真把我弄糊塗了，你們叫我也來做戲麼？（靠近張媽笑）
百年：可不是。哈哈哈哈。
眾：哈哈哈哈……

——幕下——

一九四一，三，一七，晨一時脫稿。

《孤島的狂笑》後記

在三月廿七日《集納》上，我寫關於《孤島的狂笑》一篇小文，裡面有這樣的話：

……《孤島的狂笑》是一個笑劇，但是每個笑劇都有它的骨幹；朋友也許會看到我裡面冰冷的諷刺，但是我在裡面的確還隱藏著寂寞的哀愁。不瞞您說，因為我是在寂寞的哀愁中，才看到這些笑料的。那麼就讓我的冰冷的諷刺與寂寞的哀愁溶在我的笑聲裡，或著讓我的笑聲把我冰冷的諷刺與寂寞的哀愁包藏著吧。

因此，《孤島的狂笑》上演的問題，那就是如何在「笑」的演出之中，去表演這冰冷的諷刺與寂寞的哀愁，更如何將這冰冷的諷刺與寂寞的哀愁融在可笑的演出之中。如果只著重笑的演出，導演在戲裡，非常容易加上笑的動作，那麼就忽略裡面的諷刺與哀怨，而這則反是笑的靈魂，如果太著重諷刺與哀怨，就會失去笑劇的效果。

自然這不是僅僅這《孤島的狂笑》為然，任何笑劇都有笑的靈魂，但是笑的靈魂每篇劇作是不同的。有許多以聰敏鬱秀為骨，有許多則包含著神祕的詩意，有許多則隱藏著奇詭的哲理，有許多則充滿熱情的挖苦——這裡沒有好壞的分別，只是性質的差異。如果以導演與演員的難易而論，也非常之難。因為這是要導演與演員的氣質個性去配；如果把個性與氣質成分略去的話，那就是要靠戲劇心理學的理解；如果再把這個成分略去，以普通的經驗來說，則似乎熱情的挖苦最易把握；而神祕的詩意頂難成就。其次就是這寂寞的哀愁與冰冷的諷刺了。但光是以這個來說，也有程度上分量上的分別，到底這諷刺是重是輕，是多是少；這哀怨是濃是淡，是隱是顯。但是導演與演員雖不能曲解或不理會劇作的性質——笑的靈魂，可是在分量上與成分上在某一限度內則有伸縮的自由，這等於一個曲譜交給一個樂隊，每個樂隊都有他的個性上伸縮的餘地，否則造一架機器來奏演不是比樂隊來得正確嗎？

唯其導演與演員的工作是藝術家的工作，他在劇作上有發揮風格與個性的自由，所以他們能付劇本以新的色彩；也唯其是藝術家，他的演出必需有根據，正如文藝家的表現，必需根據生活上的習慣與形態一樣。……

在這裡所謂《孤島的狂笑》，實在只是指〈租押頂賣〉獨幕劇而言。當時有一個業餘劇團於一月十六日演了我的《生與死》後，還想演我《燈尾集》上的戲，他們選定的是〈子諫盜跖〉及其他諸劇。但是《燈尾集》中的劇作，我在一篇〈論近代舞台裝置藝術的風尚〉中曾經提及，說那些大都是對舞台裝置上與技術上一種新的嘗試；如果導演不能了解這嘗試的動機，物質環境又不能與劇作採取一致行動時，這演出一定會不三不四的。而這事實，在他們排演時就證明了。

但是這群愛好戲劇的團體要求，使我無法推托選用我的劇本。為他們的便利起見，我勸他們選一個喜劇的節目，當時這篇〈租押頂賣〉剛剛脫稿，我就允許他們去用了。上面這一段話也就是給他們排練時一點參考，主要的目的，還是告訴他們喜劇不是胡鬧可以造成罷了。

我所以認為這個喜劇於他們較為便利，實在為便於他們的了解，因為其中所諷刺的對象是比較具體的現實，不是抽象的思想。可是在演出的形式上自然還需要同樣的把握。悲劇的失敗易陷於庸俗幼稚與可笑，喜劇的失敗則常是流於油滑低級與無味。這是導演的責任，而在他們排演時都犯到了。後來這戲並沒有演出，仍舊重演了一次《生與死》。同第一次演出一樣，毛病是庸俗幼稚與可笑。庸俗是思想了解的不足，幼稚則是演出技術的不足，可笑則是趣味體驗的不足。

這些不足都是當然的，我是不討厭幼雅的人，獨討厭不認真。但是認真的表現以外，主要的還是認真的學習，一次幼稚的表現，就是我們學習的路徑。如果沒有認真的學習，雖然有認真的表現，其成績總超越不了幼稚的理解。這對於任何部門的藝術都是一樣。我所以想到而忠告別人的，也就是警惕我自己罷了。

現在我將〈租押頂賣〉與〈男婚女嫁〉付印，定名《孤島的狂笑》，作為《三思樓月書》之一。我希望有人來讀，還過於希望有人拿上舞台。至於這戲中的人物，我相信讀者也許都見過，那麼請可憐同情他們吧。因為事實上都是我們的同胞。

說話中，夏已經降到了孤島。自從三月十七日我寫完〈男婚女嫁〉以後，到現在足足一月又半。在這一月半的時間中，我竟沒照計畫寫我想寫的東西，生活永遠在驚駭擔憂絕望與苦痛之中，連坐下想一點東西，看一點書都沒有心緒，那麼自然更談不到寫作！我燃起紙烟，把咖啡煮成藥一般的苦，對桌上無知的燈光，聽憑夜在凌亂的腦中穿過消失。這時候有誰知道我寂寞，有誰知道我靈魂在無邊的愁海裡消瘦？

但在這個時代中，遍地都是哀歌，我深知我的寂寞與哀愁，原只是滄海的一粟。那麼，朋友，請舉起你的鞭子，叫我支起消瘦的靈魂，對這無邊的黑暗狂笑、哀呼、漫歌，叫我告訴你殘留在我心中的夢與想像，以及我性格中的愚蠢與癡呆吧！因為不久我們會老，不久我們會死，不久我們的後裔會審判我們，同你審判這戲中的人物一樣，他們到底是真是偽，是苦是甜，是得是失，是可笑還是可憐呢？

末了，請恕我生活的忙亂，身體的衰弱與疲倦。以後關於寫作以外的事務，我不得不委託別人來代理了，假如有人要把我的戲拿上舞台的話，請向本埠南京路二六二號二樓（電話一二三五二號）李欽后律師事務所接洽。

一九四一年五月五日於上海

《燈尾集》後記[1]

這裡收集大小劇本二十四篇，根據有日子可查的，其中最初發表的大概是「青春」，那是民國十九年六月二十九日，離現在已經有十年了。

十九年以前我也寫過一些，現在看看，實在太覺幼稚，無論發表過的，演出過的，我都捨去了。十九年以後的我也捨去了八、九篇。至於這裡所餘留的，也並非都是我自己覺得還可保留的東西。大概除了一部分自己尚覺要得以外，或者因為代表我當時的一個情緒與觀念，或者因為曾有好的導演與演員把這些壞的劇本創造出出色的戲過。這是我到現在還感謝的，因此保留這些劇本來紀念他們。

末了，我要向陶亢德先生林憾廬先生致謝，是他們促成了這本書早日問世。

還有，恕我鄭重聲明，全集排演權及改編電影腳本權均由作者保留。

1 本篇「後記」為一九三九年初版時所作。

徐訏文集・戲劇卷01　PH0243

燈尾集

作　　者　　徐　訏
責任編輯　　陳彥儒
圖文排版　　蔡忠翰
封面設計　　王嵩賀

出版策劃　　釀出版
製作發行　　秀威資訊科技股份有限公司
114 台北市內湖區瑞光路76巷65號1樓
電話：+886-2-2796-3638　傳真：+886-2-2796-1377
服務信箱：service@showwe.com.tw
http://www.showwe.com.tw
郵政劃撥　　19563868　戶名：秀威資訊科技股份有限公司
展售門市　　國家書店【松江門市】
104 台北市中山區松江路209號1樓
電話：+886-2-2518-0207　傳真：+886-2-2518-0778
網路訂購　　秀威網路書店：https://store.showwe.tw
國家網路書店：https://www.govbooks.com.tw
法律顧問　　毛國樑　律師
總 經 銷　　聯合發行股份有限公司
231新北市新店區寶橋路235巷6弄6號4F
電話：+886-2-2917-8022　傳真：+886-2-2915-6275

出版日期　　2021年4月　BOD一版
定　　價　　450元

國家圖書館出版品預行編目

燈尾集/徐訏著. -- 一版. -- 臺北市：釀出版,
2021.04
面；　公分. -- (徐訏文集. 戲劇卷；1)
BOD版
ISBN 978-986-445-445-7(平裝)

863.54　　　　109022379

讀者回函卡

感謝您購買本書，為提升服務品質，請填妥以下資料，將讀者回函卡直接寄回或傳真本公司，收到您的寶貴意見後，我們會收藏記錄及檢討，謝謝！
如您需要了解本公司最新出版書目、購書優惠或企劃活動，歡迎您上網查詢或下載相關資料：http:// www.showwe.com.tw

您購買的書名：________________________________

出生日期：________年________月________日

學歷：□高中（含）以下　□大專　□研究所（含）以上

職業：□製造業　□金融業　□資訊業　□軍警　□傳播業　□自由業
　　　□服務業　□公務員　□教職　□學生　□家管　□其它______

購書地點：□網路書店　□實體書店　□書展　□郵購　□贈閱　□其他

您從何得知本書的消息？

□網路書店　□實體書店　□網路搜尋　□電子報　□書訊　□雜誌
□傳播媒體　□親友推薦　□網站推薦　□部落格　□其他__________

您對本書的評價：（請填代號　1.非常滿意　2.滿意　3.尚可　4.再改進）

封面設計____　版面編排____　內容____　文／譯筆____　價格____

讀完書後您覺得：

□很有收穫　□有收穫　□收穫不多　□沒收穫

對我們的建議：________________________________

____

____

____

請貼
郵票

11466
台北市內湖區瑞光路 76 巷 65 號 1 樓
秀威資訊科技股份有限公司 收
BOD 數位出版事業部

（請沿線對折寄回，謝謝！）

姓　名：__________ 年齡：______ 性別：□女 □男

郵遞區號：□□□□□

地　址：__________

聯絡電話：(日) __________ (夜) __________

E-mail：__________